문학관 기행2

김진기 외

㈜박이정

김진기
- 건국대학교 대학원 국어국문학과 졸업(문학박사)
- 現 건국대학교 국어국문학과 교수.

주요저서 : 『한국현대작가론』 『현대소설을 찾아서』 『한국 근현대 소설 연구』
　　　　　　『한국문학의 이념적 역동성 연구』 『한국문학과 자유주의』 외 다수

정영진 : 건국대학교 대학원 국어국문학과 졸업(문학박사)
임세진 : 건국대학교 대학원 박사과정 수료(현대문학 전공)
김설화 : 건국대학교 대학원 박사과정 수료(현대문학 전공)
김소연 : 건국대학교 대학원 국어국문학과 졸업(문학박사)
김세준 : 건국대학교 대학원 국어국문학과 졸업(문학박사)
고경선 : 건국대학교 대학원 박사과정 수료(현대문학 전공)

문학관 기행2

- 나는 시인으로 그대의 애인이 되었노라 -

초판 인쇄	2023년 1월 27일
초판 발행	2023년 2월 10일

지은이	김진기 외
펴낸이	박찬익
책임편집	권효진
편집	책봄

펴낸곳	㈜박이정출판사
주소	경기도 하남시 조정대로 45 미사센텀비즈 8층 F827호
전화	031-792-1195
팩스	02-928-4683
홈페이지	www.pjbook.com
이메일	pijbook@naver.com
등록	2014년 8월 22일 제2020-000029호

ISBN	979-11-5848-857-4 (03810)
값	22,000원

literature museum

02

문학관 기행

2

김진기 외

- 나는 시인으로 그대의 애인이 되었노라 -

㈜박이정

머리글

시인 윤동주는 "잎새에 이는 바람에도/ 나는 괴로워 했다"고 그의 <서시>에서 썼다. 시는 그런 것이다. 강하고 세고 단단한 것이 아니고 한없이 약하고 여린 것이다. 그런데도 그것은 강하고 세고 단단한 것보다 더 큰 울림이 있다. 강하고 세고 단단했던 일본 제국주의의 고문에 속수무책이었던 시인은 시를 통해 우리에게 일제의 잔인한 파시즘을 여지 없이 고발한다. 그래서 그의 시는 우리에게 더 큰 울림을 준다. 이 책에 실린 다른 시인들의 시도 그렇게 큰 울림을 가지고 있다. 윤동주를 비롯, 한용운, 정지용, 서정주, 이육사, 오장환, 유치환, 김수영, 김춘수, 신동엽, 조병화 등은 대중이 가장 사랑하는 시인들이다. 그들의 시는 독자들의 마음속에 아주 오래오래 살아 있다.

이 책의 형식은 지난번에 펴냈던 <문학관 기행 - 글기둥 하나 붙들고 여기까지 왔네>와 대동소이하다. 시인이 살아온 삶의 발자취와 작품 세계, 그리고 문학관 주변의 다양한 볼거리, 먹거리 등에 대한 소개가 곁들여 있다. 특히 시인의 시 세계에 대한 깊이 있는 소개는 여타의 문학관 기행서와 달리 이 책만의 장점이라 할 만하다. 그것은 시인이 온몸으로 짊어지고 갔던 그의 문학적 역정을, 또는 그의 온 우주를 궁금해 하는 많은 독자들에게 신선한 지적 자극을 주리라 믿어 의심치 않는다.

시인들이 살았던 삶의 환경, 혹은 시대적 배경은 모두 다르다. 따라서 그들이 다뤘던 시어도, 시적 표현도, 그리고 시적 통찰도 모두 다를 수밖에 없다. 그러나 그 수많은 다름은 결국 하나로 통한다. 마치 강물이 흘러 바다에 이르듯이. 우리네 삶도 작은 강물 속에서 더 큰 세상을 몰라 이리 부딪치고 저리 깨지며 아파하지만 결국은 바다와 같은 큰 통찰을 얻으려고 부단히들 노력하곤 한다. 이 책이 그런 통찰을 얻기 위한 조그마한 길잡이가 되기를 바란다. 시인의 삶과 고뇌, 그가 표현했던 시적 언어, 반짝이는 문장들이 여러분들의 마음 한 갈피에 꽂혀 오래 머물러 있기를 기대한다.

그렇지만 오늘날 시를 둘러싼 환경이 너무 열악해 졌다. 세상이 각자도생의 길로 접어들게 되었다. 자기를 지켜주던 모든 것들이 해체돼 사람 관계가 아주 가벼워지고 그래서 세상 모든 풍파를 개인 혼자의 힘으로 떠안을 수밖에 없게 되었다. 그래서 사람들은 아주 많이 지치고 아주 많이 외롭다. 그리고 두렵다. 이렇게 각자도생의 사회가 되면 행복담론이 비례하여 증가한다고 한다. 서점에 즐비하게 진열된 행복론들이나 TV마다 앞다투어 산천을 찾아다니는 먹방 예능 힐링 프로그램들이나 모두 지치고 외로운 영혼들을 위한 행복찾기와 관련된 것들이다. 그렇지만 그런 행복들 중 많은 것들은 우리의 삶을 더 나은 곳으로 이끄는 것이 아니라 도피와 강박으로 이끌기도 한다는 점에서 매우 위태롭다.

　이런 우울하고 어수선한 사회에서 이 책이 여러분들의 진정한 삶의 동반자가 되었으면 좋겠다. 지치고 쓸쓸한 날에 조용히 한 장을 펼쳐 여러분들을 시인의 사원 안으로 초대하게 하였으면 좋겠다. 그리하여 마침내 모든 것을 떨치고 여러분들의 발길을 가볍게 시인의 마음의 안식처로 홀쩍 떠나가게 했으면 좋겠다. 그곳에서 많은 무거운 것들이 덜어지기를, 다시 세상과 기운차게 맞서는 마음으로 귀가하게 되기를, 간절히 바란다. 이 책을 만들기 위해 고생했던 김세준, 정영진, 김소연, 김설화, 임세진, 고경선 선생에게 감사를 표한다. 이 책의 기획을 같이 고민하고 수고해준 김세준, 정영진 선생에게 특별히 감사의 마음을 전한다. 그리고 어려운 출판환경에서도 기꺼이 출판을 결정해 주었던 도서출판 박이정 박찬익 사장님과 편집부원 여러분들에게도 심심한 감사의 마음을 전한다.

황소상을 바라보며 김진기 씀

목차 ————————————

님은 갔지마는
나는 님을 보내지 아니하였습니다

- 만해 기념관 -

고경선

새 희망의 정수박이에 들이 붓는 마음으로

"인도에게는 간디가 있다면, 조선에는 만해가 있다"라는 말을 남긴 위당(爲堂) 정인보는 한용운을 추모하며 다음과 같은 시조를 읊는다.

풍란화(風蘭花) 매운 향내
당신에게 견줄 손가
이 날에 님 계시면
별도 아니 더 빛날까.
불토(佛土)가 이 위 없으니
혼아돌아오소서.

염원하던 조국의 해방을 1년여 앞두고 입적하기까지 한용운은 치열하게 현실과 마주 보며 도전과 응전을 계속해왔다. 그렇기에 그의 삶은 우리에게 '풍란화보다 매운 향내'를 남길 수 있었으리라. 한용운의 지조와 신념은 고사성어인 세한송백(歲寒松柏)을 떠올리게 한다. 추위가 찾아오는 시기가 되면 나무들은 저마다 새롭게 색을 갈아입고 잎을 떨군다. 그러나 상록수만은 언제나 고유의 푸르름을 잃지 않는다. 한겨울 하얀 설원 위에 제빛을 잃지 않고 우뚝 서 있는 소

나무는 그 자체로 고고한 아름다움을 드러낸다. 이처럼 부러질지언
정 꺾이지 않는 소나무의 위엄은 엄혹한 현실을 앞에 두고도 신념을
굽히지 않았던 한용운의 삶을 연상케 한다. 함께 「독립선언서」를 지
었으나 끝내 친일파로 변절한 최남선에게 "내가 아는 최남선은 벌써
죽어서 장송했소"라고 말하며 단호하게 일별한 일화나 총독부의 청
사가 보기 싫다며 반대 방향으로 지은 심우장(尋牛莊)은 한용운의
절개를 보여준다.

추사 김정희의 산수화 「세한도」   출처 : 공유마당 홈페이지
사진출처 : https://gongu.copyright.or.kr/gongu/wrt/wrt/view.do?wrtSn
=13217065&menuNo=200018

　우리에게 너무나 익숙한 시인인 한용운을 대표하는 말은 몇 가지
가 있다. 일제강점기 투철한 항일운동을 하던 독립운동가이자 동시
에 높은 경지의 불교 사상가, 그리고 '님'을 대표하는 민족시인이 그
것이다. 조지훈은 만해 한용운을 일컬어 "혁명가와 선승과 시인의
일체화[1]"된 인물이라 평가한다. 실제로 그의 삶과 문학세계를 바라

• • •

1　조지훈, 「민족주의자 한용운」, 『한용운전집4』, 신구문화사, 1974, 362쪽.

보노라면 이 세 가지 성격은 어느 한 곳으로 치우침 없이 그를 구성하고 있다는 사실을 발견하게 된다.

한편, 『님의 침묵』의 시인으로 한용운이 가지는 문학적 업적은 매우 상징적이다. 동인지를 중심으로 비탄의 메커니즘이 가득했던 당대의 문단에서 홀연히 등장한 그의 시는 부정적 상황을 희망의 정신으로 역전시키는 힘을 지녔기 때문이다. 이 힘은 '타고 남은 재가 다시 기름이 되는 것'(「알 수 없어요」)과 같으며, '슬픔의 힘을 옮겨서 새 희망의 정수박이에 들이붓는'(「님의 침묵」) 것과 같았다.

그는 재래의 불교계를 개혁하여 민중과 더불어 동화되길 염원하였다. 그 과정에서 승려의 결혼 문제를 화두에 올려 전통적 계율을 뿌리째 뒤흔드는 도발적 사상을 내비치기도 하였다. 그런 진보적 사상을 지닌 그에게 자유는 '만유(萬有)의 생명(生命)'과도 같았다. 자유와 평화가 없는 삶은 죽음과도 같았다. 그러나 눈을 뜨면 마주치는 조선의 암담한 현실은 그를 평온한 고향에 안주하도록 두지 않았다. 그는 자신이 무엇을 할 수 있을 것인가 끊임없이 고민하였다. 세상과 부딪히며 나아가길 주저하지 않았던 그의 전인적 삶과 굳건한 정신은 현재를 사는 우리에게도 시대를 관통하는 깊은 울림을 준다. 후에 그가 뿌렸던 용기와 희망이라는 씨앗은 곧고 바르게 자라나 한국 문학에 거대한 뿌리를 내렸고 현재는 그 이름만으로 하나의 지표가 되었다.

'님의 침묵'과 함께하는 백담사

신라시대에 창건되었다는 백담사는 한적하고 아름다운 비경을 고스란히 간직하고 있어 등산객들이 많이 찾는 관광 명소이다. 왕복 4시간이 소요된다는 등산 코스 대신 선택한 셔틀버스를 타고 시인이기 이전에 승려인 만해 선사(禪師)를 만나러 간다. 버스 출발 시간에 맞춰 줄지어 서 있는 관광객들은 홀로 또는 가족과 함께 곧 시작될 여행을 즐거이 기다린다. 내설악의 훌륭한 경관을 제대로 보고 싶다면 버스 창가를 선점하는 재빠름은 필수이다. 자리에 앉아 8km에 이르는 백담계곡을 바라보고 있노라면, 사람의 방문을 쉬이 허락하지 않았던 깊고 깊은 산 속에 위치한 사찰의 문을 두드리던 한 전인의 삶을 반추하게 된다. 백담사를 찾는 수많은 이들이 계곡의 맑은 물에 번뇌를 털어냈다고 하니 한용운도 이곳에서 비로소 마음의 안식을 찾을 수 있었던 것이 아닐까.

굽이굽이 연이어진 길 따라 꽤 빠른 속도로 움직이는 버스 안에서 놀이기구를 타듯 아슬아슬한 감각을 느끼다 보면 어느새 백담사에 도착한다. 푸르게 우거진 나무들 사이를 지나며 산이 주는 청결한 공기를 한가득 마셔본다. 이윽고 여름 하늘 아래 개안할 듯 하얗게 빛나는, 마음을 닦고 오라는 의미의 '수심교(修心橋)'를 만난다. 다리를 건너다 중간에 잠시 멈춰 수많은 이들의 소원과 염원을 담아 쌓은 돌탑이 드넓게 펼쳐져 있는 모습을 지긋이 바라본다. 사람과 자연이 함께 만들어 낸 아름답고도 장엄한 절경에 쉽게 눈을 떼지 못하는 건 모두가 같아서인지 사진으로 순간을 기억하려는 이들이 손과 눈이 바쁘다. 그런 백담사가 사실 여러 차례 닥친 화마에 소실과 재건을 거듭하는 등 역사적 곡절이 많은 사찰이라는 점을 알게 된다면 사찰을 감도는 지금의 고즈넉함은 더욱 깊은 감상을 불러온다.

백담사의 수심교(修心橋) 백담사를 찾는 이들이 쌓은 돌탑

금강문과 불이문을 거쳐 경내에 들어서면 선사로서의 한용운을 기리는 만해기념관(1995년 2월 개관)을 발견하게 된다. '님의 침묵과 함께 하는 백담사'라고 소개할 만큼 한용운의 삶에서 백담사는 매우 중요한 위치를 차지한다. 그가 출가한 사찰이자 『조선불교유신론』과 『십현담주해』을 집필하고 시집 『님의 침묵』을 탈고한 '만해 문학'의 산실이기 때문이다.

기념관 앞에는 그의 작품 중 널리 애송되는 시 「나룻배와 행인」이 새겨진 시비와 만해의 흉상이 놓여있다. 사찰의 고요함 속에서 시를 천천히 읽어본다. "나는 나룻배 / 당신은 행인"이라는 시구로 시작하고 끝맺는 이 시는 한용운의 여러 시가 그러하듯 '당신'이라는 대상에 대한 해석이 다양하다. 사랑하는 이·조국·부처 등이 대표적이다. 그러나 엄숙한 사찰의 분위기에 압도당한 까닭일까. 다른 해석이 개입할 여지가 없다. '당신'이 돌아올 것이라는 '나'의 절대적 믿음과 기다림마저도 인내하겠다는 강인한 선언은 부처 또는 절대적 진리를 향한 끝없는 구도의 길마저도 숙명으로 받아들이고 있는 선사를 떠오르게 한다.

백담사 경내에 있는 만해기념관

만해기념관 앞 「나룻배와 행인」 시비

"나는 왜 중이 되었나?"

관내에 들어서자마자 눈길을 사로잡는 것이 있었다. '만해 한용운의 문화지도'가 그것인데, 한용운이 머물렀던 행적을 따라 지도로 만든 것이다. 대표적으로 몇 가지만 꼽자면 선학원에서 탑골공원 그리고 서대문 형무소, 심우장에 이르는 종로를 중심으로 한 서울권 코스와 한용운 생가터 일대를 포함한 홍성권 코스, 그가 불도를 닦기 위해 거친 여러 사찰을 포함한 설악권 코스로 구성되어 있다. 이 지도를 따라 그의 시작과 끝을 유기적으로 연결해 본다. 그의 생애는 홍성에서 시작해 백담사가 있는 설악으로, 그리고 이윽고 뜻을 실천하기 위해 서울로 향한다.

한용운은 1879년 8월 29일 충남 홍성군 결성면 성곡리 491번지에서 한응준의 차남으로 태어났다. 그의 유년 시절 가세는 곤궁하였으나 선친에게서 조석으로 "국가 사회를 위하여 일신을 바치는 옛날 의인들의 행적"을 전해 들으며 자랐다고 한다. 이러한 정신적 교육은 어린 한용운에게 '나도 그렇게 훌륭한 사람이 되었으면'[2] 하는 생각을 심어주기에 충분했다. 그토록 의협심으로 가득했던 그가 어떤 연유로 속세를 벗어나 승려의 삶을 선택한 것일까.

불교에 귀의하기까지 한용운의 삶을 추동한 건 한반도에 닥친 역사적 질곡이었다. 동학혁명이 좌절되고 외세에 의해 나라가 짓밟혔다. 1895년 8월에는 을미사변이 일어났고 그를 계기로 전국 각지에서 의병이 봉기하였다. 격변하는 시국을 바라보던 그는 "좌우간 이 모양으로 산속에 파묻힐 때가 아니라는 생각으로" 무작정 집을 나왔다고 한다. 그러나 자신이 어떻게 뜻을 이룰 수 있을 것인지 깊은 고민 끝에 "불같은 마음으로 한양 가던 길을 구부리어" 찾아간 오대산 월정사에서 한용운은 불도의 길을 걷는다. "시국에 대한 분노심과 생에 대한 허무감이 복합적으로 나타난 가출이고 출가였다."[3]

* * *

2　한용운, 「나는 왜 중이 되었나」, 『삼천리』, 1930.5.1
3　김상웅, 『만해 한용운 평전』, 시대의창, 2006, 41쪽.

"나는 왜 중이 되었나? 내가 태어난 이 나라와 사회가 나를 중이 되지 아니치 못하게 하였던가, 또는 인간 세계의 생사병고(生死病苦) 같은 모든 괴로움이 나를 시켜 승방(僧房)에 몰아넣고서 영생과 탐욕을 속삭이게 하였던가. (중략) 인생은 고적(孤寂)한 사상을 가지기 쉬운 것이라, 이에 나는 나의 전정(前程)을 위하여 실력을 양성하겠다는 것과 또 인생 그것에 대한 무엇을 좀 해결하여 보겠다는 불같은 마음으로 한양 가던 길을 구부리어 사찰을 찾아 보은 속리사로 갔다가 다시 더 깊은 심산유곡의 대찰을 찾아간다고 강원도 오대산의 월정사까지 가서 그곳 동냥중, 즉 탁발승이되어 불도를 닦기 시작했다."

「나는 왜 중이 되었나」 중에서

만해는 월정사와 백담사 등지를 전전하다가 1905년 1월 26일 백담사의 주지 연곡스님을 은사로 불문에 귀의한다. 계명(戒名)은 봉완(奉玩), 법명은 용운(龍雲), 법호는 만해(萬海)이다.

불교 개혁을 위한 파괴, '유신'

한용운은 조선 불교의 개혁자였다. 그는 1910년 백담사에서 탈고한 『조선불교유신론』을 통해 조선 불교가 맞닥뜨리고 있는 당대의 현실을 타개하려는 노력을 기울였다. 그가 추구하는 개혁의 길은 곧

불교의 대중화였다. 그러나 당시의 기성 종단은 대중과 유리되어 독선적으로 존재하고 있었기에 한용운은 유신(維新)을 통해 불교계의 폐단을 제거하려 하였다. 그에게 있어 유신은 파괴이자 새로운 출발점이었다. 새로운 시대에 적응하는 것만이 조선 불교가 나아가야 할 길이었다.

그의 불교개혁 사상의 배경에는 근대 문명에 대한 호기심이 자리한다. 그가 탐독했던 『영환지략』과 『음빙실문집』의 영향과 6개월의 짧은 일본 유학은 근대를 상징하는 서구와 일본 문명에 대한 동경을 심어주기에 충분하였다. 세계는 계속해서 진보해 가고 있는데 조선의 불교는 깊은 산 속에 자리하면서 현재와 미래를 논하지 않으니 역사적 쇠퇴라는 위기감을 느낀 것이다. 속세와 단절된 깊고 깊은 백담사에서 홀로 개혁의 불을 밝히려 길고 긴 글을 써 내려갔을 만해 선사를 생각해본다. 실천하는 종교인이 되고자 노력한 그를 떠올려본다. 훗날 불교가 산중에서 도회지로 나와야 한다는 그의 말[4]을 이러한 과정 속에서 이해해 본다면 퇴보하지 않기 위해, 불교의 대중화를 위해 치열하게 고민했던 한 승려의 발자취를 발견하게 된다.

"오늘의 세계는 과거의 세계가 아니며 미래의 세계도 아닌 현재

- - -

4 "재래(在來)의 조선불교는 역사적 변천과 사회적 정세에 의하여 다만 사찰(寺刹)의 불교, 승려(僧侶)의 불교로만 되어 있었다. 이것은 불교의 역사적 쇠퇴의 일시적 현상에 지나지 않는 것이니 어찌 이것을 불교의 교의(敎義)라 하리오. 불교도는 마땅히 이러한 현상에 다하여 단연 타파하지 않으면 아니될 것이다. <산간(山間)에서 가두(街頭)로> <승려로서 대중에>가 현금 조선불교의 <슬로건>이 되지 않으면 아니 될 것이다."(『불교』 88호, 1931.)

의 세계이다. (중략) 유신하자 유신하자는 소리가 온 천하에 가득 차, 이미 유신하기도 했으며, 지금 유신하기도 하며, 앞으로도 유신하려는 기세가 계속 성세를 이루고 있는데……. 조선 불교만은 고요히 아무 소리가 없으니 과연 무슨 징조인가. 조선 불교는 과연 유신할 것이 없어서 그런 것이냐, 또는 유신할 필요가 없어서 그런 것이냐, 한 두 번 생각해 보아도 그 까닭을 알 수가 없다."

「조선불교유신론」[5]중에서

대중과 함께하는 만해마을과 만해문학박물관

백담사에서 승려로서의 한용운의 모습을 보았다면 이제는 문인으로서의 한용운을 알아보고자 한다. 백담사에서 차량으로 8분 정도 가다 보면 그리 멀리 않는 곳에 동국대학교에서 관리하는 '만해마을'을 만나게 된다. 만해마을은 한용운을 기리고자 2003년 정부와 강원도, 백담사 지원으로 조성한 복합문화공간이다. 근방에는 한국 서예사의 대가로 평가받는 여초 김응현 선생의 서예 작품과 유품 등이 전시된 〈서예박물관〉과 한국 근현대기의 시집을 전시하고 있는 〈한국시집박물관〉이 있다. 두 박물관에서 '님의 침묵 서예대전' 등의 만해 문학 관련 행사를 진행하기도 했다는데 이곳을 찾아오는 관

• • •

5 한용운, 『조선불교유신론·님의 침묵』, 삼성문화문고, 1972.

광객들에게 더욱 다양한 문화 콘텐츠를 제공하고자 노력하는 세심함이 돋보인다. 매년 8월이면 한용운의 정신을 기리기 위한 '만해축전'이 이곳에 열린다. 그의 사상을 함께 공유하는 수많은 인파가 방문한다고 하니 그 모습이 자못 궁금하다.

만해마을은 대지면적 17,450㎡로 넓고 깨끗한 시설을 가지고 있다. 마을에 들어서면 '평화의 시벽'이 관광객들을 가장 먼저 반긴다. '평화의 시벽'은 2005년 세계평화 시인대회에 참가한 29개국 55명의 외국 시인과 255명의 한국 시인 작품 등 310편의 시를 동판에 담아 평화를 희구하는 세계시인들의 염원을 기념하고자 조성되었다고 한다. 동판에 새겨진 여러 문인들의 각기 다른 글과 필체를 바라보는 재미가 상당하다. 시마다 각기 다른 디자인적 요소들이 눈길을 사로잡아 초입부터 자연히 걸음이 느려진다. 하나하나 새기듯이 눈에 담고 싶지만 기상이 따라주지 않는다. 갑자기 쏟아지는 빗줄기에 화들짝 놀란다. 잠시 비를 피하며 반듯하고 정갈한 경관을 바라보고 있으니 새삼 한용운을 기리기 위한 수많은 이들의 정성과 노력을 깨닫게 된다.

만해마을의 '평화의 시벽'

만해마을의 만해문학박물관 전경

백담사의 만해기념관이 고요하고 소박한 아름다움을 지녔다면, 만해마을은 학술 세미나나 강연, 행사를 할 수 있도록 대중과의 소통·화합을 중요하게 생각하는 듯하다. 북카페 맞은편에 있는 게스트 하우스로 운영 중인 '문인의 집'과 공연이 열린다는 '님의 침묵 광장'은 '만해축전'이 열리는 시기에는 문화·교육·휴식의 공간으로 활용된다고 한다. 1999년부터 시작한 '만해축전'은 강원도 인제군과 함께 진행하는 문화예술제를 통해 대중들에게 다채로운 공연을 선보인다. 지역과 더불어 발전하는 축제라는 점에서 한용운의 문학정신을 널리 알리는 데 기여하고 있다. 한용운이 불교의 유신을 주장하면서 꾸준히 외쳤던 것이 바로 대중과의 합일이었던 것을 기억한다면 만해마을에서 이루어지는 대중문화축제야말로 그의 뜻을 올바로 계승한 것이라 할 수 있겠다.

잠시 후 잦아지는 빗줄기를 맞으며 길게 나 있는 산책로를 따라 '만해문학박물관'으로 향한다. 산책길이 지루하지 않은 이유는 길과 함께 조성된 깨끗하고 푸른 잔디밭과 연못에서 유유히 헤엄치는 비단

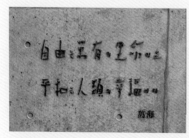

"자유는 만유의 생명이요, 평화는 인생의 행복이라"

만해의 친필을 새긴 "풍상세월 유수인생"

잉어 떼, 그리고 여러 시인들의 시비가 조화롭게 어우러져 있기 때문일 것이다.

박물관 입구에서 한용운의 명논설 「조선독립에 대한 감상의 개요」의 포문을 여는 글을 발견하게 된다. 이 글은 자유와 평화에 대한 선언으로 시작한다. "자유는 만유의 생명이요, 평화는 인생의 행복이라. 고로 자유가 없는 사람은 죽은 시체와 같고, 평화가 없는 사람은 고통스러운 자라."고 말한다. 독립에 대한 그의 의지와 자유·평화에 대한 사상의 기조가 얼마나 두텁고 단단한 뿌리를 가졌는지 입증되는 구절이다. 자유 없이는 생명을 유지하는 것이 무의미하며 평화가 없이는 인생의 어떤 행복도 가능하지 않다는 말인데, 결국 자유와 평화를 지켜내기 위해서는 어떤 희생도 감내하겠다는 한용운의 굳은 결심을 헤아릴 수 있다. 동시에 "남들은 자유를 사랑한다지만 나는 복종을 좋아하여요"라고 말한 그의 시 「복종」이 떠오른다. 자유를 모르는 것은 아니지만 복종하고 싶은 대상에게 복종하는 것은 자유보다 더 큰 기쁨과 쾌락을 가져다준다는 의미일 것인데, 이때의 복종은 자발적인 복종이기에 어떻게 보면 이 또한 '복종할 자유'가 될 수 있지 않을까. 한용운 특유의 역설의 미학이다.

로비의 벽면에는 '만해 연대기'와 한용운의 친필로 쓰인 '풍상세월 유수인생(風霜歲月 流水人生)' 패널이 걸려 있다. 세월의 고달픔이 바람과 서리처럼 매섭지만, 이 또한 언젠가는 흐르는 물과 같이 흘러간다는 뜻일까. 한국 문단의 위대한 시인이자 민족지사인 한용운이 아니라 번뇌에 시름 하던 한 인간인 한용운을 떠올려 본다. 부처를 품에 안고 민족의 독립을 기원하며 곧은 절개를 지키기까지 한 사람의 삶은 무척이나 지난했을 것이다. 가난과 병마로 생을 마감하는 순간까지 비바람과 서리 속에 있는 것처럼 위태롭고 혹독하진 않았을까. 그럼에도 불구하고 그는 흐르는 물과 같은 생을 추구한 것이다.

"조선청년은 자애(自愛)하라"

한용운의 글 「조선청년에게」를 담은 패널

1층 상설전시실에는 그의 친필과 작품집 그리고 한용운에게 영향을 주었던 저서들이 가득하다. 그중에서 나의 눈을 사로잡은 것은 〈조선일보〉에 기고한 한용운의 글 「조선청년에게」이다. 큰 패널에 가득 들어찬 그의 글을 읽노라면 시대를 관통하는 메시지를 전달받게 된다. 1929년 1월 1일 새해를 열면서 게재된 이 글은 불운한 시대에 살고 있다고 믿는 조선의 청년들에게 희망을 가질 것을 독려하는 내용을 담고 있다. 그의 글을 짧게 소개하자면 다음과 같다.

"현금의 조선청년의 주위를 싸고도는 모든 환경이 거슬려 부딪쳐서 하나에서 둘까지, 뒤에서 앞까지 모두가 고르지 못한 역경인 전차로 그것을 보고서 현대의 조선청년은 불안아라고 할는지 모른다. 그러나 (중략) 그것은 만지풍설(滿地風雪) 차고 거친 뜰에서 바야흐로 맑은 향기를 토하려는 매화나무에 아름답고 새로운 생명이 가만히 움직이고 있는 것과 같은 논법이 될 것이다."

「조선청년에게」 중에서

식민지에서 태어나고 자란 조선의 청년들에게 자신을 둘러싼 환경은 매우 고통스러울 것이다. 그러나 한용운은 그것을 역전하는 힘이 필요하다고 강조한다. 시대적 어려움 속에서도 새로운 생명이 움직이는 것과 같은 희망은 반드시 존재하기 때문이다. 이와 같은 부정적 상황에서 희망으로 향하는 역전의 힘은 그의 문학 전반에서 발견된다. 그렇기에 "아름다운 낙원을 자기의 힘으로 건설할 만한 기운"을 가지고 있는 "조선청년은 시대적 행운아"다. "가다가 가지 못한다면 그것은 육체요, 정신은 아닐 것이다"라는 말속에 육체를 압도하는 정신의 힘을 발견하게 된다. 비관에 빠지기보다는 개척할 미래를 향해 나아가야 한다고 말하는 긍정의 언어를 발견하게 된다. 그리하여 한용운은 글의 말미에서 청년들에게 다음과 같이 요청한다.

"조선청년은 자애(自愛)하라"

어떤 일을 하기 위해 일정한 목표를 세우고 꾸준히 밀고 나가는 것이 중요하다. 그러나 그것을 위해 가장 필요한 것은 "자애" 즉 자신을 사랑하고 소중히 여기는 마음일 것이다. 세상의 환난과 불우에 흔들리지 않을 굳은 심지는 바로 거기서부터 나오기 때문이다.

조선 지식인들의 문화공간이 된 〈조선일보〉

고개를 돌려 다른 전시물들을 바라본다. 만해문학박물관에서 가장 나의 이목을 끈 것이라 하면 그가 여러 매체에 발표한 글들, 특히 〈조선일보〉와 한용운의 관계를 중심적으로 전시한 구역을 꼽을 수 있다. 긴 통로 양 측면에 가득한 〈조선일보〉와 연이 닿았던 문인들에 대한 이야기와 〈조선일보〉에 기고한 한용운 글을 바라보고 있노라면 한 신문사의 역사가 우리의 근현대사와 맞닿아 있다는 감각을 고스란히 느끼게 된다.

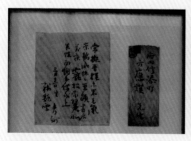
한용운과 방응모의 친분을 보여주는 편지글

〈조선일보〉에 기고된 만해의 글들

1920년 3월 창간된 〈조선일보〉는 1940년 8월 일제에 의해 폐간될 때까지 민족의 뜻을 전하는 항일신문의 역할과 문인을 포함한 지식인들이 결집한 문화공간이었다. 이때 '문인 기자' 혹은 '기자 문인'이라 불려도 좋을 인물들이 지면에 등장했는데 이광수·채만식·주요한·이육사·김기림·백석·노천명 등 한국 근대문학의 유명 문인들 다수가 〈조선일보〉 기자 출신이었다. 한용운 역시 고정 필자로 폐간될 때까지 〈조선일보〉와 함께 하였다. 그의 첫 소설「흑풍」역시 이곳을 통해서였다.

「흑풍」은 1935년 4월 9일부터 1936년 2월 4일까지 연재되었던 장편 소설로 청나라 말기의 상황을 시대적 배경으로 하는 작품이다. 다수의 논설과『님의 침묵』을 내놓은 그가 57세의 나이에 소설가로 등장하면서 선보인 첫 작품인 만큼 세간의 이목을 집중시켰음은 짐작할 만하다. "선풍적인 인기를 끌어 연재 기간에 신문 발행 부수가 6천 부 늘었고, 이 소설을 읽기 위해 조선일보를 본다는 말이 있을 정도였다."[6]

한용운과 〈조선일보〉의 인연은 사장 계초(啓礎) 방응모와의 친분에서 시작되었다. 방응모는 한용운의 재정적 후원자이자 우정을 함께 나눈 지기였다. 총독부의 종용과 압박에 의해 조선일보가 폐간하게 되자 한용운은 「신문이 폐간되다」라는 시를 지어 그의 안타까운 마음을 표현한다.

• • •

6　조선일보 사사편찬실,『조선일보 역사 단숨에 읽기 1920~』, 조선일보사, 2004, 68쪽.

붓이 꺾이어 모은 일 끝나니

이제는 재갈 물린 사람들 뿔뿔이 흩어지고

아, 쓸쓸키도 쓸쓸한 망국의 서울의 가을날.

한강의 물도 흐느끼느니 울음 삼켜 흐느끼며

연지(硯池)를 외면한 채 바다 향해 흐르느니!

『유심』으로 피어난 문학정신

　문학관 소장서 중에는 한용운이 집필했던 저서와 잡지 등을 발견하는 즐거움을 느낄 수 있다. 그가 편집책임자이자 편집 고문을 맡았던 불교의 교리, 사상 등을 보도한 종합 잡지『불교』와 우리나라 최초의 불교 교양 잡지『유심(惟心)』도 이곳에 있다. 1924년에 창간된『불교』에서 한용운은 항일운동과 종교 사상 등을 담은 논문을 발표했었고 권두언은 꼭 자신이 썼다고 한다. 사실 이러한 그의 열정은 이전 창간지인『유심』에서 먼저 시작되었다.

한용운이 편집을 맡은 종합 잡지『불교』

1918년 9월 창간한 『유심(惟心)』은 청년과 대중들을 계몽하기 위해 펴낸 국판 60여 쪽의 잡지로 대중의 수양과 정신을 위해 노력한 결과물이라 할 수 있다. 불교 잡지로 표명했으나 한용운은 이 잡지를 일반 종합 잡지의 성격으로 이끌었던 것으로 보인다. 수록문을 보면 보통문, 단편소설, 신체시, 한시 등 다양한 분야의 문예 작품을 공모하였고 「항공기 발달소시」, 「과학의 연원」 등의 기고문을 쓰면서 새로운 인재 발굴과 문명과 과학 분야에 관심을 보인다.

한편, 한용운은 서울 종로구 계동 43번지에 '유심사' 터를 마련했는데 현재는 '유심당'이라는 한옥 게스트하우스로 운영되고 있다. 『유심』지가 3호로 폐간되어 해를 넘기지 못한 간행물임을 떠올려 본다면 그가 발행했던 잡지의 터였던 것만으로도 문화적 유산이 된다는 사실에서 한용운이라는 이름이 가진 영향력을 다시금 느낄 수 있다. 그의 발자취를 기억하고 따라가고자 하는 이들에게 그곳 '유심당'에서의 하룻밤은 꽤 의미 있는 시간이 될 수 있겠다.

『유심』은 '현상문예작품'란을 통해 다양한 작품을 모집 발표하였는데, 그 중 소파 방정환이 투고한 학생소설 「고학생」과 시 「마음」이 각각 상금 1원과 상금 50전으로 당선된 이력은 퍽 흥미롭다. 필진은 박한영·백용성·권상로·이능화·이광수·최린 등 다양한 명사로 구성되어 있으나 원고의 상당 부분은 한용운의 기고로 이루어지고 있어 그가 이 잡지에 품은 애정이 얼마나 큰지 헤아릴 수 있다. 특히 창간사에 해당하는 글 「처음에 씀」을 보노라면 한용운이 『유심』지를 통해 무엇을 이루고자 하였는지, 혹은 그가 꿈꾸는 것이 어떤 것이었는지를 짐작해 볼 수 있다.

　배를 띄우는 흐름은 그 근원이 멀도다. 송이 큰 꽃나무는 그 뿌
리가 깊도다.
　가벼이 날리는 떨어진 잎새야 가을 바람이 굳셈이랴
　서리 아래 푸르다고 구태여 묻지 마라
　그 대(竹)의 가운데는
　무슨 걸림도 없나니라
　(중략)
　가자가자 사막도 아닌 빙해도 아닌 우리의 고원(故園)
　아니 가면 뉘라서 보랴 한 송이 두 송이 피는 매화.

「처음에 씀」 부분

　멀고 먼 근원(고향)인 '고원'을 향해 『유심』이라는 튼튼하고 뿌리
깊은 배를 띄우고자 하는 의지가 보인다. 고원은 '매화'가 자라는 곳
으로 그곳에서 피어난 매화는 한용운이 그리던 꿈이자 이상이자 지
침 그 자체로 해석된다. 꽃과 고원은 현재로선 도달할 수 없는 곳이
지만 사막과 빙해를 통과하는 고통을 통해 결국 우리의 고향으로 되
돌아갈 수 있음을 암시한다.
　발행인으로 활발한 활동을 하였으나 지속적인 총독부의 방해와 3·
1운동의 준비 등 산재한 여러 문제로 『유심』은 그해 12월 제3호로 종
간된다. 그러나 "한용운의 문학을 잉태시킨 출발점이자 1910년대를

대표하는 불교 지성들과 민족진영의 지성들이 식민지 현실을 극복하는 이념적 좌표를 유심과 수양주의에서 찾았던 잡지"[7]였다는 점에서 문학사적 의의가 있는 귀중한 자료로 평가된다.

대중과 함께하는 남한산성의 만해기념관

경기도 광주시 소재의 남한산성은 대중교통으로도 어렵지 않게 방문할 수 있고 서울과 바로 맞닿아 있다는 점에서 많은 등산객과 관광객들이 방문하는 곳이다. 특히 2014년 세계문화유산에 지정되면서 남한산성의 역사·문화적 가치가 인정되기도 했다. 그래서인지 평일임에도 불구하고 버스에서 내리는 등산객들과 가족단위 방문객의 수가 꽤 많다. 처음 이곳을 찾았을 때 내심 목가적 분위기를 생각했기에 여타 다른 관광지만큼 줄지어 있는 산채 음식 전문 식당들과 커피숍을 마주하게 되니 당황스러운 마음과 유명 관광지를 과소평가했다는 머쓱함이 동시에 지나간다. 사람이 많이 모여드는 곳이니 이 또한 당연한 데 말이다. 번화한 중심지를 지나 사람들은 각자의 목적지를 향해 발을 뗀다.

이처럼 많은 사람이 찾는 남한산성이 지리적으로는 의병항쟁의 중심지이자 정신적으로는 호국정신의 산실이었다는 점은 우리가 기

7　고재석, 『한국근대문학지성사』, 깊은샘, 1991, 219쪽.

억해야 할 중요한 사실이다. 실제로 '중부면사무소 3·1운동 만세 시위지' 터를 발견할 수가 있었는데, 단순히 역사적 사실로만 이해되었던 지식이 현장감을 통해 새롭게 구성되는 기분은 꽤 복잡하고 벅차게 다가온다. 그리고 그러한 역사적 장소에 독립운동가이자 불교 사상가이자 시인인 만해 한용운의 문학관인 '만해기념관'이 설립되어 있다.

남한산성 내 위치한 '만해기념관' 전경　　　기념관 앞 한용운 흉상

만해기념관은 1981년 10월 성북동에 위치한 만해 생가에 문을 열었고 1985년 5월 지금의 남한산성으로 이전 개관하였다. 만해기념관은 생각보다 우리가 잘 발견할 수 있는 곳에 있지 않다. 식당가들을 지나 '내가 지금 잘 찾고 있나……' 고민이 될 즈음에 반갑게 나타난다. 많은 사람이 오가는 길목에 위치한 것이 아니라 "눈 밝은 순서대로 오는 곳"이란다. 이곳에 기념관이 있다는 사실을 알고 찾아오

는 사람보다 우연히 발견하고 들어오는 관람객이 더 많다는 사실 때문인지 '왜 하필 남한산성에 있을까?'라는 의문이 절로 떠오른다. 그러나 관장님은 대중과 호흡할 수 있는 곳이야말로 기념관·박물관이 있어야 할 곳이라고 말한다. 지리적으로 대중과 동떨어져 방문하기 어려운 곳이라는 인식을 주는 것보다는 많은 이들이 쉽고 가깝게 찾을 수 있는 문화공간에 자리하는 것이 문인의 삶과 문학을 대중에게 소개할 때 더 친숙하게 다가올 수 있기 때문이다. 등산복을 입고 배낭을 멘 관람객들이 지나가다 호기심만으로도 손쉽게 문을 열 수 있는 곳, 바로 그곳에 한용운의 정신과 문학, 자취를 알리려는 문학관이 있다.

만해기념관이 이곳에 자리 잡은 또 다른 이유도 존재한다. 기념관 관계자의 설명에 따르면, 남한산성이 만해의 정신을 계승할 수 있는 역사적 장소이기 때문이다. 남한산성은 병자호란 당시 항전을 거듭했던 역사적 장소이자 이후 수도 서울을 방비하는 중요한 군사적 요충지로 기능해왔다. 따라서 외세 침입을 물리치기 위한 호국의 정기는 항일전투를 비롯한 의병 활동으로 이어졌고 남한산성은 '민주항쟁의 발원지'이자 '독립운동의 성지'가 될 수 있었다. 또한 남한산성을 지키고 쌓았던 이들이 조선 8도에서 찾아온 승려들이었다는 사실은 투철한 항일 투사이자 종교적 지도자였던 한용운의 삶과도 밀접하게 맞닿아 있기에 남한산성이 그의 정신적 연고지가 될 수 있다는 의미로 이해된다.

만해기념관 관내에 들어서면 경건하고 엄숙한 승려의 뒷모습과 시 「님의 침묵」이 쓰인 큰 그림을 발견하게 된다. 존경받는 종교인이자 아름다운 시를 지은 문인이었던 한용운을 단적으로 보여주는 듯해 관람객들에게 깊은 첫인상을 남긴다. 만해기념관은 각 시·군 지자체에서 관리하는 대부분의 문학관과는 달리 사설로 운영되는 곳이다. 관장님이 만해를 사랑하는 마음과 그를 알리고자 하는 마음으로 전국을 돌며 직접 수집했다는 수많은 자료를 마주한다면 만해의 삶과 정신을 이어가고자 하는 후대의 노력을 다시금 깨닫게 된다.

세계일주에 대한 동경과 좌절

만해기념관 전시품
일제강점기 금서들을 한 곳에서 볼 수 있다

기념관에 소장된 자료 중에는 한용운이 저술했던 각종 글과 저서들, 그리고 그가 즐겨 보았다던 일제강점기 동안의 금서인 수택본들도 만나볼 수 있었다. 그중에는 그에게 처음으로 세계 지리를 인식하게 했던 서계여의 『영환지략(瀛環志略)』과 양계조가 쓴 서구사상과 근대 개혁의 지침서였던 『음빙실문집(飮冰室文集)』을 직접 볼 수 있다.

이 두 권의 금서들이 흥미롭게 여겨지는 이유는 한용운이 이 서적을 읽고 세계일주를 결심하고 러시아로 향하게 되기 때문이다. 조선 땅을 벗어나기 어려웠던 당시, 그에게 멀리 인도·아메리카·유럽·아프리카를 소개한 서적과의 만남은 매우 매력적으로 다가왔던 것 같다. 그러나 그의 러시아행은 뜻하지 않게 도착한 첫날 좌절되고 만다. 평소 승려를 보지 못하였던 블라디보스토크의 한인 동포들에게 한용운의 복식과 파르라니 깎은 머리가 매국 행위를 일삼던 '일진회'의 일당처럼 보였던 것이다. 이후 그는 「나는 왜 중이 되었나」라는 글에서 당시의 상황을 술회하였는데 본인의 의지와 상관없이 다급하게 돌아가던 상황에 대한 억울함과 때 이른 귀국에 대한 아쉬움이 짙게 남아있다.

"수년 승방에 갇혀 있던 몸은 그에게도 마음의 안정을 얻을 길이 없어 『영환지략』이라는 책을 통하여 조선 이외에도 넓은 천지의 존재를 알고 그곳에 가서나 뜻을 펴볼까 하여 엄모라는 사람과 같이 원산서 배를 타고 서백리아(西佰利亞·러시아)를 지향하고 해삼위(海蔘威·블라디보스토크)로 가는 것이다. 그러나 어찌 알았으리요. 나의 동행이던 엄모가 사갈(蛇蝎) 같은 밀정(密偵)으로 나를 해치는 자였음을, 그래서 실로 살을 에는 듯한 여러 가지 고난의 와중(渦中)을 헤치고 구사일생으로 다시 귀국하였다."

오해한 청년 동포들에게 생명의 위협을 느낀 한용운이 서둘러 귀국하면서 그의 세계일주 계획은 허무하게도 무산되었다. 후일 투철한 항일정신으로 독립운동가가 된 그였기에 일본의 앞잡이로 오인 당하였던 일화는 퍽 당황스럽게 느껴진다. 그가 만약 러시아 여행을 성공리에 시작했더라면, 그래서 그가 바란 대로 세계 곳곳의 신기하고도 새로운 문명을 접하게 되었더라면 그의 생애와 업적은 지금과는 많이 달라졌을지도 모를 일이다.

서대문형무소에서 써 내려간 「조선독립이유서」

만해기념관의 다양한 소장품 중에서 주로 눈길을 끌었던 것은 한용운이 민족대표 33인의 일원으로서 행했던 행적들에 대한 것이었다. 조선총독부와 마주하기 싫다며 북향으로 집을 고쳐 지었다는 심우장(尋牛莊)은 한용운의 항일정신의 상징물로 유명하다. 그런 그가 누구보다 앞장서서 독립선언서에 참가했다는 것은 그리 놀라운 일이 아니다.

1919년 기미년에 일어난 3·1운동은 여러 종교 단체의 주도로 일어난 거족적인 독립투쟁이었다. 한용운은 천도교의 최린과 함께 독립선언 계획에 적극적으로 참여한다. 육당(六堂) 최남선이 초안을 작성하고 한용운이 '공약삼장(公約三章)'을 더해 지금의 우리가 알고 있는 「독립선언서」가 완성된다. 당시 태화관에서 독립선언식을 거행하던 도중 민족대표들은 일경에 체포되었는데, 그때 한용운은 변호사와 사식을 거부하고 보석을 요구하지 않겠다는 결의를 실천했다고 한다.

3·1운동의 선봉에 선 한용운의 행적을 담은 패널   한용운의 판결문과 독립사상 관련 자료

한편 일제는 민족대표들에게 내란죄의 죄목을 적용하였는데, '공약삼장(公約三章)'[8] 중에서 "최후의 일인까지 최후의 일각까지"라는 두 번째 내용을 문제 삼아 민족대표들이 3·1운동을 대중화하고 일제에 무력으로 저항하도록 선동하였다고 주장하였다.

한용운은 일인 검사의 심문을 받으면서 굽힘 없이 자신의 견해와 신념을 밝히는데, 그 과정에서 탄생한 것이 「조선독립이유서」 등으

● ● ●

8 공약삼장의 내용은 다음과 같다.
　一. 금일 오인의 차거(此擧)는 정의, 인도, 생존, 존영을 위하는 민족적 요구이니 오직 자유적 정신을 발휘할 것이오, 결코 배타적 감정으로 일주하지 말라.
　一. 최후의 일인까지 최후의 일각까지 민족의 정당한 의사를 쾌히 발표하라.
　一. 일체의 행동은 가장 질서를 존중하야 오인의 주장과 태도로 하야금 어디까지든지 광명정대하게 하라.

로 불리는「조선독립에 대한 감상의 개요」이다. 조지훈은 이 글에 대해 "육당의「독립선언서」에 비하면 시문으로서 한 걸음 나아간 것이요, 조리가 명백하고 기세가 웅건"[9]한 명문이라는 감상을 남겼다. 당시 만해가 있던 서대문형무소는 모진 고문이 자행되어 민족 투사들이 순국하는 통한의 공간이었다. 그런데도 한용운은 옥중에서 이 글을 작성하여 제출한 것이다. 그는 글을 통해 군국주의를 내세운 독일이 패망한 것과 같이 일본 역시 군국주의를 계속한다면 독일과 같은 전철을 밟을 것이라 경고한다. 이와 같은 절개와 지사적 면모는 변절자가 된 최린과 최남선의 행적과 대비되어 더욱 뚜렷하게 부각된다. 이윽고 한용의「조선독립이유서」는 비밀리에 내보내져 1919년 11월 4일 임시정부의 기관지 〈독립신문〉에 게재됨으로써 세상에 알려진다.

. . .

9   조지훈, 앞의 책, 363~364쪽.

'님의 침묵'을 휩싸고 도는 사랑의 노래

1922년 3년여의 옥중 생활을 마치고 백담사로 돌아온 한용운은 1926년 88편의 시가 수록된 시집 『님의 침묵』을 간행한다. "시작가(詩作家)로 세상 모르든 일불도(一佛徒)의 손으로 된 것은 의외이니만큼 상쾌"[10]하다고 말한 「불놀이」의 시인 주요한의 짧은 단평은 그의 이색적인 이력에 놀란 당대의 시단의 반응을 짐작할 수 있다. 당시 식민지 조선에서는 근대적 자유시의 전범으로 평가될 독자적인 시적 형식이 부족했었다. 특히 1920년대는 수많은 동인지가 출현하여 문화적 공간을 장악하고 있었으나 서구적 풍조에 탐닉하는 등 눈물과 비탄, 죽음의 그림자가 지배적 분위기를 형성하고 있었다. 이때 등장한 그의 시가 서정시 본연의 그리움과 사랑을 불교적 선적 명상과 사유를 통해 근대시의 내적 깊이를 심화시켜 준 것이다.

한용운은 그의 대표작인 시집 『님의 침묵』외에도 시조와 한시, 그리고 「흑풍」을 비롯한 5편의 소설을 남겨 놓으며 다양한 글쓰기를 시도하였다. 한용운이 김소월과 더불어 한국 근대 서정시의 원천이라 평가받고 있지만 아이러니하게도 그는 자신을 전문적인 문학인으로 바라보지는 않았던 것 같다. 그의 시 「예술가(藝術家)」에 등장하는

• • •

10 주요한, 「愛의 祈禱 祈禱의 愛」, <동아일보>, 1926.06.22.

화자의 목소리와 1935년 〈조선일보〉에 연재한 소설 『흑풍』에 등장한 '작가의 말'을 함께 살펴보자.

> 나는 서정시인(敍情詩人)이 되기에는 너무도 소질이 없나봐요.
> 〈즐거움〉이니 〈슬픔〉이니 〈사랑〉이니 그런 것은 쓰기 싫어요.
> 당신의 얼굴과 소리와 걸음걸이와를 그대로 쓰고 싶습니다.
>
> 「예술가」 부분

> 나는 소설을 쓸 소질이 있는 사람도 아니요, 또 나는 소설가가 되려고 애쓰는 사람도 아니올시다. (중략) 하여튼 나의 이 소설에는 문장이 유창한 것도 아니요, 묘사가 훌륭한 것도 아니요, 또는 그 이외라도 다른 무슨 특징이 있을 것도 아닙니다. 오직 나로서 평소부터 여러분께 대하여 한 번 알리었으면 하던 그것을 알리게 된데 지나지 않습니다.
>
> 「흑풍」 작가의 말 중에서

작가와 시적 화자를 반드시 동일하게 여길 수는 없으나 그는 자신을 시인으로서도 소설가로서도 어떤 경지에 올라 있는 대단한 문필가라고 생각하지는 않았던 것 같다. 다만 그가 글을 쓰는 이유는 '있는 그대로' '알리었으면' 하는 마음에서 출발한 것으로 보인다. 당시 유행하던 '주의(主義)'를 벗어나 어떤 형식의 구애도 없이 시를 통해 자신의 사상과 감정을 담담히 풀어내는 것만으로도 충분하다고 여겼던 것은 아닐까. "사랑을 '사랑'이라고 하면 벌써 사랑이 아니"며 "사랑을 이름 지을 만한 말이나 글이 어디있"[11]겠느냐고 되묻는 것도 그러한 이유로 읽힌다.

생각해보면 정제되고 다듬어진 미사여구로 가득 찬 찬미의 시보다 때로는 감정이 절제된 시에서 숨은 의미를 읽거나 더 깊은 울림을 전달받기도 한다. 마찬가지로 좋은 작품은 '유창한 문장'이나 '훌륭한 묘사'에서 출발하지 않는다. 화려한 기법 없이도 독자에게 감동을 전할 수 있다. 더불어 글 속에 숨은 작가의 마음을 독자가 발견할 때 글의 의미는 무한히 확대될 수 있다. 비로소 독자의 마음에서 각개의 의미로 자리 잡아 생동하게 되는 것이다. 한용운의 시가 후대에도 널리 읽히며 기념비적인 작품으로 남아 있는 이유가 바로 여기에 있다. 정형적인 하나의 의미로 바라보기엔 그의 시가 함축하는 바가 너무나 다양하기 때문이다. 이런 시적 성취를 이룬 한용운이 시인으로서 독자 앞에 나타나는 것을 부끄러워한 것은 꽤 의외의 사실로 흥미를 불러일으킨다.

독자여, 나는 시인(詩人)으로 여러분의 앞에 보이는 것을 부끄러워합니다.

여러분이 나의 시(詩)를 읽을 때에 나를 슬퍼하고 스스로 슬퍼

• • •

11 한용운, 「사랑의 존재」, 『님의 침묵』, 회동서관, 1926.

할 줄을 압니다.

　나는 나의 시를 독자의 자손(子孫)에게까지 읽히고 싶은 마음은
없습니다.

　그때에는 나의 시를 읽는 것이 늦은 봄의 꽃수풀에 앉아서 마른
국화를 비벼서 코에 대는 것과 같을는지 모르겠습니다.

　밤은 얼마나 되었는지 모르겠습니다.

　설악산의 무거운 그림자는 엷어갑니다.

　새벽종을 기다리면서 붓을 던집니다.

-乙丑 八月 二十九日 밤-

「독자(讀者)에게」 전문

　그는 자신의 시를 읽을 때면 시인도 독자도 모두 슬퍼할 것이라고
한다. 어떠한 성격의 슬픔인지는 구체적으로 설명하지 않았으나 시
인과 독자가 공감하는 동시대적 슬픔으로 생각하는 것이 타당할 것
이다. 식민지 시대에 쓰인 시가 '독자의 자손'에게까지 읽히지 않길
바라는 마음은 역사적 아픔을 물려주지 않겠노라는 다짐의 다른 표
현이 아닐까. 그는 '마른 국화'와 같이 자신의 시가 향을 잃는 것을 두
려워하지 않는다. 다만 일제의 그늘에서 벗어난 미래의 시대, 희망
의 시대에는 슬픔의 노래가 아니라 환희의 노래만이 울려 퍼지는 것
이 마땅한데, 떠나간 님에 대한 그리움이 가득한 자신의 시가 후대
에 어떤 울림이 있겠느냐고 생각하는 것이다. 그러나 그의 시는 여
전히 우리에게 마르지 않는 국화로서 살아 있다. 사랑이라는 보편적

테마에 서정적인 시적 형상화도 독자들에게 즐거움을 안겨주지만, '님'을 향한 기다림을 통해서 슬픔을 극복해야 한다는 희망과 밝은 생명력을 내포하고 있기에 더욱 등불 같은 불후의 시집으로 평가되고 있다.

희망과 기다림의 정서

『님의 침묵』에서 일관되게 표출되고 있는 정서는 '님'의 부재와 그에 따른 시적 자아의 슬픔이다. 이때 중요한 점은 '떠나간 님'보다 '님을 기다리는 것'에 시의 초점이 맞춰져 있다는 것이다. 표제시인 『님의 침묵』에서 보여주듯이 화자는 좌절과 슬픔에 침잠하지 않고 이별이 또 다른 만남이 된다는 불교적 사유를 통해 희망을 기약한다. 이는 당대 팽배했던 감각적이고 퇴폐적인 시풍이나 감상을 극복하는 계기를 마련해 주었다.

　님은 갔습니다. 아아 사랑하는 나의 님은 갔습니다.
　푸른 산빛을 깨치고 단풍나무 숲을 향하여 난 작은 길을 걸어서 차마 떨치고 갔습니다.
　황금(黃金)의 꽃같이 굳고 빛나든 옛 맹세는 차디찬 티끌이 되어서, 한숨의 미풍에 날려 갔습니다.
　날카로운 첫 키쓰의 추억은 나의, 운명의 지침(指針)을 돌려 놓고 뒷걸음쳐서 사라졌습니다.

나는 향기로운 님의 말소리에 귀먹고, 꽃다운 님의 얼굴에 눈멀었습니다.

사랑도 사람의 일이라, 만날 때에 미리 떠날 것을 염려하고 경계하지 아니한 것은 아니지만, 이별은 뜻밖의 일이 되고, 놀란 가슴은 새로운 슬픔에 터집니다.

그러나 이별은 쓸 데 없는 눈물의 원천(源泉)을 만들고 마는 것은 스스로 사랑을 깨치는 것인 줄 아는 까닭에, 걷잡을 수 없는 슬픔의 힘을 옮겨서 새 희망의 정수박이에 들이부었습니다.

아아, 님은 갔지마는 나는 님을 보내지 아니하였습니다.

제 곡조를 못 이기는 사랑의 노래는 님의 침묵을 휩싸고 돕니다.

「님의 침묵」 전문

떠나간 님에 대한 탄식으로 이 시는 시작한다. 굳고 빛나던 사랑의 맹세와 날카로운 첫 키스의 추억만을 남기고 단풍나무 숲을 향해 님이 떠나간 것이다. 그러나 화자는 슬픔의 힘을 새로운 희망으로 전환한다. 터질 듯 고조되는 슬픔에서 한 발짝 물러나 사랑을 깨치지 않기 위해 마음을 가다듬는다. 바로 여기에서 한용운 시의 독창성과 시적 성취를 발견하게 된다. 격정적인 감정과 비탄에 빠져 하염없이 눈물만을 흘린다면 극복의 계기는 찾아오지 않는다. 실연의 아픔에 빠져 자신을 나락에 빠트릴 뿐이다. 이러한 사례를 1920년대 문단에서 어렵지 않게 확인할 수 있다. 식민지 조선에서 낙관적인 전망이

나 현실적인 대처법을 찾지 못한 지식인들은 서구문물에 대한 맹목적인 추구나 내면세계로의 침잠을 시도했다. 그리하여 서구의 낭만주의 시를 식민지 조선에서 재현했는데 절망·비탄 등의 부정적이고 허무를 다루는 글이 주류를 이루었다. 이런 시단의 분위기 속에서 슬픔의 힘을 역전시키는 시가 혜성같이 등장한 것이다.

'만난 사람은 헤어지게 되어 있고 헤어진 사람은 반드시 다시 만나게 된다'라는 법화경의 회자정리(會者定離) 거자필반(去者必返)은 한용운의 시적 사유가 되어 이별의 슬픔을 극복하게 한다. 헤어짐이 끝이 아니라 또 다른 만남이 된다면 떠나간 님이 다시 돌아올 것이라는 희망 속에서 기다림을 지속할 수 있기 때문이다. 그리하여 그는 "님은 갔지마는 나는 님을 보내지 아니하였습니다"라고 이별의 탄식을 되돌린다. 불교적 사유를 바탕으로 영원한 기다림마저도 기꺼이 감내하겠다는 헌신의 자세는 시 「나룻배와 행인」에서도 찾을 수 있다.

나는 나룻배.
당신은 행인(行人).

당신은 흙발로 나를 짓밟습니다.
나는 당신을 안고 물을 건너갑니다.
나는 당신을 안으면 깊으나 얕으나 급한 여울이나 건너갑니다.

만일 당신이 아니 오시면 나는 바람을 쐬고 눈비를 맞으며 밤에
서 낮까지 당신을 기다리고 있습니다.

당신은 물만 건너면 나를 돌아보지도 않고 가십니다그려.

그러나 당신이 언제든지 오실 줄만은 알아요.

나는 당신을 기다리면서 날마다 날마다 낡아갑니다.

나는 나룻배.

당신은 행인(行人).

「나룻배와 행인」 전문

필연적으로 '당신'과 '나'는 헤어짐을 겪을 수밖에 없다. 당신은 길
을 떠나는 행인이고 나는 물가에 묶여있는 나룻배이기 때문이다. 그
럼에도 불구하고 나는 언젠가 당신이 돌아올 것이라는 희망을 안고
기다린다. 밤낮없이 바람이 불어도 눈비가 내려도 당신이 돌아올 때
까지 기약 없는 기다림은 지속된다. 기다림은 날마다 날마다 낡아
가면서 완성되어가고 인고를 통해 당신에 대한 나의 사랑 역시 점차
완전함을 이룬다. 고난과도 같은 기다림이 곧 사랑의 실현이 되는
까닭은 무엇일까. 아래의 시에서 그 답을 찾아볼 수 있다.

내가 당신을 기다리고 있는 것은 기다리고자 하는 것이 아니라
기다려지는 것입니다.

말하자면 당신을 기다리는 것은 정조보다도 사랑입니다.

(중략)

　나는 님을 기다리면서 괴로움을 먹고 살이 찝니다. 어려움을 입
고 키가 큽니다.

　나의 정조는 「자유정조(自由貞操)」입니다

「자유정조」부분

　「자유정조」의 시적 화자는 '자유연애'의 유행에도 정조를 지키려
는 여성이다. 사람들은 '나'를 "시대에 뒤진 낡은 여성"이라며 비웃는
다. 그러나 '내'가 정조를 지키는 것은 시대에 뒤처지기 때문도 아니
고 구시대적인 윤리나 규범에 속박되어 있기 때문도 아니다. 사랑하
기 때문에 기다리는 것이다. 이는 타율성이 배제된 자발적인 기다림
이다. 사람들이 자유롭게 연애하는 것을 선택한 것처럼 화자도 자유
롭게 기다림을 선택한 것이다. 글자 그대로 '자유정조'인 것이다. 자
신의 선택임에도 '당신'이 부재한 현실은 괴로움과 어려움의 연속일
수밖에 없다. 그러나 기다림의 어려움을 이겨내는 동력 역시 사랑이
된다. "그러므로 이 기다림은 현재의 좌절을 넘어서는 절대적인 사
랑, 그 자체에 근거하는 자발적인 것이다."[12]

• • •

12　최동호, 『한용운:혁명적 의지와 시적 사랑』, 건국대학교출판부, 2001, 130쪽.

'님'의 본질과 '님'의 시인

한용운의 시에서 '님'이라는 용어가 한 번이라도 등장하는 작품은 46편에 이른다. 그 밖에도 '당신' '그대' '그'로 호명되는 대상이 등장하는 시는 42편에 달한다. 서시 「군말」과 결시 「독자에게」를 제외하고 본편에 총 88편의 시가 수록되어 있다는 점을 기억한다면 시집 전체를 아우르는 중심은 바로 '님'이 된다. 그의 모든 시는 "단 한 개의 초점을 중심으로 회전한다. 모든 생각과 연상과 이미지와 서술들은 그 초점에서 출발하여 그 초점으로 되돌아온다. 그것이 '님'이다."[13] 따라서 '님'이 가지고 있는 의미를 어떻게 이해하느냐가 그의 시를 올바로 해석하는 열쇠가 될 것이다.

대표시인 「님의 침묵」에서 독자는 '님'의 존재를 처음 인식하는 순간 바로 '떠나가는 님'을 발견하게 된다. 즉 '나'와 '님'이 이별하는 것에서부터 시는 시작한다. 그리고 이별의 과정은 님이 지니는 의미와 가치를 더욱 뚜렷하게 만들어 준다. 이별이 있기에 님에 대한 그리움과 간절함이 더욱 극대화될 수 있다. 그렇다면 '님'은 화자에게 어떤 존재인가.

님의 얼굴을 「어여쁘다」고 하는 말은 적당한 말이 아닙니다.
어여쁘다는 말은 인간(人間) 사람의 얼굴에 대한 말이오, 님은

• • •

13 염무웅, 「님이 침묵하는 시대-만해의 시에 대하여」, 『한용운』, 문학세계사, 1993, 232쪽.

인간의 것이라고 할 수가 없을 만치 어여쁜 까닭입니다.

자연(自然)은 어찌하여 그렇게 어여쁜 님을 인간으로 보냈는지 아무리 생각하여도 알 수가 없습니다.
알겠습니다. 자연의 가운데에는 님의 짝이 될 만한 무엇이 없는 까닭입니다.

「님의 얼굴」 부분

이 시에서 '님'의 존재는 인간이다. 그러나 인간의 것이라 할 수 없을 만큼 아름답다. 그 아름다움은 자연 어디에서도 짝을 찾지 못할 정도이다. 화자는 연꽃과 백옥, 봄 호수의 잔물결이나 아침볕의 방향(芳香)조차 님의 입술과 살빛과 눈결과 미소의 비교 대상이 될 수 없다고 말한다. 그리하여 화자의 시선은 지상에서 벗어나 천상으로 이동한다. 천국의 음악에서 님의 노래를, 아름다운 별에서 님의 눈빛을 찾는다. 이때의 님은 인간이되 인간이 아닌 존재, 아름다움이 극에 달한 절대적 존재로 형상화된다. 그렇다면 과연 '님'이 상징하는 것이 무엇인지 의문이 든다. 『님의 침묵』의 서시인 「군말」을 통해서 이해해 볼 수 있다.

「님」만 님이 아니라 기룬 것은 다 님이다.
중생이 석가의 님이라면 철학은 칸트의 님이다.
장미화의 님이 봄비라면 마찌니의 님은 이태리다.

님은 내가 사랑할 뿐 아니라 나를 사랑하느니라.

연애가 자유라면 님도 자유일 것이다.
그러나 너희는 이름 좋은 자유의 알뜰한 구속을 받지 않느냐.
너에게도 님이 있느냐. 있다면 님이 아니라 너의 그림자니라.

나는 해 저문 벌판에서 돌아가는 길을 잃고 헤매는 어린 양이 기
루어서 이 시를 쓴다

「군말」 전문

한용운은 「군말」에서 '님'의 존재와 의미에 관해 이야기하고 있다.
'님'의 존재는 석가에겐 중생이고, 칸트에겐 철학이다. 또 장미에겐
봄비가 되고 이탈리아의 혁명가 마치니에겐 조국 이태리가 '님'이다.
즉 시인은 '님'의 존재는 사람에 따라 다양한 의미를 내포하고 있음
을 말한다. "서로 다르게 나타나는 '님'은 언제나 '나' 자신에 대한 최
고의 '가치성과 또한 나 자신의 행위를 발동시키는 동력'을 구유(具
有)하고 있는 것이 '님'의 본질"[14]이 된다.

조지훈은 한용운의 문학을 일관하는 정신을 "민족과 불(佛)을 일
체화한 '님'에의 가없는 사모"에서 찾고,[15] 박두진은 "한용운의 모든

• • •

14 신동욱 편저, 『한용운』, 문학세계사, 1994, 171쪽.
15 조지훈, 앞의 책, 362쪽.

시는 일단 '나라'나, '민족', '애국'이나 '애족'의 관념으로 귀납되지 않는 시가 거의 없다"고 말한다.[16] 그렇게 보았을 때 "돌아가는 길을 잃고 헤매는 어린 양"이란 넓은 의미에서는 중생, 그리고 빼앗긴 조국에서 갈 곳을 잃어버린 민족을 의미하는 것이라고 해석하는 것은 무리가 아닐 것이다. 그렇게 우리는 중생과 민족을 위로하기 위한 시를 쓰고자 하는 시인을 발견하게 된다.

• • •

16 박두진, 『한국현대시론』, 일조각, 1970.

주변 즐길거리

백담사 등산코스 : 수렴동 코스와 오세암

국립공원에 따르면 설악산을 즐기는 탐방 코스는 약 두 가지로, 국립공원 제1경인 공룡능선을 탐방하는 코스가 그 하나고 백담분소부터 수렴동 대피소까지 탐방하는 수렴동 코스가 다른 하나다. 공룡능선은 아름답기로는 말할 것도 없지만 꽤 많은 시간이 소요되고 길 또한 가팔라 가벼운 마음으로 도전하기엔 쉽지 않다.

설악산 수렴동 계곡 단풍 풍경
출처 : 설악산 국립공원
https://www.knps.or.kr/
front/portal/photo/photoList.do?
sspGrpCd=SSP01&menuNo=702003
1&photoId=SSPM009349

반면 수렴동 코스는 11.2km 약 3시간가량 소요되는 낮은 난이도를 자랑한다. 특히 수렴동 계곡의 가을 단풍이 매우 아름다워 설악산의 대표적 단풍길로 꼽히는데 선선한 가을바람과 함께 즐겨보길 권한다. '남녀노소 누구나 즐길 수 있는 편안한 산책길'이라 하니 마음의 여유와 함께 아름다운 백담계곡 물길을 따라 걷노라면 세상에서 얻은 시름을 잠시나마 덜 수 있지 않을까.

이외에도 2003년도에 나온 한국 애니메이션 '오세암'이 선물해 주었던 감동을 기억한다면 백담사에서 오세암으로 향해 보는 것은 어떨까. 오세암은 본래 관음암이라 불리던 백담사의 부속 암자였는데, 우리에게 유명한 '관음영험설화'가 전해지고 있다. 5살 된 아이가 폭설 속에서 홀로 고립되었으나 관세음보살의 신력으로 살아난 것을 내용으로 한다. 이에 후세에 전하기 위해 관음암을 오세암으로 고쳐 불렀다고 한다.

용대자연휴양림

용대 산책로
출처 : 산림청 국립용대자연휴양림
https://www.foresttrip.go.kr/
pot/rm/ri/selectFrestGrListView.do?
hmpgId=0102&type=P&twbbsI
d=&nowPage=2&bbrssMsterId
=BBRSSMSTER_00000052&sr
wrd=#goDtlView

1994년에 개장한 용대자연휴양림은 산림청 국립자연휴양림으로 설악산국립공원과 동해와 통하는 46번 국도와 인접하는 곳에 있다. 백담사에서 등산코스를 즐기고 휴양림에서 운영하는 휴양관과 오토캠핑장에서 하루를 마감하는 것은 어떨까. 주변이 울창한 한여름에도 10분 이상 발을 담글 수 없을 정도로 깊고 깊은 계곡에 자리한 곳으로 참나무, 피나무, 박달나무, 소나무 등 천연림이 서로 조화를 이루며 울창한 숲으로 이루어진 자연경관을 자랑한다. 휴양림이 자리하고 있는 연화동을 이루는 지형을 연화분수형이라고 하는데, 이는 연꽃이 물 위에 떠 있는 형상이라 하니 그림 같은 모습을 짐작할 수 있다.

인제 지역축제

인제 빙어 축제
출처 : 인제군 관광홈페이지 '이제, 인제'
https://tour.inje.go.kr/tour/
fun/fun_festival?
festaSeq=13&mode=read

인제에서 진행하는 겨울철 최고의 축제를 꼽자면 가장 먼저 1월에 열리는 빙어 축제가 생각날 것이다. 화천의 산천어축제와 함께 전국 최고의 겨울 축제로 자리매김하고 있다. 소양강의 빙어와 겨울 내 설악의 경관에 이곳을 찾는 관광객들의 눈을 우선 즐거워진다. 축제가 열리는 소양호 지역은 겨울철이면 300만 평의 빙판이 형성되며 산란을 위한 빙어들이 모인다고 한다. 이때 즐기는 빙어 낚시와 얼음 썰매 등의 각종 체험 행사는 축제를 다채롭게 만들어 준다.

인제군에서는 이외에도 3월에 고로쇠 축제, 5월에는 용대리 황태 축제를 개최하는데 1999년 제1회 축제를 시작으로 꾸준히 이어진 황태 축제는 전국에서도 대표적인 특산물 축제로 5만여 명의 관광객이 찾는다고 한다. 7월에는 레포츠 축제, 10월에는 합강문화제를 진행하는데, 합강문화제는 1983년부터 시작된 향토문화축제로 합강(合江)이라는 자연 지리적 경관과 역사 지리적인 상징성을 전승시키고자 개최한 인제군의 대표적인 문화축제이다.

기타 인제 여행 자료는 인제의 즐길 거리를 한곳에 모아 소개하는 인제군에서 운영하는 사이트인 '이제, 인제'(http://tour.inje.go.kr/tour)를 참고하면 알찬 여행계획을 세울 수 있을 것이다.

남한산성 둘레길 탐방로

남한산성 둘레길을 탐방할 수 있는 '역사 테마길'은 세계유산인 남한산성의 가치를 체험할 수 있도록 테마별로 구성된 탐방로이다.

남한산성 탐방안내도
출처 : 경기도청 남한산성 홈페이지
https://www.gg.go.kr/
namhansansung-2/namhansan-trail

1코스는 1시간 20분가량 소요되는 3.8km의 '장수(將帥)의

길'로 남한산성이 가지고 있는 요새적 특징들을 살펴볼 수 있다. 방어시설물의 중심이었던 전승문(북문), 우익문(서문), 지화문(남문)을 거닐며, 전시에 비상연락 및 적정 탐색을 위한 암문과 지휘를 했던 수어장대를 볼 수 있다. 수어장대는 경기도 유형문화재 제1호로 지휘와 관측을 위해 지은 누각이라고 한다. 남한산성에는 수어장대 이외에도 동장대, 서장대, 남장대, 북장대, 외동장대가 있었으나 현재 유일하게 남아 있는 것은 수어장대뿐이다.

2코스는 약 2.9km 1시간이 소요되는 '국왕의 길'로 1코스와 마찬가지로 산성로터리부터 시작된다. 조선시대 국왕의 공간이었던 행궁과 무기제작소의 사무를 관장하던 곳으로 추정되는 침괘정을 가장 먼저 만나고 영월전과 숭렬전을 지나 병자호란 시기 인조가 항복하러 성문을 나간 서문을 아우르는 길이다. 국왕이 행차하여 머물렀던 남한산성 행궁은 국가사적 제480호로 조선 인조 4년(1626)에 건립되었는데 인조는 1636년 병자호란이 발생하자 이곳으로 피난하여 47일간 항전하였다.

한편, 숭렬전(崇烈殿)은 백제의 시조 온조왕을 모신 사당인데 인조의 꿈과 얽힌 흥미로운 일화가 전해진다. 병자호란 당시 온조왕이 인조의 꿈에 나타나 "적이 높은 사다리를 타고 북성을 오르는데 어째서 막지 않는가"라고 호통을 쳤다. 깜짝 놀라 꿈에서 깬 인조가 북쪽 성 근처를 살펴보게 했더니 실제로 청나라 군사가 성벽을 타고 있었다고 한다. 이에 감사하는 마음으로 제사를 지냈다고 전해진다.

3코스는 경기도 남한산성 세계유산센터에서부터 시작하는 '승병의 길'로 5.7km 2시간이 소요된다. 남한산성을 지켰던 승병들의 생활을 알아볼 수 있는 탐방코스이다. 병자호란 때 적에게 항복하기를 반대했던 홍익한, 윤집, 오달

남한산성 숭렬전(崇烈殿)
출처 : 경기도청 남한산성 홈페이지
https://www.gg.go.kr/
wp-content/uploads/
2018/08/cos2-5.jpg

제 등 삼학사의 우국충절을 기리기 위한 사당인 경기도 유형문화재 제4호 현절사와 남한산성의 외성이 있는 벌봉(봉암)을 지난다. 이윽고 만나는 장경사와 망월사는 동문산성의 수축과 유지를 위해 승병이 머물렀던 곳이라 전해지는데 장경사는 인조 2년에 남한산성을 고쳐 쌓을 때 승려 벽암각성을 팔도 도총섭으로 삼고 전국의 승려들을 징집하여 성을 쌓게 하였다. 망월사는 남한산성 내에 있는 10개의 사찰 중 가장 역사가 깊은 곳이다. 옛 망월사는 일제에 의해 모두 소실되었고 현재 남아있는 건물은 이후에 복원되었다고 한다.

4코스는 '옹성의 길'이다. 3.8km 1시간 20분이 소요되는 이 길은 남한산성의 약점을 보완하고자 했던 선조들의 고민을 느낄 수 있는 탐방코스이다. 적에게 대응하기 위한 방어시설이었던 제1 남옹성, 제2 남옹성, 제3 남옹성을 지나 지수당과 개원사를 거친다. 지수당은 현종 13년(1672)에 부윤 이세화가 건립한 정자이며 개원사는 남

한산성을 보수하고 지키기 위해 전국에서 모인 승려들을 총지휘하는 본영사찰이다.

옹성의 길에서는 군건한 남한산성의 성벽과 야생화를 비롯한 아름다운 자연환경이 어우러져 있어 평화로운 모습을 체험할 수 있다.

남문-옹성
출처 : 경기도청 남한산성 홈페이지
https://www.gg.go.kr/wpcontent/
uploads/2018/08/cos4-6.jpg

5코스 '산성의 길'은 남한산성 탐방로 중 가장 긴 코스로 7.7km 약 3시간 20분이 소요된다. '하늘이 만든 성'으로 알려진 남한산성의 성벽을 두루 볼 수 있다. 성벽을 따라 남한산성의 방어시설물을 볼 수 있다.

남한산성 옛길 안내도
출처 : 경기도청 남한산성 홈페이지
https://www.gg.go.kr/
namhansansung-2/
namhansan-yg-intro

산성의 길에서 남한산성 서벽의 경관과 성남, 하남, 광주의 경관을 모두 볼 수 있다.

이외 남한산성 탐방로는 '옛길'을 따라 걸을 수 있는 코스도 마련되어 있다. 남한산성의 '옛길'은 조선시대 후기 10대로 중 하나인 봉화로의 일부 노선으로 봉화로의 일부 구간과 주변의 다양한 역사 문화자원들을 연결해 탄생했다. 지방 선비들이 과거를 보기 위해 서울로 향할 때 지나던 길, 보부상들이 다니던 길 등 푸르른 자연경관과 함께 선조들의 삶을 되새기는 기회를 마련해준다.

자세한 코스별 안내와 추천 경로는 "경기도청 남한산성 홈페이지 (https://www.gg.go.kr/namhansansung-2)를 참고하면 알찬 여행 계획을 세울 수 있다."

별 하나에 사랑과
별 하나에 시와

- 윤동주 문학관 -

김설화

영혼의 가압장

    종로구 부암동에 자리 잡은 윤동주문학관은 인왕산 자락길 초입에서 한눈에 바라볼 수 있다. 1020, 7022, 7212번 버스를 타고 '자하문고개, 윤동주문학관'정류장에서 내리면 최규식 종로경찰서장의 동상이 있다. 동상 맞은편에 바로 보이는 직사각형 흰색 건물이 윤동주문학관이었다. 시인의 동상이나 시비는 보이지 않았다. 하얀색 소담한 입구 외벽에는 연희전문 입학 당시 시인의 얼굴이 보였고 그 옆에는 연희전문에 입학한 후 처음으로 쓴 시 「새로운 길」이 시인의 필체로 새겨있었다. 윤동주의 깨끗하고 흐트러짐 없는 성정을 닮아 외관도 군더더기가 없었다.

윤동주 문학관

청운수도가압장 옛모습,
출처 : 종로문화재단 홈페이지
www.jfac.or,kr

2012년 7월 25일에 문을 연 문학관은 버려진 청운수도가압장과 물탱크를 시인의 시 세계와 접목하여 재탄생시킨 건축이다. 종로구 인왕산 자락은 고지대인 탓에 수돗물이 잘 나오지 않았는데 1970년대에 아파트들이 건축되면서 그 문제를 해결하기 위하여 가압장을 설치하였다. 올라오는 물을 가두어서 압력을 가해 물이 힘차게 흐르도록 하는 장치였다. 아파트들이 낡고 철거되면서 가압장도 그 용도를 잃어버리게 되었고 낡은 상태로 오래 동안 방치되었다.

마침 윤동주 시 선양회에서 2009년 서울시청과 종로구청의 협조를 얻어 가압장 뒤편 청운공원에 〈윤동주 시인의 언덕〉을 조성하고 시비를 세워 문학둘레길로 활용하였다. 윤동주 시인이 연희전문 시절 후배 정병욱과 누상동에 있는 소설가 김송의 집에서 하숙할 때 수성동 계곡과 인왕산 자락을 산책하였다는 인연 때문이었다. 정병욱은 「잊지 못할 윤동주의 일들」에서 누상동 9번지 하숙 시절을 그린 대목이 있다.

그 무렵의 우리 일과는 대충 다음과 같다. 아침식사 전에는 누상동 뒷산인 인왕산 중턱까지 산책을 할 수 있었다. 세수는 산골짜기 아무데서나 할 수 있었다. 방으로 돌아와 청소를 끝내고 조반을 마친 다음 학교로 나갔다. 하학 후에는 기차편을 이용했었고, 한국은행 앞까지 전차로 들어와 충무로 책방들을 순방하였다. 지성당, 일한서방, 군서당, 마루젠(丸善) 등, 신간 서점과 고서점을 돌고 나면 '후유노야도'나 '남풍장(南风莊)'이란 음악다방에 들러

음악을 즐기면서 우선 새로 산 책을 들춰보기도 했다. 오는 길에 '명치좌'(현재의 명동예술극장)에 재미있는 프로가 있으면 영화를 보기도 했다.[17]

가압장을 문학관으로 조성할 때 「자화상」 시 속에 나오는 '우물'에서 모티브를 얻었다고 한다. "수도가압장이었다는 장소성을 살리되 윤동주의 깨끗하고 엄정한 자아성찰의 시정신이 비겁해지고 느슨해지는 우리 영혼에 청신한 자극을 주어 새로운 힘을 얻게 하는 영혼의 가압장"[18]이라고 설명한다.

이 건물은 2012년 대한민국 공공건축상, 2014년 서울시 건축상을 수상하고, 2015년에는 현충시설로 지정되면서 공간의 가치와 더불어 그 의미도 주목받고 있다. 특히 '지역의 이야기를 기반으로 인문학적인 접근을 방향'으로 하는 도심재생사업에 선도 사례가 되었다. 2016년 2월에 윤동주를 다룬 영화 〈동주〉가 개봉된 이후 문학관의 그 존재가치도 더욱 높아져 하루에 1000명 정도의 방문객이 찾아오는 서울의 작은 명소로 자리를 잡았다.

문학관은 무료 입장인데 모두 3개의 전시실이 있다. '시인채'라는

• • •

17   송우혜, 『윤동주 평전』, 서정시학, 2014, 273쪽.
18   종로문화재단 홈페이지 www.jfac.or.kr

이름을 가진 제1전시실에는 윤동주 시인의 생애를 시간에 따라 전시대를 배열하였다. 전시대에는 각종 사진자료와 친필 원고(영인본)를 전시하였다. 전시대 맞은편 한 벽면은 시인이 생전에 즐겨 읽었던 시집과 윤동주 사후에 출판된 유고시집, 그리고 1948년 민음사에서 간행한 유작 30편의 표지로 장식되어 있다. 가운데는 윤동주 생가에서 가져온 우물목판으로 복원된 '우물(모형)'이 전시되어 있다. 그를 둘러싼 유리벽에는 시「자화상」이 새겨있다.

'우물'의 시상을 안고 제2전시실로 발길을 옮겨 보았다. 물탱크로 사용되었던 제2전시실은 윗부분을 개방하여 하늘이 열려있고 제3전시실로 이어지는 길 하나와 자갈밭으로 되어있었다. 작은 정원 같았지만 장식 하나 없었다. 물 자국이 짙은 높은 네 벽에 갇혀있는 답답함이 머리를 위로 향하게 하였다. 네모난 하늘에 구름이 흘러갔다. 시인의 짧은 생애를 시와 함께 걸어가는 느낌이었다. 머리 위로 하늘과 별이 열리고 바람이 흘러드는 상상을 해보았다. 시 속에 그려진 '우물 속 사나이'가 되어 '하늘을 우러러 한 점 부끄러움'이 없는 삶을 지향했던 시인의 마음과 닿아볼 수 있는 공간이었다. '열린 우물'이라고 불리

제2전시실.
출처:www.a-platform.co.kr

는 제2전시실은 문학관 건물도 위에서 내려다보아도 우물모양으로 되어있었다.

제3전시실은 '닫힌 우물'로 이름 지은 공간이었다. 시인이 세상을 마쳤던 후쿠오카 감옥을 연상케 하는 공간이었다. 벽은 새롭게 인테리어를 하지 않고 물이 차고 빠지면서 남은 얼룩을 그대로 남겨두어 세월의 흔적을 바라볼 수 있었다. 물탱크의 실질적인 내부 공간이었던 제3전시실 벽면에는 관리자들이 들어오고 나가는데 사용하였던 사다리가 걸려있었다. 사다리로 뚫린 벽면으로 유일하게 스며드는 빛 한 줄기, 식민지의 어둠 속에서 시인이 바라고 찾았던 구원의 빛처럼 보였다. 어두운 공간에서 윤동주의 일생과 시 세계 등을 담은 영상물이 상영되었다. 어둠의 시대를 살았던 시인의 고뇌와 갈등, 끊임없이 삶의 길을 찾고자 하였던 과정을 보면서 침묵과 사색에 잠기는 짧은 시간을 보냈다.

제3 전시실, 출처: 종로문화재단 홈페이지
www.jfac.or.kr

문학관에서 나오면 오른쪽에는 뒤편으로 향한 계단이 있었다. 계단을 따라 올라가보았다. 계단으로 올라가는 도중에 '카페별뜨락'을 만날 수 있었다. 가을의 국화들이 계단따라 피어 있고 작은 정원마냥 아기자기 꾸며진 카페인데 문학관 윗층 공터자리라서 제2전실 윗부분과 닿아있었다. 북악산과 인왕산이 맞닿은 언덕에 앉아서 따뜻한 커피 한 모금 마시다 보면 산중에서 서울 도심을 바라보며 거기에서 살고 있는 나의 삶을 관조하는 느낌이다. '우물' 밖에 서있었던 한 사나이가 되어보는 공간이었다. 우물에 있는 추억의 '나'는 어떤 모습일까? 지금의 우물 밖에 서있는 '나'는 뭐가 달라졌을까? 시상과 함께 자신을 돌아볼 수 있는 시간이었다. 윤동주 시의 매력이고 시간이 지나도 인기를 누리는 이유이기도 하다. 자신의 내면을 고뇌하고 성찰하면서 삶의 지향을 바라보려는 시들은 시대를 막론하고 시를 읽는 사람들에게 자기 모습을 다시 바라볼 수 있는 기회를 선물하는 것 같다.

쉼을 마치고 계단을 계속 올라가면 또 하나의 윤동주 시인을 만나는 장소가 펼쳐진다. 〈시인의 언덕〉이라는 작은 공원이다. 언덕 정상에 간판 표석과 야외 공연장이 한가롭게 있었다. 윤동주 시 낭송회와 백일장, 시민들이 직접 참여하고 만들어가는 〈시인의 언덕 콘서트〉 등 다양한 축제행사와 공연이 이곳에서 열린다고 하였다. 풀숲이 우거진 산을 배경으로 반원으로 열린 공연장을 마주 앉아 다음에 열릴 축제를 기대해본다.

언덕 남쪽에는 커다란 시비가 있는데 시인의 대표작 「서시」가 새겨져 있었다. 시비 뒷면은 시 「슬픈 족속」으로 장식하였다. 남산과 서울 풍경이 한눈에 열리는 언덕에 앉아서 「서시」을 읊어 보았다. 이 언덕에서 시를 구상하였을 윤동주의 모습을 상상해 보았다.

삶과 시세계

　아마도 한국의 모든 문학관 중에 작가와 특별한 연고가 없는 것은 윤동주문학관뿐일 것이다. 이는 시인이 한국문학사에서도 조금 특별한 위치에 있는 것과도 관련된다. 윤동주는 식민지 망명의 땅인 북간도에서 태어나 일본 감옥에서 삶을 마감하였고 다시 북간도에 묻힌 디아스포라 시인이다. 또한 생전에 문단에 등단하지 않았고 해방 후 유고시집의 간행으로 문학사에 혜성처럼 나타나 시인으로 평가되었다. 생을 마감할 때까지 학생 신분으로 남은 청년시인이다.

　윤동주는 "일제하 마지막 시인인 동시에 해방 후의 시단과 연결되는 맨 처음의 시인이며, 일제하와 해방 후를 잇는 기념비적 위치를 차지하는 시인"[19]으로 평가받고 있다. 암흑기에 창작된 시들이 해방이 되어 문단에 알려진 행운과 해방을 앞두고 시집의 출간도 보지 못한 채 이국땅에서 옥사를 한 비극적인 삶이 교차하는 것이 시인에 대한 관심을 불러일으키는 것이 아닐까 싶다.

　더욱이 한 시대의 괴로움 앞에서 부끄럼이 없기를 지향하던 의욕

* * *

19　정한모, 「동주 시의 특질과 시사적 의의」, 『한국 현대시의 정수』, 서울대 출판부, 1979, 196-197쪽.

과 내향적이고 여린 심성이 늘 갈등하면서 끊임없이 자기성찰로 이어지는 한 개인의 감정을 슬프고 아름다운 시어로 드러내는 것이다. 반면에 식민지 치하 적지에서 독립운동이란 죄목으로 체포되어 알 수 없는 주사를 맞고 옥사한 사실은 억울하고 비참하던 식민지 조선 인들의 참모습의 상징이었다. 이는 윤동주가 저항시인의 반열에 오른 이유이기도 하다.

시인은 1917년 12월 30일 만주국 간도성 명동에서 태어났다. 명동촌은 독립운동을 비롯한 교육, 종교 활동이 활발하던 지역이었다. 조부 윤하현은 기독교 장로교에 입교하였고 윤동주도 유아세례를 받았다. 8살에 명동교회가 운영하던 명동소학교에 입학하여 14살에 졸업하였는데 4학년 때인 1928년부터로 문학에 관심을 갖기 시작했다고 알려져 있다. 서울에서 간행되던 어린이잡지 『아이생활』을 정기구독하기 시작하였고, 5학년 때는 급우들과 함께 등사판 잡지를 만들어 동요, 동시도 창작하였다.

1931년 3월 명동소학교를 졸업하는 해에 그의 가족 모두가 명동촌을 떠나 용정으로 이주하였다. 명동에는 이 무렵 공산주의와 무정부

주의 풍조가 시작되면서 종교 배척과 방화사건들이 자주 일어났다고 한다. 또한 일본이 강요하는 새로운 체제 속에서 윤동주 아버지도 가족의 생계를 위해 도시에서 새로운 직업을 찾아야만 하였다.[20] 독실한 기독교 집안이었던 윤동주 일가는 세태의 변화 속에서 고향 명동을 떠났다.

1932년 4월에 캐나다 선교사가 운영하던 은진중학교에 입학하게 된다. 이해 3월 1일 만주국이 수립되었다. 고향 친구이자 명동소학교 동기동창으로, 은진중학교와 숭실중학교 및 광명학원 중학부를 같이 다닌 문익환 목사의 증언에서 그들의 모습을 알아 볼 수 있다.

은진중학교는 '캐나다' 선교부가 경영하는 '미션스쿨'로서 한때 모윤숙씨가 교편을 잡았던 명신여학교와 한 언덕 위에 자리 잡고 있었다. '캐나다' 선교부가 경영하는 제창병원이 있고 선교사들 집이 네 채가 있었다. 이 언덕은 용정촌에서 동남쪽에 있는 언덕으로서 우리는 그 언덕을 영국덕이라고 불렀다 (중략) 그 지경은 (중략) 치외법권 지대여서 일본 순경이나 중국 관헌들이 허락 없이 들어갈 수 없는 곳이었다. 우리는 거기서 태극기를 휘두르며 애국가를 목청껏 부를 수 있었다. 신나는 일이 아닐 수 없었다. 학교 행사 때마다 심지어 급회를 할 때에도 우리는 애국가를 부르는 것으

• • •
20 송혜우, 『윤동주 평전』, 서정시학, 78-83쪽.

로 시작하였다. (중략)

은진중학교 교과서는 전부 일본어로만 되어 있었다.

그런데 아주 재미있는 것은 선생님들이 일본어로 된 교과서를 펴들고는 그대로 우리말로 죽죽 읽어갔다는 점이지. 물론 가르치기도 우리말로 했고, 우리는 그렇게 교육을 받으며 자란 거요.[21]

간도에 만주국이 성립되어 일제의 탄압이 한층 심해졌고 공산주의사상과 더불어 아나키스트 활동들도 빈번해졌다. 이데올로기의 소용돌이가 감도는 시대였다. 그러나 어린 윤동주는 미션계 학교에서 비교적 자유롭게 우리말로 교육을 받았고 신앙생활을 할 수 있었다. 이때에 알려진 시가 「초한대」, 「삶과 죽음」, 「내일은 없다」이다.

초한대-
내 방에 품긴 향내를 맡는다.

광명의 제단이 무너지기 전
나는 깨끗한 제물을 보았다.

염소의 갈비뼈 같은 그의 몸,
그의 생명인 심지(心志)까지

• • •

21 송우혜, 『윤동주평전』, 111-112쪽.

백옥 같은 눈물과 피를 흘려
불살라 버린다.

그리고도 책상머리에 아롱거리며
선녀처럼 촛불은 춤을 춘다.

매를 본 꿩이 도망하듯이
암흑이 창구멍으로 도망한
나의 방에 품긴
제물의 위대한 향내를 맛보노라.

「초 한 대」 전문

문익환 목사는 "동주 형이 만 15세가 되기 엿새 전인 1934년 크리스마스 전날 쓴 것이라는 시를 발견하고 머리에 철퇴라도 얻어맞은 것 같았다. 이 시를 쓸 때 벌써 동주 형은 자신을 어린 양 그리스도처럼 민족의 제단, 인류의 제단 위에 오를 깨끗한 제물로 보았던 것"[22]고 평하였다.

1935년 18살에 평양 숭실중학교에 편입하였지만 이듬해에 신사참배를 거부하여 자퇴를 하고 고향으로 돌아오게 되었고 1938년 숭실

22 문익환, 「내가 아는 시인 윤동주 형」, 권영민, 『윤동주전집』, 161쪽.

중학교도 폐교를 당하였다. 중학교시절은 윤동주에게 있어서 식민지시대를 살아가던 비극적 현실을 처음으로 체감하였던 다사다난의 시기였다.

1938년 연희전문학교 문과로 진학하였다. 연희전문의 4년은 시인이 시작활동이 가장 왕성하고 대표작으로 알려진 시들이 창작되었던 시절이었다. 연희전문에 입학한 후 처음으로 쓴 시가 「새로운 길」이다.

내를 건너서 숲으로
고개를 넘어서 마을로

어제도 가고 오늘도 갈
나의길 새로운 길

문들레가 피고 까치가 날고
아가씨가 지나고 바람이 일고

나의길은 언제나 새로운 길
오늘도…… 내일도……

내를 건너서 숲으로
고개를 넘어서 마을로

「새로운 길」 전문

새로운 곳에서 새로운 생활을 시작하는 젊은이의 활기로 충만한 시이다. 사회적 규제로 인하여 학업이 어려웠던 중학교 시절과 이별하면서 어제도 가고, 오늘도 가고, 내를 건너고 고개를 넘어가는 새로운 것으로 다시 시작하고픈 시인의 작은 희망이 깃들어있다.

입학한 한 해 동안 윤동주는 시 8편과 「산울림」을 비롯한 동시 5편, 산문 「달을 쏘다」를 창작하였다. 특히 동시 창작은 이때가 마지막이었다. 1938년 이후 윤동주는 더 이상 동시를 쓰지 않았다. 아마도 연희전문의 첫해가 윤동주의 가장 행복했던 시절이 아니었을까 짐작해본다.[23]

중일 전쟁이 격화되고 태평양 전쟁이 발발하면서 모든 상황이 바뀌었다. 미일관계가 악화됨에 따라 미국 선교사들이 경영하는 연희전문에 대한 총독부의 압력과 핍박도 강도가 높아졌다. 연전의 재래 교기, 교가, 응원가는 물론 영어로 쓴 각종 게시사항을 철거하고 황국 일본의 입장을 지지하는 선전문구를 붙이게 하고 1940년 봄학기부터 한국어 강좌를 일본학 과목으로 바꿔놓는 등 압제가 심화되었다.[24] 1941년 2월 연희전문의 교장이 친일파 윤치호로 바뀌었다. 또한 3월이 되면 총독부는 '학도정신대'라는 명목으로 학생들에게 근로동원을 실시하였고 4월에는 『문장』『인문평론』이 강제 폐간되었

---

23 송우혜, 『윤동주평전』, 서정시학, 228쪽.
24 앞의 책, 246-248쪽.

다. 기숙사도 더 이상 머물 수 없게 되자 윤동주는 후배 정병욱과 함께 하숙생활을 시작하였다.

　나만 일찍이 아침 거리의 새로운 감촉을 맛볼 줄만 알았더니 벌써 많은 사람들의 발자국에 포도는 어수선할 대로 어수선했고 정류장에 머물 때마다 이 많은 무리를 죄다 어디 갔다 터트릴 심산인지 꾸역꾸역 자꾸 박아 싣는데 늙은이, 젊은이, 아이 할 것 없이 손에 꾸러미를 안 든 사람은 없다. 이것이 그들 생활의 꾸러미요, 동시에 권태의 꾸러미인지도 모르겠다.

　이 꾸러미를 든 사람들의 얼굴을 하나하나씩 뜯어보기로 한다. 늙은이 얼굴이란 너무 오래 세파에 찌들어서 문제도 안 되겠거니와 그 젊은이들 낯짝이란 도무지 말씀이 아니다. 열이면 열이 다 우수 그것이요, 백이면 백이 다 비참 그것이다. 이들에게 웃음이란 가물에 콩싹이다. 필경 귀여우리라는 아이들의 얼굴을 보는 수밖에 없는데 아이들의 얼굴이란 너무나 창백하다. 혹시 숙제를 못해서 선생한테 꾸지람을 들을 것이 걱정인지 풀이 죽어 쭈그러뜨린 것이 활기란 도무지 찾아볼 수 없다. 내 상도 필연코 그 꼴일 텐데 내 눈으로 그 꼴을 보지 못하는 것이 다행이다. 만일 다른 사람의 얼굴을 보듯 그렇게 자주 내 얼굴을 대한다고 할 것 같으면 벌써 요사(夭死)하였을는지도 모른다.[25]

「종시(終始)」 부분

. . .

25　권영민, 『윤동주전집』, 문학사상, 140쪽

「종시(終始)」는 하숙집에서 광화문과 남대문을 거쳐 터널을 통학하여 연희전문을 오갔던 등하교 길의 과정을 그린 산문이었는데 1948년『신천지』에 소개되었다. 연희전문에 입학할 당시와 사뭇 다른 현실의 우울한 모습을 기록한 글이다. 생활의 무게와 권태의 짐을 안고 있는 거리의 얼굴마다에 비껴있는 비참과 우수가 식민지 백성들의 참모습이 아니었던가. 백성의 한 사람이었던 시인 자신도 풀이 죽어있고 활기를 잃은 얼굴이지만 차마 그 모습을 대면할 수 없는 마음도 숨기지 않았다. 아마도 이 시점에서 민족을 '슬픈 족속'으로 인식한 듯하다.

윤동주는 2학년 때 기숙사를 나와 하숙생활을 했고 3학년 때 다시 들어갔다가 4학년 때 다시 나왔다고 한다. 1939년에는 아현동과 서소문역 근처에서 하숙하였고 4학년인 1941년에는 누상동과 북아현동에서 하숙하였다. 특히 누상동 9번지의 소설가 김송의 집에서 하숙하던 시절(1941년 5월부터 여름방학 끝날 때까지)이 '알찬 나날이었다'고 정병욱은 회상한다. 그러나 집 주인인 김송이 요시찰 인물로 감시받고 있던 시기여서 형사들이 저녁마다 찾아오고 하숙생들의 서가를 뒤지고 편지를 빼앗아가는 난리를 치는 통에 집을 옮겨야만 했었다. 식민지 지식인이 겪는 고통을 그대로 체감하였던 사건이었다. 학문과 문학에 뜻을 두었던 윤동주에게는 그 뜻을 펼칠 수 없는 사회와 시대에 놓여있음을 직감하였던 것이 아닐까. 어두운 현실은 한창 미래를 동경하고 열정에 넘쳐야 할 젊은 시인을 좌절감에 휩싸이게 한다. 하여 그는 슬프고 아프다.

산모퉁이를 돌아 논 가 외딴 우물을 홀로 찾아가선 가만히 들여
다봅니다.

우물 속에는 달이 밝고 구름이 흐르고 하늘이 펼치고 파아란 바
람이 불고 가을이 있습니다.

그리고 한 사나이가 있습니다.
어쩐지 그 사나이가 미워져 돌아갑니다.

돌아가다 생각하니 그 사나이가 가엾어집니다.
도로 가 들여다보니 사나이는 그대로 있습니다.

다시 그 사나이가 미워져 돌아갑니다.
돌아가다 생각하니 그 사나이가 그리워집니다.

우물 속에는 달이 밝고 구름이 흐르고 하늘이 펼치고 파아란 바
람이 불고 가을이 있고 추억처럼 사나이가 있습니다.

「자화상」 전문

'새로운 길'에 나섰던 시인은 불안한 시간들 속에서 결국 우물 속에

서있는 추억의 자아를 발견하게 된다. 밝은 달이 있지만 현재의 시간은 어두운 밤이다. 미움과 가여움의 대립적 감정, 우물 밖 현실에 있는 화자와 우물 안 추억 속의 사나이의 대립되는 상은 시인의 내면적 갈등이며 불일치이다. 현재에 대한 좌절과 무기력함은 시인을 작고 어둡고 외로운 공간에 들어가게 하고 거기에서 괴로움과 상실감에 빠진다. 결국 그는 '길을 잃어버렸다고' 고백한다.

잃어버렸습니다.
무얼 어디다 잃었는지 몰라
두 손이 주머니를 더듬어
길에 나아갑니다.

돌과 돌과 돌이 끝없이 연달아
길은 돌담을 끼고 갑니다.

담은 쇠문을 굳게 닫아
길 위에 긴 그림자를 드리우고

길은 아침에서 저녁으로
저녁에서 아침으로 통했습니다.

돌담을 더듬어 눈물짓다

처다보면 하늘은 부끄럽게 푸릅니다.

풀 한 포기 없는 이 길을 걷는 것은
담 저쪽에 내가 남아 있는 까닭이고,

내가 사는 것은, 다만,
잃은 것을 찾는 까닭입니다.

「길」 전문

화자는 '무엇을 어디에 잃어버렸는지 모른다'고 한다. '이 어둠에서 배태되고 이 어둠에서 성장하여서 아직도 이 어둠 속에 그대로 생존하나 보다. 이제 내가 갈곳이 어딘지 몰라 허우적거리는'(「별똥 떨어진 데」) 자기 상실감은 갈 길을 잃고 방황하고 있는 자기 모습을 대면하는 것이다. 자기 상실은 새로움에 대한 상실이며 미래에 대한 상실이기도 하다. 그러나 현실의 좌절과 자아의 상실은 한편으로 '굳게 닫은 쇠문의 저편에 있는 잃어버린' 자아를 찾기 위하여 고통스런 길을 계속 걸어가게 하는 동력으로 작용을 한다.

시대에 대한 우울함과 힘없는 개인의 삶에 회의를 느낀 나머지 1939년 9월 이후부터 절필하고 침묵의 시간을 보낸다. 이 시절 말이 더 적어지고 오히려 독서에 더 매몰하였다고 한다. 윤동주는 연희전문에 입학한 이후 독서량이 늘었는데 책이 모여서 800여 권에 달하였다. 선배들의 시집과 『앙드레 지드 전집』, 『도스토옙스키 연구 서적』,『발레리 시 전집』,『불란서 명시집』등 원서들을 탐독했고 졸업할 즘에는 키에르케고르를 애독하였다고 한다. 1940년 12월에 「병원」,「위로」,「팔복」세 편을 쓰고 1941년 4학년이 되면서 창작을 새롭게 시작하였다. 특히 이 시기 시에서 신앙적 구원의 목소리가 높아졌다.

괴로웠던 사나이,

행복한 예수 그리스도에게

처럼

십자가가 허락된다면

모가지를 드리우고

꽃처럼 피어나는 피를

어두워 가는 하늘 밑에

조용히 흘리겠습니다.

「십자가」 부분

　개인으로서는 어두운 시대를 보내는 괴로운 사나이지만 예수의 십자가 앞에 설 때에는 구원의 시대적 사명을 안게 되는 것이다. '꽃처럼 피어나는 피' 즉 생명을 다하여 "가진 바 씨앗을 /뿌리면서" 눈을 감고 어두운 밤을 가야하는 순명의 삶을 화자는 다짐한다. 회피와 외면으로 늘 괴로웠고 절망하였던 시인 자신의 신앙적 고백인 동시에 어두운 현실을 수용하고 새로운 의지와 태도로 승화하는 모습이기도 하다.

> 죽는 날까지 하늘을 우러러
> 한 점 부끄럼이 없기를
> 잎새에 이는 바람에도
> 나는 괴로워했다.
> 별을 노래하는 마음으로
> 모든 죽어가는 것을 사랑해야지
> 그리고 나한테 주어진 길을
> 걸어가야겠다.
> 오늘밤에도 별이 바람에 스치운다.
>
> 「서시」 전문

'하늘'이라는 절대적 가치 앞에서 한 점 부끄럼이 없는 삶을 선택한 시인의 높은 지조가 담겨있다. 이는 시인의 시적 지향을 천명하는 것이다. '모든 죽어가는 것을 사랑'하고 '주어진 길을 걸어가야겠다'는 다짐은 사회와 역사에 대한 책임을 의식하고 있는 것으로 보인다. 또한 '잎새에 이는 바람에 괴로워했던' 미완의 자아로부터 완성된 자아로 다가가려는 강한 의지의 표명이기도 하다.

1941년 11월은 윤동주가 연희전문 졸업을 앞둔 시점이면서 일본 유학을 목전에 두었던 시기였다. 졸업 기념으로 그동안 쓴 19편의 시를 모아 자선시집을 출간하려고 하였다. 그러나 일제의 검열로 통과되지 못할뿐더러 유학하는 데 저해가 될 것이라는 이양하 교수의 권고로 출판을 미루게 되었다. 「서시」는 시집의 서문으로 작성한 시이다. 고향에 돌아가서라도 시집을 출판하려고 하였지만 집안 사정이 어려웠던 탓에 그의 소원은 끝내 이루지 못했다.

결국 전쟁으로 인한 학제단축으로 3개월 빠른 1941년 12월 27일 연희전문을 졸업하였다. 대신 일본으로 가기 전에 이양하 교수와 후배 정병욱에게 필사본을 1부씩 증정하였다. 이후 정병욱은 학도병으로 끌려가면서 시인의 육필 원고를 전남에 있는 본가 어머니에게 맡겨두었다. 이 시고에 대한 정벽욱의 회고는 다음과 같다.

나나 윤동주가 살아서 돌아올 때까지소중히 잘 간직하여 주십사고 부탁하였다. 그리고 윤동주나 내가 다 죽고 돌아오지 않더라도 조국이 독립되거든 이것을 연희전문 학교로 보내어 세상에 알리도록 해달라고 유언처럼 남겨 놓고 떠났었다. 다행히 목숨을 보존하여 무사히 집으로 돌아가자 어머님은 명주 보자기를 겹겹이 싸서 간직해 두었던 윤동주의 시고를 자랑스레 내주면서 기뻐하셨다.[26]

* * *

26 이건청, 『윤동주- 신념의 길과 수난의 인간상』, 건국대학교 출판부, 1998, 43쪽.

연희전문시절 윤동주와 정병욱
출처: 한겨레신문

오늘날 윤동주 시집의 유일한 원고가 된 것이 바로 정병욱 보관본에 의한 것이고 해방 후 유고시집『하늘과 바람과 별과 시』(1948. 1. 30.)로 출판됨으로써 그의 시는 세상과 만나게 되었다. 유고 시집이 간행되지 않았다면 문학사에 윤동주와 그 시들의 흔적을 남기기 힘들었을 것이다.

윤동주는 1942년 동경에 있는 입교대(立敎大) 영문과에 적을 둔 바 있었는데 그 해 가을 미션계통의 동지사대학으로 적을 옮겼다. 1942년 동경에 유학한 후 1945년 옥사 때까지 이국땅에서의 외로움과 상실감으로 쓴 시는「흐르는 거리」,「사랑스런 추억」,「흰 그림자」,「쉽게 쓰어진 시」,「봄」5편 밖에 남아 있지 않다. 이 시들은 모두 연전 시절 친구 강처중에게 보낸 편지 속에 들어 있었다.[27]

• • •

27 송우혜,『윤동주평전』, 서정시학, 2014, 325쪽.

창밖에 밤비가 속살거려
육첩방은 남의 나라.

시인이란 슬픈 천명인 줄 알면서도
한 줄 시를 적어 볼까

땀내와 사랑내 포근히 품긴
보내 주신 학비 봉투를 받아

대학 노트를 끼고
늙은 교수의 강의를 들으러 간다.

생각해 보면 어린 때 동무를
하나, 둘, 죄다 잃어 버리고

나는 무얼 바라
나는 다만, 홀로 침전하는 것일까?
인생은 살기 어렵다는데
시가 이렇게 쉽게 씌어지는 것은
부끄러운 일이다.

육첩방은 남의 나라

창밖에 밤비가 속살거리는데,

등불을 밝혀 어둠을 조금 내몰고,

시대처럼 올 아침을 기다리는 최후의 나,

나는 나에게 작은 손을 내밀어

눈물과 위안으로 잡는 최초의 악수.

「쉽게 씌여진 시」전문

'등불을 밝혀 어둠을 몰고 시대처럼 올 아침을 기다리는 최후의 나'
와 처음으로 손을 잡는다. 어린 시절의 동무들을 하나, 둘 잃어버리
는 중에서도 '육첩방 남의 나라'에서 홀로 침전하는 부끄러움을 견디
면서 시대적 사명, 한 줄기 광명을 갈구하는 '나'의 마지막 자화상을
결정하였다. 이 순간 화자는 처음이자 마지막으로 자신을 시인의 천
명을 가진 사람으로 정체성을 밝혔다. 그러면서 눈물과 위안으로 처
음 자아와 손을 잡아 본다.

1943년 일경에 체포되어 1944년 후쿠오카 형무소에 투옥되고
1945년 2월에 사망하였다.

윤동주는 한국의 대표적인 시인이며 대중들이 가장 사랑하는 한
국시인으로 알려져 있다. 그러나 시인은 생전에 등단하여 본격적인
문인 활동을 하지 않았으며 한 권의 시집도 발간된 적이 없었다. 정
병욱이 보관한 자필 원고와 연전시절 김우창이 갖고 있던 시편들을
합쳐 1948년이 되어서야 그의 자필 원고는 시집『하늘과 바람과 별

과 시』로 출판되었다. 시집은 김우창의 발문과 정지용이 쓴 「서문」
이 함께 실렸다.

재조도 탕진하고 용기도 상실하고 8.15 이후에 나는 부당하게도
늙어간다.

(중략) 아직 무릎을 꿇을 만한 기력이 남았기에 나는 이 붓을 들
어 시인 윤동주의 유고에 분향하노라. (중략) 청년 윤동주는 의지
가 약하였을 것이다. 그렇기에 서정시에 우수한 것이겠고, 그러
나 뼈가 강하였던 것이리라. 그렇기에 일적(日敵)에게 살을 내던
지고 뼈를 차지한 것이 아니었던가? 무시무시한 고독에서 죽었구
나! 29세가 되도록 시도 발표하여 본 적도 없이!

일제 강점기에 날뛰던 부일문사 놈들의 글이 다시 보아 침을 배
앝을 것뿐이나, 무명 윤동주가 부끄럽지 않고 슬프고 아름답기 한
이 없는 시를 남기지 않았나? 시와 시인은 원래 이러한 것이다.[28]

비록 등단을 하지도 문인활동도 없었지만 정지용은 윤동주를 시
인으로 불렀다. 암흑한 시대를 시로 고독을 견뎌냈던 슬프고 아름다
운 시들이 시대적인 한계에서도 빛이 날 수 있는 이유이다.

• • •
28 송우혜, 『윤동주 평전』, 서정시학, 2014, 473-478쪽.

볼거리, 여가 즐기기

한양도성 4소문 중 북문인 자하문 옆에 위치한 문학관은 한양성곽 바로 아래에 있다. 왼편으로는 북악산 입구가 오른편으로 성곽길을 따라 가면 인왕산으로 연결된 둘레길이 있어 등산코스나 답사코스로 다니기에 편리하다.

문학관에서 청운공원 방향으로 가면 인왕산 산책로뿐만 아니라 청운문학도서관도 쉽게 찾을 수 있다. 아래 지대에 위치한 청운도서관은 나무계단으로 걸어 내려가면 바로 보인다. 한옥으로 지어진 도서관은 숲속에 고요히 담겨져 있다. 마당과 함께 한옥 열람실이 있는 평지는 2층이고 계단으로 다시 아래층으로 내려가면 책을 대여할 수 있는 열람실이 나온다.

자하문(창의문)을 지나면 언덕길 아래로 삼거리가 펼쳐진다. 길 건너에 동대문역사운동장에 세워둔 비슷한 모양의 조각상이 보인다. 석파정 서울미술관이 위치한 곳이다. 서울미술관에서 입장표를 구매하고 엘리베이터를 타고 3층으로 입장 가능하다. 흥선대원군의 별장이었던 석파정은 신기한 돌들이 주변에 많아서 지어진 이름이라고 한다. 한성 제일의 정원답게 인왕산에서 흘러내리는 계곡도 있는 진풍경이 펼쳐진다.

부암동주민센터 입구 오른편 골목길로 걷다보면 무계원이 나온다. 세종대왕의 삼남 안평대군의 별저로 현재 종로문화재단에서 전통문화공간으로 운영하고 있다. 길 따라 계속 올라가면 근대 소설가 현진건의 집터가 있지만 건물은 철거되고 표석만 있다.

주변에는 맛집과 카페들도 다양하게 있어 돌아보면서 맛있는 식사와 커피 한 잔으로 쉬어보아도 좋은 선택일 것이다.

그곳이 참하
꿈엔들 잊힐리야

- 정지용 문학관 -

임세진

정지용 문학관 전경

정지용은 아름다운 우리말을 골라내어 시어로 다듬고, 절제된 언어 표현을 사용하여 시 속에 한 폭의 그림과 같은 이미지를 만들어 낸 시인이었다. '민족 언어를 완성하는 길'을 목표로 했던 『시문학』 동인 활동, 당대 최고 문인들의 친목 모임이었던 『구인회』 활동, 그리고 걸출한 후배 문인들을 우리 시단에 등단시킨 『문장』 추천위원으로의 활동 등 그의 삶과 시적 궤적은 말 그대로 "최고의 모더니스트 시인"이자 "한국 현대 문학의 아버지"라 칭해도 모자람이 없다. 그의 첫 번째 시집인 『정지용 시집』이 나왔을 당시 수많은 후배 문인들이 그의 시를 읽고 따라하느라 지용의 에피고넨(epigonen, 아류)의 등장이 빈번했다는 이야기는 그가 시단에 끼친 영향력이 얼마나 지대했을지 짐작하고도 남는다.

민족의 언어로 아름다운 우리 시를 완성시키고자 했던 시인이었으나, 비극적인 민족사와 맞물려 그의 삶과 문학적 행보는 순탄하지 못했다. 해방 후 조선문학가동맹[29]에서 활동하였던 이력과 보도연맹 가입[30]으로 인하여 그는 한때 남한에서도 북한에서도 금기의 시인으로 봉인된 채 우리 문학사에서 지워져 있었다. 그러나 우리는 지금 정지용 시인을 일컬어 고향의 아름다움과 향수를 노래하는 민족 시인이라 부른다. 그가 태어나고 자라난 곳이자 시인의 문학적 여정을 함께 할 수 있는 충북 옥천의 「정지용 문학관」에서 그의 시와 삶을 더욱 입체적으로 만나보도록 하자.

· · ·

29 조선문학가동맹 : 해방기 활동했던 좌익 문학단체. 해방기 좌익 문학단체였던 <조선문학건설본부>와 <조선프롤레타리아 문학동맹>이 합쳐져 만든 문학단체로, 1946년부터 1948년까지 기관지 『문학』을 통권 8호까지 발행하였다. 홍명희, 한설야, 이기영, 이태준 등을 비롯하여 당시 많은 좌익문인들이 참여하였으며 정지용은 아동문학 분과 위원장으로 활동하였다.
그러나 남한 단독정부가 수립되고 좌익에 대한 탄압이 심해지면서 이들의 활동이 어려워지게 되었다.

30 보도연맹 : 1949년 설립된 '반공교화'단체이다. 좌익운동을 하다 전향한 사람들로 조직한 반공 단체이며 정식 명칭은 '국민보도연맹'이다. 주로 좌익 활동 전력이 있던 사람들을 가입 대상으로 하였는데, 거의 강제적 가입이었다고 한다. 보도연맹에 가입했다는 자체가 좌익 전력을 인정하는 것과 같아서 6.25전쟁이 일어나자 이들에 대한 무차별 검속 및 즉결처분을 단행함으로써 수많은 이들이 사상하는 일이 벌어진다. 보도연맹 가입은 그 자체로 좌익에서는 '전향자'로, 우익에서는 '사상범'으로 낙인찍히게 되는 일이었던 것이다.

"한국 현대문학의 아버지", "최고의 모더니스트 시인" 정지용 시인을 만나다.

흩날리는 벚꽃과 함께 활짝 피어나는 시심(詩心)

고향과 향수의 시인으로 잘 알려진 정지용 시인의 고향이자 그의 문학관이 있는 충북 옥천으로의 기행은 한편의 시처럼 아름다웠다. 그의 대표 시「향수」속에 나오는 실개천

지용 문학 공원

이 금강물줄기를 따라 흐르고, 그 물길을 따라 이르게 피어난 벚꽃 때문에 생각지도 못한 아름다운 광경을 맞이했다. 기념일도 특별한 날도 아닌 날에 갑자기 건네진 꽃 한 송이가 주는 기쁨과 행복감은 다른 어떤 것에도 비하지 못할 것이다. 정지용 시인의 문학관을 찾는 여정은 그렇게 뜻밖의 선물과도 같은 설렘으로 시작되었다.

초행길이라 목적지에 이르는 길을 제대로 찾지 못해 헤매고 있는 중에도 그 아름다운 광경만큼은 지용의 시 속에서 그려지는 고향의 풍경처럼 잊혀지지 않는 잔상으로 남는다. 그래서 정지용 문학관은 가능하면 벚꽃이 피는 때에 맞춰서 방문하기를 권한다.

정지용의 시심이 자라난 고향집

옥천(沃川)의 옛 지명은 옥주(沃州). 이름은 조금 달라도 그 뜻은 모두 '물이 풍부하고 자연이 유려한 곳'이라는 의미를 담고 있다. 과연 마을을 끼고 흐르는 개울과 더 넓게는 옥천을 둘러 흐르는 큰 금강, 그리고 곳곳에 위치한 저수지들은 '물이 좋다'는 느낌을 넘어 '유려하다'는 수식어가 제격이라는 생각이 든다.

지용의 아버지 정태국이 태어난 곳의 이름은 꽃계리(花溪里)였다. 말 그대로 꽃이 지천으로 피던 아름다운 마을이라고 한다. 한약방을 운영하던 아버지는 아들을 옥천 공립보통학교(현재 죽향초등학교)에 입학시키기 위해 꽃계리를 떠나 지금 생가가 위치하고 있는 하계리로 이사했다. 자녀의 학교 근처로 삶의 터전을 옮긴 아버지를 보아 그 교육열이 얼마나 대단했을지 짐작할 수 있다.

정지용은 1902년 6월 20일(음력 5월 15일) 충북 옥천에서 아버지 정태국과 어머니 정미하의 4대 독자로 태어났다. 아명은 池龍으로 어머니가 연못에서 용이 하늘로 올라가는 태몽을 꾼 데서 지은 이름이었다. 그의 본명 역시 같은 소리를 따서 芝溶이라 지었다고 한다.

한약방을 하던 아버지는 꽤 많은 재산을 모았지만 어느 해 밀어닥친 홍수로 인하여 가세가 기울어 가난해졌다고 한다. 이러한 그의 집안 형편은 이른 나이에 결혼하게 되는 이유가 되기도 하였다. 지용은 보통학교 재학시절인 1913년 어린 나이에 같은 고향의 송시열의 후손인 은진 송씨의 딸 재숙과 결혼한다. 조혼이 이루어지던 당시 분위기와 4대 독자로 후손에 대한 관심이 많았을 아버지 입장에서 가능할 일이기도 하지만, 아들 지용을 서울로 유학 보낼 형편이 여의치 않아 교육을 위해 부잣집과 사돈을 맺었을 것이라는 설도 있다. 결혼 후 지용은 보통학교를 졸업하고 서울로 유학을 떠났으며 처 송재숙은 계속 친정집에서 생활하였다(1915년). 지용이 서울로 거처를 옮긴 후 곧바로 진학하지 않고 서울에 있는 처가의 친척 집에서 기숙하며 근 3년간 잔심부름을 하며 틈틈이 한문을 수학했다고 한 것을 보아 아버지의 아들에 대한 교육열과 조혼의 상관관계를 짐작해 볼 수 있을 것 같다.

문학관을 들어가기 전에 먼저 그의 생가를 둘러보았다. 지용의 생가는 아담하고 소박한 초가집이다. 생가 부엌 쪽 벽에 새겨진 작은 동판에는 1974년 허물어진 생가를 1988년 그의 시가 해금 조치된 이후 〈지용회〉를 중심으로 복원하였음을 기록해 놓았다. 그리고 본격적으로 1996년 지금 현재의 모습으로 복원되어 관리중이라고 한다. 복원이라고 하지만 1996년이라는 그 시점도 지금부터 꽤나 긴 시간적 거리가 있음에도 이곳은 여전히 우리가 사랑하는 민족 시인

의 위상을 자랑하듯 깔끔하고 단정하게 관리되고 있다는 것을 느낄
수 있다.

생가는 ㄱ자 모양의 주거지와 ㅡ자 모양의 창고 두 채로 되어 있
다. 한약방을 하셨던 아버지의 일터를 겸했을 초가집 안은 곳곳에
지용의 시와 흔적들로 채워져 있다.

생가 밖 너른 잔디 마당으로 나
오면 시름을 모두 잊은 채 천진난
만한 모습으로 피리를 불며 황소
의 등 위에 올라탄 아이의 모습을
정겹게 마주하게 된다. 어린 시절

지용의 모습이 흡사 그렇지 않았을까 하며 화살을 찾기 위해 풀섶
이슬을 한참 동안이나 휘젓고 다녔을 개구쟁이 소년의 모습을 그의
시「향수」의 한 구절과 함께 떠올리게 한다.

시와 노래와 음악 그리고 시인이 함께 하는 문학관

생가 바로 옆에는 문학관이 자리하고 있다. 문학관에 들어서자마
자 반기는 것은 젊은 시절의 지용을 똑 닮은 밀랍 인형이었다. 시인
의 흔적을 찾고 시를 만나러 간 이곳에서 마치 왕성하게 시작활동
을 하던 젊은 시절의 그가 대문 앞에서 반갑게 맞이하는 듯하다. 동

그란 안경테와 검정 두루마기는 단연
정지용 시인을 대표하는 아이템이다.
휘문고보에서 교편을 잡던 시절 그는
'검정 두루마기의 교사시인'으로 불렸
다고 한다. 의식주를 비롯하여 창씨개
명에 이르기까지 조선의 모든 것을 일
본의 것으로 만들고자 했던 강압적인

상황에서도, 그들이 강요하는 복장이 아닌 검정 두루마기를 입은 채
로 학생들 앞에 섰던 것이다. 그런 모습으로라도 학생들에게 민족의
식을 고취시켜주기 위해서였을 것이다.

코로나 19로 인한 방역조치를 상징하듯, 시인 역시 마스크를 하고
있었다. 다부진 표정 속에 눈빛은 따뜻한 시인의 모습이 마스크로 얼
굴을 가린 채였음에도 충분히 느껴지는 듯 했다. 문학관을 방문한 사
람들이 함께 사진을 찍을 수 있도록 지용의 옆자리가 비워져있다. 함
께 기념사진을 남겨놓는 것도 문학관을 찾는 하나의 즐거움일 것이다.

〈문학전시실〉

먼저 〈문학전시실〉로 들어가기 전 어두운 터널 같은 입구를 지
난다. 이곳에 들어서면 정지용의 시세계를 음악과 이미지로 만날 수
있다. 음악과 이미지로 정지용과 그의 시를 만난 후 그의 삶과 문학

의 흔적들을 찾으러 본격적으로 문학 전시실로 들어간다. 문학관에는 〈지용 연보〉, 〈지용의 삶과 문학〉, 〈정지용 시인과 그의 시대〉 그리고 〈시·산문 초간본 전시〉 이렇게 네 가지 테마로 구성되어 있다.

〈지용 연보〉를 통해 그의 생애를 명료하게 이해할 수 있도록 연대와 나이, 대표 활동을 정리해 놓았고, 〈지용의 삶과 문학〉에서는 〈향수〉, 〈바다와 거리〉, 〈나무와 산〉, 〈산문과 동시〉 4개 항목으로 그의 문학을 구분하여 전시해 놓았다.

"정지용 시인과 그의 시대"에서는 시인이 살던 시대로의 시간여행이 시작된다. 그가 살았던 시대의 문학과 시대적 배경을 함께 이해할 수 있도록 해 놓아 정지용의 시를 한국 현대문학의 흐름 속에서 함께 입체적으로, 심도 있게 이해하는 데 도움이 된다.

우리가 쉽게 볼 수 없는 정지용 시인의 시와 산문집의 초간본을 전시해 놓은 곳에서는 『정지용 시집』, 『백록담』, 『지용시선』 등 그의 시집 뿐 아니라 『문학독본』, 『산문』 등의 원본을 전시하고 있다. 뿐만 아니라 육필 원고와 초간본의 내용을 영상으로 감상할 수도 있다.

정지용 문학관에 전시되어 있는 지용 연보와 문학 자료들(출처: 정지용 문학관 홈페이지)

〈문학 체험공간〉

정지용의 삶과 문학적 궤적을 함께 지나왔다면, 이제는 그의 시를 음악으로, 영상을 통해 입체적으로 체험할 수 있는 공간이 나온다. 문학관에는 〈문학 체험공간〉을 마련하여 정지용 시인의 시를 음악과 영상을

문학체험 공간

문학 체험 공간에서는 시인의 시를
음악과 영상을 통해 다채롭게 만날 수 있다.
(사진 출처 : 정지용 문학관 홈페이지)

배경으로 성우의 시 낭송을 들을 수 있고, 시인의 시를 노랫말로 한 가곡「향수」를 뮤직비디오로 제작하여 감상할 수 있도록 하였다.

한쪽에는 우리말의 묘미를 살려낸 시인의 시어를 조금 더 자세히 살펴보고 뜻을 이해할 수 있도록 "시어 검색"코너를 마련해 놓았으며, 관람객이 직접 시낭송을 하고 들어볼 수 있는 체험실도 있다. 정지용 시인의 삶과 문학을 다큐멘터리 형식으로 만들어 놓은 영상을 감상할 수 있는 영상실도 있어서 정지용 문학관을 방문하고 나면 정지용 시인의 시와 생애를 더욱 깊이 있게 이해하고, 시에 대한 관심과 애정도 더해질 것 같다.

좋은 시를 뽑아주세요! 시 자판기

문학관에 들어가면 아주 감성적인 자판기를 만날 수 있다. 자판기에서 커피 한잔을 뽑아 마시며 따뜻한 시간을 보내듯, 시 속의 좋은 문장을 뽑아서 감성을 충전할 수 있는 '시 자판기'이다. 자판기를 누르면 정지용 시인의 대표시들 중 하나가 인쇄되어 나온다. 오늘의 나에게 필요한 감성 한 구절은 무엇일까. 어떤 시를 선물해줄까 하는 마음으로 뽑아보자. 책갈피에, 혹은 일기장에 꽂아두어 한 구절씩 낭송하고 외워보는 재미도 있을 것이다.

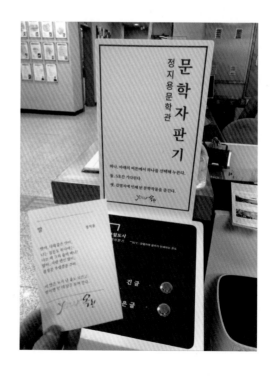

정지용의 삶과 문학

재기발랄한 문학 소년에서 '한국 현대문학의 아버지'가 되기까지

시인 정지용은 1902년 충북 옥천에서 태어났다. 1910년 8살에 옥천공립보통학교(현 죽향초등학교)를 입학하고 졸업 후 휘문고보 진학을 위해 서울로 유학가기 전까지 그는 근 13년 동안 옥천에서 유년시절을 보냈다. 그러니 이곳 옥천은 정지용 시인이 유년시절의 시심을 오롯이 키워낸 곳이기도 하다.

1918년 4월 그는 휘문고보에 입학하여 본격적인 문학청년으로의 발돋움을 시작한다. 실로 휘문고보는 우리 현대문학의 산실이라 할 만큼 유명한 문인들의 모교다. 그의 문우로 홍사용(3년 선배), 박종화(2년 선배), 김윤식(1년 선배), 이태준(1년 후배) 등이 있었으며 정지용은 그들과 함께 수학하며 문학적 요람기를 이곳에서 보낸다. 휘문고보 시절의 정지용은 5년 내내 전학년 장학금을 받을 정도로 성적이 우수했으며, 그의 뛰어난 학업 능력을 인정받아 도시샤 대학의 유학비용을 모두 모교에서 지원받았다. 이러한 인연으로 그는 유학 후 돌아와 다시 모교인 휘문고보에서 16년간 영어교사로 재직한다.

휘문고보 졸업 후 1923년 그는 일본 교토에 위치한 도시샤 대학으로 유학을 떠나 그곳에서 영문학을 공부한다. 휘문고보에서 교지 『휘문』 창간에 참여하며 그가 문학에서의 첫 발을 떼었다면, 일본 유학시절에는 『조선지광』[31]의 동인으로 참여하면서 본격적인 문학 활동을 시작하였다. 1929년 도시샤 대학 영문학과를 졸업하고 그는 돌아와 휘문고보 영어 교사로 부임하였으며, 부인과 장남을 종로구 효자동으로 데려와 서울에

휘문고보 졸업사진
http://www.
okinews.com/news/
photo/200602/
6153-2-1161.jpg

자리를 잡는다. 가장으로, 교사로, 시인으로 본격적인 그의 새로운 삶이 시작된 것이다.

이듬해 그는 『시문학』 동인으로 참가한다. 1930년 3월 창간된 이 문학지는 김영랑, 박용철, 정인보, 이하윤 등이 동인이었으며, 창간 목표는 "민족의 언어를 완성시키는 길"이었다. 그들은 이러한 목표에 걸맞게 아름다운 우리말을 섬세하게 가다듬어 시를 창조해 낸다. 당시 프롤레타리아 구호가 생경하게 시 속에 나열되는 문학적 상황

- - -

29 일본 유학생들이 만든 잡지로 1992년 11월 창간되었다가 1930년 11월 통권 100호를 끝으로 폐간된다. 집필진은 주로 프롤레타리아 문학을 지향하는 문인들이 참여하였으며, 카프의 준기관지 성격을 띠었다. "조선 민족의 생존과 발전을 위하여 정의와 지식과 모든 문명을 선전하며 조선 민중의 권리와 행복을 옹호하며 나아가서 세계 문화에 공헌하겠다"며 창간 목적을 밝혔다. 이 잡지는 일제에 대한 항거와 급진적인 내용이 문제가 되어 원고가 삭제되는 일이 자주 있었으며 김기진, 박영희, 임화 등의 평론이 주목되었다. 이 잡지에 정지용은 「카페 프란스」 등을 싣는다.

안에서 우리의 말을 가다듬고 아름다운 예술로 승화시키고자 한 시문학 동인들의 활동은 우리 시사에서 빼놓을 수 없는 중요한 성과로 평가된다.

그러나 아쉽게도 『시문학』은 오래가지 못하고 1931년 1월 통권 3호로 종간된다. 우연의 일치인지는 모르나 『시문학』 종간과 맞물리는 시기에 그는 카톨릭 종교활동에 매진하며 향후 몇 년간은 종교시를 쓰기 시작한다. 이 시기에 방제각(方濟各, 그의 세례명 프란치스코의 중국식 한자음)이라는 이름으로 시를 발표하였다. 1930년 지금의 명동성당인 옛 종현 천주교의 청년회 총무를 맡으며 명동성당에서 발간한 기관지인 『별』의 편집인으로 참가한다. 후에는 『카톨릭 청년』의 편집을 주도하였고, 김기림이나 이상의 작품을 창간호에 소개하며 동료 문인들의 시를 함께 싣는다.

1933년에는 이태준, 김기림 등을 비롯한 9명이 일종의 문학 "사교클럽"에 해당하는 〈구인회〉를 결성하였고 정지용 역시 그 일원으로 활동한다. 구인회는 말 그대로 아홉 명의 문학인들이 모였다 하여 붙여진 이름이다. 1933년 8월 30일 조선일보 소식란에 「구인회 결성」이라는 짧막한 소식을 전하는데, 기사에 따르면 "작품을 다독다작"하며 작품을 평하기도 하는 일종의 "사교클럽"이라고 칭하고 있어 기관지를 내는 여타의 동인 활동과는 다른 순수한 친목이나 사교모임 정도에 해당했던 것으로 생각할 수 있겠다. 그러나 그 사교모임에 함께 하는 문인들이 당대 워낙 유명세를 타던 문인들이었기에 문단에서는 아마도 단순 사교클럽정도로 취급하기는 어려웠을지도 모르겠다.

서울 역사박물관에 전시된 <구인회 문예강좌> 공고문
구인회 주최로 5일간 문예강좌를 연다는 광고문이다.
이광수의 「조선소설사」, 김동인의 「장편과 단편」, 박팔양 「조선 신시사」
를 비롯한 열한 강좌로 구성되어 있다. 구인회 소속 작가들은
물론이거니와 이광수나 김동인 등 그 강사진이 엄청난 수준을 보이고
있어 단순히 문단의 사교 클럽을 넘어서는 모임으로 각인될 만 하다.
사진 : 서울 역사박물관 기획전시 (『서울은 소설의 주인공이다』) 촬영

1935년에 드디어 첫 시집 『정지용 시집』을 간행하였다. 이 시집에
는 「바다」, 「유리창」, 「카페프란스」, 「호수」, 「향수」 등 우리가 잘 알고
있는 정지용의 대표시들이 수록되어있다.

1939년에는 문학종합지 『문장』지의 시부문 추천위원으로 활동하
였다. 이 시기에 그가 추천한 문인들로는 조지훈, 박두진, 박목월, 김
종한, 이한직, 박남수 등이었으니 그가 등단시킨 후배 문인들만 보
아도 당시 그의 문단에서 어떤 위치를 점하고 있었는지 충분히 짐작
하고도 남을 것이다.

1941년 두 번째 시집 『백록담』이 문장사에서 발간되었다. 동양적
정서를 바탕으로 자연의 아름다움과 선비정신이 깃든 시들을 모은
시집으로, 초기에 창작하던 바다의 이미지나 카톨릭시즘시와도 사

뭇 다른 경향의 시들이기도 하다. 그러나 동양전통과 선비적 기질은 역시 그의 삶 속에 관류하는 정신적 모티프이기도 하다.

1935년 시문학사 초판본인 『정지용 시집』, 1941년 문장사 초판본 『백록담』, 정지용이
시부문 추천위원으로 활동했던 『문장』이 정지용 문학관에 보관, 전시되어 있다.

　　해방 후 그는 모교인 휘문고보의 교사를 그만두고 이화여전 교수로 취임하여 한국어, 영어, 라틴어를 담당한다. 또한 동국대학교와 서울대학교에 출강하면서 후학을 가르치는데 힘쓴다. 그러면서 『경향신문』의 주간으로 사설을 담당하기도 하였다. 교수와 신문 주간을 담당하면서 자연스럽게 시창작은 더디게 되었다. 이 시기 그는 『해방기념시집』[32]의 원고 심사위원으로 활동하면서 시를 게재하기도 하

● ● ●

32 『해방기념시집』은 1945년 중앙문화협회에서 펴낸 시집이다. 제목 그대로 해방을 기념하며 시인들의 시를 모아 시집을 펴낸 것인데, 아주 특별한 점은 정인보, 홍명희, 안재홍, 이극로, 김기림, 김광균, 김광섭, 김달진, 양주동, 여상현, 이병기, 이희승, 임화, 조지훈 등 시인들의 이름을 통해 볼 수 있듯이 좌우익을 불문하고 해방의 감격을 노래하고 있다는 것이다. 해방 이후 더욱 극심한 이데올로기 대립으로 인하여 문단 역시 좌우익의 극명한 갈라섬이 있었는데, 이러한 대립 속에서 민족이라는 이름으로 해방의 기쁨과 감격을, 그리고 독립한 민족, 국가에 대한 기대감을 한마음으로 노래했다는 것에서 이 시집은 문학사적 의의를 갖는다.

였으며, 조선문학가동맹에서는 아동문학 분과위원장 및 중앙위원으로 활동하였다. 그런데 1948년 남한 단독정부 수립 후 그는 조선문학가동맹에서의 활동 이력으로 남한에서의 존립 기반이 위태롭게 되었다. 조선문학가동맹의 활동 전력때문에 1949년 국민보도연맹에 가입하게 되는데, 조선문학가동맹의 좌익 이력과 보도연맹 가입으로 인한 사상 전향의 각서는 한 시인의 예술적, 학문적 삶을 지워버리게 했다. 오직 사상적 활동 이력만 남겨지게 되어 남한에서도, 북한에서도 존재하기 어렵게 만들어 놓은 것이다. 이런 상황 하에서 그가 6·25중에 행방을 알 수 없게 되자 월북 작가로 인식되어 남한 문학사에서 잊혀진 시인이 되어버렸다. 이것은 시인의 비극이자 한 인간의 비극이었고 또 한국 문학사의 아픔이자 우리 민족의 슬픈 역사이기도 하다.

1988년 해금조치와 함께 그는 다시 한국 시단에서 빛을 보기 시작했고, 그가 납북 중에 사망했다는 마지막 행적도 밝혀지게 되면서 다시금 민족 시인으로서 부활하게 되었다. 이제 정지용 시인은 민족의 언어를 섬세하게 갈고닦은 시인이자 한국 현대문학의 모범으로 자리하고 있는 시인이 되었다.

정지용의 시를 읽으며 자란 시인들

"한국 현대문학의 아버지", "최고의 모더니스트 시인"이라는 찬사는 그의 시를 읽고 애송한 사람이라면 누구나 고개를 끄덕이지 않을 수 없을 것이다. 마찬가지로 정지용 시인의 시를 읽고 많은 후배 문인들이 그를 시적 아버지 삼아 성장했으니 그를 '현대문학의 아버지'라 부르는 것도 어쩌면 자연스러운 일일 것이다. 시인 윤동주가 정지용의 시를 읽으며 시의 길로 입문했고, 교토의 도시샤 대학으로의 진학이 지용의 영향으로 인한 것이었다는 이야기는 유명하다. 현대 시사에서 그 둘의 만남은 아마도 기념비적 사건이 될 수 있었겠으나 안타깝게도 윤동주의 유고 시집에서 정지용이 서문을 쓰는 것으로 둘의 문학적 만남은 처음이자 마지막으로 이루어진다. 말 그대로 '시를 통한 사제관계'로, 생에 단 한 번도 만나지 못한 그들의 연은 책으로 남아 길이길이 이어지게 된 것이다.

지용은 문단에서 후학을 발굴하고 길러내는 데도 많은 힘을 기울였다. 그가 『문장』지를 주관하던 때, 우리에게는 청록파 시인들로 잘 알려진 조지훈, 박두진, 박목월을 추천하고 시를 쓰도록 했다. 아름답고 소박하게 혹은 기개 있는 절개로 자연을 노래하며 민족 시인으로 불리는 이 세 시인의 발굴은 정지용이 한국 시단에서 활약한 커다란 업적 중 하나일 것이다. 지금은 이미 거목이 된 시인들이지만, 초창기 정지용이 『문장』지에 그들의 시를 평가하며 '지훈군', '목월군'이라 부르던 호칭 속에서 그들의 앳된 신인 시절을 짐작하게 한다. 그들 뿐 아니라 60년대 민족시인의 대표로 꼽히는 신동엽 역시 정지용 시인의 시를 애송하였다고 한다. 신동엽 문학관에도 그가 실제로 애장했던 정지용의 시집이 전시되어 있다.

"민족의 언어를 완성하는 길"에서 만나는 정지용의 시

정지용은 우리의 말과 글을 아름답게 조탁하는 능력이 탁월한 시인이었다. 뿐만 아니라 그의 높은 한학에 대한 교양과 민족정신이 시 속에 녹아들어 "서구적 감수성과 동양 정신이 융합된 결정체"를 만들어낸다. 김기림은 그의 시에서 '천재적 민감으로 말의 가치와 이미지를 발견한 최초의 모더니스트'[33]라 하였고, 이양하는 정지용을 가리켜 '말을 휘잡아 조정하고 구사하는데 놀라운 천재를 가진 시인, 세계 문단에 내놓을 수 있는 시인'[34]이라 하였다.

시인의 언어의식은 1930년 박용철 등과 함께 활동했던 『시문학』 잡지 창간호에서 "한민족의 언어가 발달의 어느 정도에 이르면 국어로서의 존재에 만족하지 안이하고 문학의 형태를 요구한다. 그리고 그 문학의 성립은 그 민족의 언어를 완성식히는 길이다."라는 후기 (1930.3)를 통해 명확하게 알 수 있다. 민족 언어를 완성시키고자 한 그의 언어 의식은 대표 시 「향수」에 잘 드러나 있다. 그는 시에서 우리의 아름다운 토속어를 활용하여 세련되게 가다듬고 배치한다.

넓은 벌 동쪽 끝으로

옛이야기 지줄대는 실개천이 회돌아 나가고

●●●

33 김기림, 「1933년 시단의 회고와 전망」, 「조선일보」, 1933.12.7~13.
34 이양하, 「북 리뷰- 바라든 지용 시집」, 「조선일보」, 1935, 12.7~11.

얼룩백이 황소가

해설피 금빛 게으른 울음을 우는 곳

- 그곳이 참하 꿈엔들 잊힐리야

질화로에 재가 식어지면

뷔인 밭에 밤바람 소리 말을 달리고

엷은 조름에 겨운 늙으신 아버지가

짚벼개를 돋아 고이시는 곳

- 그곳이 참하 꿈엔들 잊힐리야

흙에서 자란 내 마음

파아란 하늘 빛이 그립어

함부로 쏜 화살을 찾으려

풀섶 이슬에 함추름 휘적시든 곳

- 그곳이 참하 꿈엔들 잊힐리야

전설바다에 춤추는 밤물결 같은

검은 귀밑머리 날리는 어린누이와

아무렇지도 않고 여쁠 것도 없는

사철 발벗은 안해가

따가운 해ㅅ살을 등에지고 이삭줏던 곳

- 그곳이 참하 꿈엔들 잊힐리야

하늘에는 석근 별

알수도 없는 모래성을 발을 옮기고

서리 까마귀 우지짖고 지나가는 초라한 지붕

흐릿한 불빛에 돌아 앉어 도란 도란 거리는 곳

- 그곳이 참하 꿈엔들 잊힐리야

「향수」 전문

지금은 전 국민의 애송시라 해도 손색이 없을 이 시는 1927년《조선지광》65호에 발표되었으나, 발표 당시 작품 끝에 '1923. 3'이라 메모한 것으로 보아 시인이 도시샤 대학으로 유학가기 전 고향을 떠나는 아쉬운 마음을 달래며 초고를 지은 것임을 알 수 있다. 이 시에는 시인의 언어의 조탁능력과 이미지트스의 면모를 모두 볼 수 있다.

매 연의 끝마다 '그곳이 참하 꿈엔들 잊힐리야'라는 후렴구의 반복적인 배치로, 시를 낭송하다 보면 일정한 리듬감을 느끼게 된다. 이러한 시적 리듬감 속에서 시인은 고향에 대한 그리움을 아름다운 우리말로 정성스럽게 수놓고 있다.

'엷은 조름에 겨운 늙으신 아버지', 화살을 찾기 위해 '풀섶 이슬을 함초롬 휘적시던' 유년시절의 화자, '검은 귀밑머리를 한 어린 누이'

그리고 '따가운 햇살을 등지고 이삭을 줍는' 예쁠 것 없는 아내. 이렇게 시 속에 등장하는 인물들은 '초라한 지붕' 아래 살고 있는 가난하고 보잘 것 없는 사람들이다. 하지만, 시의 도입부에서 옛이야기를 지줄대는 실개천과 금빛 울음을 해설프게 우는 황소를 앞세워 청각적, 시각적 감각을 자극하며 아름답고 따뜻한 고향의 모습으로 압도당하며 만나게 된다. 아무도 이들을 초라하게만 보지 못할 것이다. 시 속에 등장하는 고향과 사람들은 돌아가고 싶은 고향, 돌아가고 싶은 시절, 그리고 만나고 싶은 그리운 사람들로 다가온다. 시를 읽으면 사라지지 않은 '없던 고향'도 다시 생겨나야 할 것 같은 느낌이다. 그리고 이렇게 시인이 심혈을 기울여 그린 고향은 한편으로는 잃어버린 조국과 민족의 옛이야기에 대한 그리움이었을 것이다.

시인의 모더니스트로서의 면모는 언어의 절제와 시의 여백의 미를 살린 시「호수」에서 극명하게 볼 수 있다. 총 2연 6행으로 된 짧은 시이지만 '그리움'이라는 감정을 절제된 언어로 위트있게 표현하였다.

얼굴 하나야
손바닥 둘로
폭 가리지만

보고 싶은 마음
호수 만하니

눈 감을 밖에

「호수」 전문

　그리움이라는 단어를 떠올릴 때 우리는 그리움의 크기를 떠올리게 될까 아니면 그리움의 깊이를 떠올리게 될까? 그리움이라는 이 추상적 단어는 형체도 크기도 없어서 그리움을 느끼는 사람마다 그 크기도 깊이도 천차만별일 것이다. 그런데 세련된 언어 세공사인 정지용 시인은 이 그리움의 크기를 '호수'에 비교하였다. '보고 싶은 얼굴'과 '보고 싶은 마음'을 병렬시키며 손으로도 가릴 수 없는 '그리움'이라는 단어를 호수만하다고 명료하게 단정짓는다. 그러나 여기에 그치지 않는다. 우리 몸의 어떤 것으로도 가릴 수 없는 크기의 호수를 가릴 수 있는 방법은 '눈을 감는 것'이라는 위트 있는 이 표현은 손과 얼굴과 눈이라는 우리 신체의 감각적인 부분으로 해결하면서 그리움의 깊이와 크기를 대비시켜준다.

　그리움은 생각해 보면 절절하게 눈물이 나는 감정의 원천일 수도 있다. 그런데 이러한 그리움의 감정을 절제된 언어와 시의 여백을 두어 해결하고 있다는 것도 역시 시인의 모더니스트로서의 면모를 잘 알 수 있는 시이지 않을까.

　"이미지를 통한 감정의 절제"가 지용 시의 한 특징을 이룬다면, 시 「유리창」을 빼놓을 수 없다. 이 시는 폐결핵으로 먼저 세상을 떠난 어린 아들의 죽음을 목도하며 가슴 아픈 아버지의 마음을 표현한 시이면서도 유리라는 차가운 매개체를 앞에 두고 그 슬픔의 감정을 절제하고 승화시키고 있다.

유리에 차고 슬픈 것이 어른거린다

열없이 붙어 서서 입김을 흐리우니

길들은 양 언 날개를 파닥거린다

지우고 보고 지우고 보아도

새까만 밤이 밀려나가고 밀려와 부딪치고

물먹은 별이, 반짝, 보석처럼 박힌다

밤에 홀로 유리를 닦는 것은

외로운 황홀한 심사이어니

고운 폐혈관이 찢어진 채로

아아, 늬는 산새처럼 날아갔구나!

「유리창」 전문

유리창 너머에 있는 '차고 슬픈 것'을 화자는 계속해서 만나고 싶어 한다. 추운 겨울에 유리창에 낀 성에 때문에 잘 보이지 않자 화자는 계속해서 유리를 닦으며 그 존재를 확인한다. 그러다 '물먹은 별'이 '반짝'하고 '보석처럼 박히'는 것을 보는데, 그 순간 화자는 현실의 나를 깨닫고, "고운 폐혈관이 찢어진 채로" "산새처럼 날아"간 "너"를 인식하며 헤어짐에 대하여 안타까운 인정을 하게 된다.

자식의 죽음 앞에 어떤 부모가 의연하게 그것을 받아들이고 인정

할 수 있겠는가. 목놓아 울며 슬픔을 절절하게 토해내도 끝나지 않을 아픔일 것이다. 그런데 아들을 잃은 아버지인 시인은 시 속에서 밤에 홀로 유리를 닦으며 그 마음을 슬프고 아름다운 비유들로 승화시키고 있다. 아들을 잃은 아버지의 슬픔은 한 가장으로서 남은 가족들을 위해 감내해야 할 감정이기도 하기에 어쩌면 이렇게 홀로 유리를 닦으며 외롭고 황홀하게 슬픔을 닦아내고 있던 것은 아닐까.

'폐혈관이 찢어진 채로'라는 직접적인 표현이 없었고, 아들의 죽음에 대한 시라는 박용철 시인의 이야기가 없었더라면 이 시는 어쩌면 외로운 시적 자아의 황홀경으로 읽혀졌을지도 모르겠다.

한편 정지용은 평론가 김환태에 의해 "처음으로 완전히 동심을 파악한 동요 동시 작가"[35]라는 평을 들을 만큼 동요 창작에도 진심을 다했다. 그는 1927년 조선동요연구회에 가입하여 어린이를 위한 동요를 창작하기도 했다. 당시 아동 문학은 방정환에 의해 운동으로서의 성격을 짙게 띠고 있었다. 동시라 해도 입으로 불리는 노랫말을 작사하거나 구전 가요 등을 아이들에게 들려주기 위한 글 정도였는데, 비로소 1938년 정지용에 와서야 동시 작가라는 말이 정식으로 사용된 것이다.

할아버지가

---

35 이석우, 『현대시의 아버지 정지용 평전』, 푸른사상, 2006. 146쪽.

담뱃대 물고
들에 나가시니
궂은 날도
곱게 애이고

할아버지가
도롱이를 입고
들에 가시니
가믄 날도
비가 오시네

「할아버지」 전문

  비가 오는 날에도 할아버지가 담뱃대를 물고 들로 나가면 날이 개이고, 가문 날에도 할아버지가 도롱이를 입고 나가면 비가 온다는 짧지만 재미있는 시다. 어린 아이일 때는 잃어버린 물건을 쏙쏙 찾아내는 엄마의 능력이 신기하고, 무엇이든 번쩍번쩍 들 수 있는 아빠의 힘이 엄청난 능력으로 보인다. 할아버지의 날씨에 대한 예견은 어쩌면 그보다 더 신이한 능력으로 비춰질 수도 있다. 담뱃대를 물고 혹은 도롱이를 입고서 들로 나가는 평범하고 소박해 보이는 할아버지에 대한 묘사이지만, 마치 할아버지가 날씨를 주관하는 신선 같다는 느낌을 들게 하기도 한다.

  이 시는 우리 시를 노래로 지어 만든 백창우의 음반 『꽃밭』에서 노래로 더욱 아름답게 탄생했다. 정지용 문학관을 들를 때 들어보면 새삼 따뜻하고 정겨운 어린 시절의 할아버지를 만날 수 있을 것이다.

옛이야기 지줄대는 실개천이 흐르고, 얼룩빼기 황소가 헤설피 금빛 울음을 우는 곳
- 시인의 고향 옥천 둘러보기

지용 문학공원과 교동저수지

정지용 문학관에서 멀지 않은 곳에 교동 저수지가 있다. 이 저수지 아래쪽으로 정지용 시인의 시비를 곳곳에 두어 아름답게 조성된 공원이 있다.

문학 공원의 산책로는 교동저수지와 이어지는데, 특히 봄이 되면 공원과 저수지를 휘감고 피어난 벚꽃들이 흐드러지면서 아름다운 시의 향기를 더욱 진하게 느껴볼 수 있다.

시인을 만나고, 시를 읽고, 아름다운 정취로 인해 사색에 빠져들기 충분히 좋은 산책로인 이곳은 시인의 고향인 옥천이기에 가능한 장소라 생각된다.

<정지용 문학공원>

옥주사마소

생가 가까운 곳에 충북유형
문화재인 옥주사마소가 있다.

사마소는 조선 중기 이후 지
방의 고을마다 생원이나 진사
를 뽑는 사마시 합격자들이
모여 친목을 도모하고 학문,
정치, 지방행정의 자문을 논
하던 곳이라고 한다.

<옥주사마소> 옥천군청 문화관광 홈페이지

정지용 시인의 생가 근처에 자리하여 어린 시절 시인에게 선비 정
신을 길러주기 좋은 교육의 장이었을 것이다. 정지용 시인이 자타공
인 한국 최고의 모더니스트 시인이면서도 그의 시세계를 관류하는
선비정신의 원류가 되는 배경이었지 않을까 한다.

옥천 향수 자전거길

옥천은 둘레 둘레가 아름다운 강과 산으로 싸여있는 곳이다. 정지
용 시인이 시심을 키운 아름다운 이곳 옥천의 둘레를 자전거를 타고
둘러보는 것은 또 다른 감동으로 남을 것이다. 정지용 생가에서부
터 시작하여 금강변~금강 휴게소로 이어지는 자전거길을 달려보면

서시의 배경이 되는 고향의 모습을 눈으로, 마음으로 담아보면 좋을
듯 하다.

옥천 문화관광홈페이지에 올라와있는 자전거길 안내도이다.
향수 300리길을 비롯하여 8개의 코스가 마련되어 있다.

지용제

〈지용제〉는 매년 5월, 시인 정지용의 고향 옥천에서 열리는 문학
축제이다. 옥천군과 옥천 문화외 그리고 지용회가 주관되어 열리는
이 행사는 시인을 추모하고 그의 시문학 정신을 이어가며 더욱 발전
시키자는 뜻으로 열리는 축제이다.

사생대회와 글짓기 대회, 시낭송대회, 휘호대회를 비롯하여 지용문학상 시상식, 청소년 문학 캠프 및 추모문학행사 등의 공식행사가 열린다. 가훈 쓰기, 바느질 공예, 팝콘 튀기기 등 행사에 참여하는 모든 사람들에게 특별한 재미를 줄 수 있는 각종 체험도 마련된다.

정지용 시인을 추모하는 행사에서 시작하여 지금은 전국민이 이곳을 찾아와 함께 즐기는 전국적인 행사로 확대되었다. 시인 정지용과 함께하는 봄날의 문학축제로 한번 떠나보는 것도 좋을 것 같다.

문 열어라 꽃아.
문 열어라 꽃아.

- 미당시문학관 -

정영진

미당시문학관 가는 길 - 뽕나무와 서정주

전날 밤 변산에서 묵었다. 초겨울 바닷바람은 차가웠지만, 파도 소리는 시원하게 가슴을 씻어주었다. 밤의 해변에서 타인들이 즐기는 불꽃놀이를 지켜보는 것은 즐겁다. 피용- 딱, 피용- 딱. 해변의 편의점에서 파는 빈약한 불꽃놀이지만 한번 시작하면, 설레는 기분을 감출 수 없다. 싱겁게 끝나기 마련이지만, 그 순간 망망한 바다에 와 있다는 사실을 실감하게 된다.

맑은 하늘 아래 변산 앞바다는 잔잔했다. 미당시문학관으로 향하는 길에 맛집으로 유명하다는 뽕잎바지락죽 식당에 들렀다. 부안에는 뽕나무가 유명한가 보다. 뽕잎바지락죽뿐 아니라 뽕잎빵, 뽕잎고등어 등등. 오디 열매가 열리는 뽕나무잎이 당뇨와 혈압에 좋다고 알려져 있어 뽕잎차를 마시는 건 알았지만, 그리고 오디로 담근 술 '뽕주'가 있다는 것도 어디선가 들어본 적이 있지만, 뽕잎으로 만든 음식들이 이렇게나 많은 줄 몰랐다.

비단실을 뽑아내는 누에가 먹는다는 뽕잎, 우리는 무엇을 뽑아내어 세상을 이롭게 하는가. 햇볕 잘드는 창가에서 정갈한 반찬과 따뜻한 죽을 천천히 떠먹었다. 무슨 일이든 재빨리 해치우는 것을 미덕으로 여기는 일상에서 벗어나 자기 자신을 살살 대해주는 느낌이

좋았다.

부안에서 뽕나무는 흔한 나무였던 것 같다. 부안군 변산면 마포리 유유마을은 역사를 자랑하는 양잠마을이었다고 한다. 현재는 부안군의 적극적 지원으로 참뽕연구와 식품 및 미용 제품 개발에 힘을 쏟는단다. 부안 사람들에게 뽕나무가 일상을 함께 한 것이라면 서정주 시에도 나올 법하지 않을까. 이런 생각에 한 장면이 생각났다. 어린 서정주에게 외할머니가 건네던 오디 열매.

외할머니네 집 뒤안에는 장판지 두 장만큼한 먹오딧빛 툇마루가 깔려 있습니다. 이 툇마루는 외할머니의 손때와 그네 딸들의 손때로 날이날마닥 칠해져 온 것이라 하니 내 어머니의 처녀 때의 손때도 꽤나 많이는 묻어 있을 것입니다마는, 그러나 그것은 하도나 많이 문질러서 인제는 이미 때가 아니라, 한 개의 거울로 번질번질 닦이어져 어린 내 얼굴을 들이비칩니다.

그래, 나는 어머니한테 꾸지람을 되게 들어 따로 어디 갈 곳이 없이 된 날은, 이 외할머니네 때거울 툇마루를 찾아와, 외할머니가 장독대 옆 뽕나무에서 따다 주는 오디 열매를 약으로 먹어 숨을 바로 합니다. 외할머니의 얼굴과 내 얼굴이 나란히 비치어 있는 이 마루에까지는 어머니도 그네 꾸지람을 가지고 올 수 없기 때문입니다.

「외할머니의 뒤안 툇마루」 전문

엄마한테 혼나서 갈 데 없이 된 어린 서정주가 향한 곳, 외할머니네 뒤안의 툇마루. 외할머니가 장독대 옆으로 가서 뽕나무에서 오디 열매를 따서 주시면 그걸 약처럼 먹고서야 숨을 고르던 장면을 상상하면 기분이 묘해진다. 내가 기억하는 서정주는 대시인이자, 노시인이기에 그럴 것이다.

섭섭하고 속상한 마음으로 어린 서정주가 피신한 그곳은 안전한 외할머니집 툇마루. 손때로 번질번질한, '먹오딧빛' 툇마루는 세월 속에서 거울로 변한 듯하다. 오래된 툇마루에 번질번질 빛나는 광은 성난 엄마도 잠잠케 할 만큼 힘이 셌다.

서정주는 시간과 물질과 몸을 녹여내는 연금술사 같다고 생각한 적이 있다. 세대를 관통하는 시간과 툇마루와 손때. 이런 것들이 서정주의 시정신 가운데 녹아서, 세계를 되비추는 거울 같은 시가 되다니!

질마재를 담은, 질마재를 닮은 문학관

변산에서 미당시문학관까지는 한 시간이 채 안 걸리는 길이다. 마을 길 따라 천천히 운전하면서 한없는 평온함을 온몸으로 느꼈다. 사람이 없군, 사람이 정말 없어. 이런 말을 했다. 어디든 사람이 많은 서울. 혼자 있어도 휴대폰 속에는 너무 많은 사람들의 얼굴이 있지 않은가. 이런 생각을 하기도 했다.

행인 없는 도로에 이따금 여유로운 개들이 지나다녔다. 목줄 없는 개들도 오랜만이군. 특별할 것 없는 농촌 마을은 뜻밖에도 많은 상념을 불러일으켰다.

미당시문학관은 전라북도 고창군 부안면 선운리에 자리 잡았다. 또 다른 세상으로 들어가듯 거대한 사각형 입구를 들어서면 넓은 운동장이 가슴을 트이게 해준다. 2001년에 폐교된, 초등학교 분교였던 선운분교를 리모델링해서 만든 미당시문학관은, 주변 경관과 조화를 이루며, 군더더기 없이 단순하고 소박하면서도 세련된 멋을 풍긴다. 나지막한 일(一)자형 건축물이 뒤로 보이는 소요산과 짝을 이룬 듯 어울린다.

이 문학관을 설계한 건축가 김원은 주변 자연환경과의 조화를 최우선으로 고려했다고 한다. 수직으로 높은 전시동은 마을 뒷산처럼 솟아있고, 수평으로 길게 뻗은 학교 건물은 멀리 내다보이는 평평한 바다를 닮아있다.

햇볕 잘 드는 문학관을 거닐며 전시품들을 보는 내내 자연 속에 있는 느낌이다. 학교 건물에는 창문이 많기 마련이라, 창으로 들어오는 햇살의 각도가 공간에 일정한 리듬을 만들어 준다. 시의 결이 마음에 스미는 것처럼, 문학관 내부를 천천히 걸으면 어느새 마음이 밝고 맑아지는 느낌이다.

미당시문학관 입구

미당시문학관 전경

미당시문학관 내부

수직으로 구성된 전시동은 미당이 노년에 암송했던 세계의 산을 모티프로 한 것이기도 했다. 서정주는 자신의 기억력 감퇴를 막기 위해 1628개의 산 이름을 매일 아침 뜰에 나와서 30분 내지 40분에 걸쳐 암송했다.

계단을 계속해서 오르며 서정주 시인의 생애를 여행하다 보면, 마침내 〈바람의 전망대〉에 이르게 된다. 네모난 틀과 동그라미 틀로 자연을 그대로 한 조각 떼어 보는 묘미를 느낄 수 있는데, 마지막 한 층 더 오르게 되면 탁 트인 질마재가 한눈에 들어온다.

바람의 전망대

넓은 들판과 마을들, 야트막하게 이어진 먼 산과 든든히 뒤를 지키는 소요산이 하나의 세상으로 펼쳐져 있다. 시인의 한 생애를 천천히 다 오르고 받는 선물이라면 선물이랄까. 끝없이 파란 하늘 아래 서 있는 기분은 말할 수 없이 상쾌하다.

서정주는 "스물세 해 동안 나를 키운 건 팔할이 바람이다"라고 시 「자화상」에 썼다. 서정주를 키워낸 그 바람을 맞아보는 일만으로도 미당시문학관 기행에 후회는 없을 것 같다. 문학관 운동장 한켠에 서 있는 거대한 조형물 〈바람의 자전거〉는 질마재의 대시인을 길러낸 바람의 기운을 상상하는 재미를 준다.

시인이 되기까지

서정주는 1915년 5월 18일 전라북도 고창군 부안면 선운리에서 태어났다. 이곳을 그 지역 사람들은 '질마재'라고 했다. '길마'는 소의 등에 짐을 싣기 위해 얹는 안장 같은 말굽 모양의 농기구인데, 지역마다 조금씩 다르게 부른다. 강원도에서는 '지르매', 경남 창녕에서는 '질매'라고 불렸는데, 서정주 살던 곳에서는 '질마'라고 했다. 마을 넘어서는 고개 모양이 길마를 닮았다고 해서, 선운리는 질마재라고 불렸다.

서정주 생가는 문학관 바로 옆에 붙어 있는 것은 아니고, 문학관 옆으로 흐르는 작은 개울을 건너면 볼 수 있다. 단출한 초가집 두 동인데, 이곳에서 서정주가 태어났다. 아버지 서광한이 별세하고 친척이 살면서 지붕을 슬레이트로 개조했고 1970년경부터는 사람이 살지 않으면서 방치되었다가 문학관이 만들어진 2001년에 복원되었다.

서정주 생가 앞 개울   서정주 생가

마을 전체가 해가 잘 들어 밝은 느낌을 준다. 마침 생가 마당에 노란 국화꽃이 옹기종기 피어 있어 무척 반가웠다. 잘 가꿔진 꽃밭이 아니고, 자연스럽게 계절에 따라 꽃이 피고 지고 하는 꽃밭이었다. 철을 잊은 몇 송이 코스모스가 바람에 흔들렸다. 해가 잘 드는 터여서 그런 것 같다. 조용한 마을이었지만 귀 기울여 들으면 개울물 흘러가는 소리, 멀리서 들리는 닭울음 소리와 이름 모를 새의 지저귐으로 온 마을에 생기가 흘렀다.

서정주는 아홉 살 되던 해 질마재를 떠났다. 질마재에서 서당에 다니며 한문을 배웠던 서정주는 줄포로 이사한 후 줄포공립보통학교에서 6년 과정을 5년 만에 마치고, 1929년 아버지의 바람대로 서울의 계동에 있는 중앙고등보통학교에 입학했다. 이 무렵 사회주의가 젊은이들 사이에서 유행이었는데, 서정주도 막연히 경제적 평등을 주장하는 것에 매료되었었다.

1930년 11월 광주학생사건 때 주모자 4명 중 한 사람이었던 서정주는 이 일로 구속되었다가 기소유예로 석방되었지만 학교에서 퇴학당하게 되었다. 이듬해 고향 고창고등보통학교에 편입학했지만 거기서도 자퇴하게 된다.

자퇴하던 해 겨울, 아버지 서랍 속 돈을 훔쳐 서정주는 가출을 감행했다. 혁명을 꿈꾸며 중국 상해나 만주로 떠날 계획이었지만, 서정주는 서울에서 친구들과 어울리다 도서관에서 투르게네프의 장편「그 전날 밤」을 홀리듯 읽고선 사회주의 소년이 아닌 문학청년이 되었다. 경성부립도서관 종로관에서 고리키와 투르게네프 등의 문학

작품들을 읽어나갔다. 이곳에서 서정주는 생을 좌우할 책을 만나게 된다. 바로 톨스토이의 『부활』이었다. 이후 그는 '니체'를 만나면서 자신의 정신세계를 빚어갔다.

가깝게 지내던 석전 박한영 스님의 권고로 1935년에 지금의 동국대학교 전신인 중앙불교전문학교에 입학하게 된다. 그곳에서 문학청년 함형수를 만나고, 이후 김동리, 오장환, 김달진 등과 함께 『시인부락』 동인이 되어 활동했다.

서정주 생가 앞 국화꽃과 코스모스

생명파 혹은 육체파 시인

서정주 시집들(미당시 문학관 전시품)

『화사집』은 1941년 나온 그의 첫 시집이다. 표제작 「화사」에서는 그간 한국 시단에서 보기 드문 대담한 이미지로 관능의 세계가 표현된다. 서정주는 인간의 원초적 생명성을 꽃뱀을 통해 보여줬다. "얼마나 커다란 슬픔으로 태어났기에/ 저리도 징그러운 몸뚱아리냐" 하면서도 그 뒤를 따르는 것은 그것이 "꽃대님보담도 아름다운 빛"을 지녔기 때문이다. 서정주에게 아름다움은 육체적인 것과 분리되지 않는다.

성경의 창세기를 보면, 아담과 하와에게 선악과를 따 먹도록 꾄 뱀은 하나님의 저주를 받아 땅을 기어다니는 운명을 얻게 된다. 금기를 위반하고 저주받은 뱀이기에 원통함이 있을 꽃뱀에게, 「화사」의 시적 화자는 붉은 아가리로 푸른 하늘을 원통하게 물어뜯으라고 말한다. 그리고 시의 마지막에서 화자는 스무 살 색시 '순네'를 시에 끌어들이고, 화사에게 외친다. "스며라! 배암"

「화사」를 이제 전문으로 읽어보자.

사향(麝香) 박하(薄荷)의 뒤안길이다.

아름다운 배암……,

을마나 크다란 슬픔으로 태어났기에, 저리도 징그라운 몸둥아
리냐

꽃다님 같다.

너의 할아버지가 이브를 꼬여내든 달변(達辯)의 혓바닥이

소리없은채 낼룽거리는 붉은 아가리로

푸른 하눌이다. ……물어뜯어라. 원통히 물어뜯어,

달아나거라. 저놈의 대가리!

돌팔매를 쏘면서, 쏘면서, 사향(麝香) 방초(芳草) ㅅ길

저놈의 뒤를 따르는 것은

우리 할아버지의 안해가 이브라서 그러는 게 아니라

석유(石油) 먹은 듯…… 석유(石油) 먹은 듯…… 가쁜 숨결이야

바눌에 꼬여 두를까부다. 꽃다님보단도 아름다운 빛……

크레오파투라의 피 먹은 양 붉게 타오르는 고흔 입설이다……
스며라! 배암.

우리 순네는 스물난 색시, 고양이같이 고흔 입설……스며라! 배
암.

「화사」 전문

슬픔과 원통함을 지닌 징그러우면서도 아름다운 꽃뱀이 '순네'에
게 스며들길 바라는 마음. 왜 그것을 원했나. 서정주에게 육체는 경
험과 감정, 내면과 외면이 한 덩어리를 이루는 생명 그 자체의 상징
이었다. '순네' 고운 입술에 뱀이 스미면, 시의 화자에게도 기회가 생
겨서일까. 뱀의 육체성과 접촉할 수 있는, 그 강렬한 육체와 연결될
수 있는 세계 말이다. 시에 나오지 않지만 순네와 키스를 한다면 징
그럽고도 아름다운 생명을 호흡할 수 있지 않았을까.

서정주는 자서전에서 "내 시 속에 여자 냄새는 꽤 많이 나는 편이
지만, 그것은 거의 내 생각 속만의 것이다"[36]라며, 「화사」가 나온 배경
이야기를 전해준다.

이것을 쓴 때는 해인사 원당(願堂)이란 암자에 있던 여름밤, 조
그만 박쥐 새끼 한 마리가 열어놓은 창틈으로 날아들어와 방안을
퍼덕거리며 수선을 떠는 것을 잡아서 내 양말 깁기용 큰 바늘로
벽에 꽂아 놓고 나서, 이 여름 구상해 오던 이것을 술술 써냈다. 육

· · ·

36 서정주 『미당 자서전 2』, 민음사, 56쪽.

체를 중요시하는 자의 감각은 고대 그리스나 로마인들이 흔히 했던 것처럼 일종의 잔인을 또 자초하는 것인 모양이지.[37]

여름밤, 방안에 들어온 박쥐의 퍼덕거림을 보고, 그것을 큰 바늘에 꿰어 벽에 꽂아 놓으면서, 자신의 잔인성도 경험하게 되었던 듯하다. 육체를 중요시하는 감각에 스며있는 잔인함을 느끼면서, 서정주는 생명성에 내재한 관능적인 아름다움, 징그러움, 그리고 잔인함, 원통함 같은 원초적 감정 등이 얽힌 육체성의 진실에 육박해갈 힘을 얻었을까.

이쯤에서 「자화상」 마지막 부분을 다시 읽어보자.

> 찬란히 티워오는 어느 아침에도
> 이마우에 얹힌 시의 이슬에는
> 몇방울의 피가 언제나 섞여있어
> 볕이거나 그늘이거나 혓바닥 늘어트린
> 병든 수캐마냥 헐떡거리며 나는 왔다.
>
> 「자화상」 부분

헛바닥 늘어트린 병든 수캐, 헐떡거리는 '나'가 본능적이고 강렬한 육체성을 희구하는 일은 자연스러워보이지 않는가. 20대 초반까

• • •

37 앞의 책, 56쪽.

지 서정주는 혼돈과 방황, 방랑의 시간을 살았다. 그의 등단작 「벽」 (1936)에서의 절규의 목소리는 시인의 실존적 고투를 느끼게 한다. 시의 화자는 절망의 나락에 빠지는 것이 아니라 자신의 한계를 뛰어넘어 자신의 전 존재, 자신의 온 생명을 진동시키고 싶어했다.

> 꺼져드는 어둠속 반딧불처럼 까물거려
> 정지(靜止)한 「나」의
> 「나」의 서름은 벙어리처럼……
>
> 이제 진달래꽃 벼랑 햇볕에 붉게 타오르는 봄날이 오면
> 벽차고 나가 목매어 울리라! 벙어리처럼,
> 오-벽아.
>
> 「벽」 부분

서정주의 다른 이름-다츠시로 시즈오(達城靜雄)

익히 알려져 있듯, 그의 친일 이력은 시인 인생에서 가장 부끄러운 일이었다. 서정주는 『매일신보』(1942)에 다츠시로 시즈오(達城靜雄)라는 이름으로 「시의 시야기-주로 국민시가에 대하여」를 발표하고 시와 소설, 수필 등을 통해 적극적으로 친일 문인의 행보를 보여주었다. 후에 서정주는 스스로 가장 창피한 일이라 밝힌 친일 행위에 대해 자신의 부족한 지식과 그릇된 인식을 이야기했다.

그래 창피한 대로 꽤 길 미래의 일본인의 동양 주도권은 기정사실이니 한국인도 거기 맞추어서 어떻게든 살아 견뎌야한다는 생각을 세우고 만 것이다. 정치세계에 대한 내 부족한 지식이 내 그릇된 인식을 만들고, 이 그릇된 인식에서 나온 언행들이 내 생애의 가장 창피한 일들을 빚었다.[38]

미당시문학관의 동선을 따라 오르다 보면 한 방이 그의 친일시와 친일 수필로 꾸려져 있다.

●●●
38 앞의 책, 154쪽

교복과 교모를 이냥 벗어버리고
모든 낡은 보람 이냥 벗어버리고

주어진 총칼을 손에 잡으라!
적의 과녁 위에 옥탄을 던져라!

(중략)

아무 뉘우침도 없이 스러짐 속에 스러져 가는
네 위엔 한 송이의 꽃이 피리라.
흘린 네 피에 외우지는 소리 있어
우리 늘 항상 그 뒤를 따르리라.

「헌시-반도학도 특별지원병 제군에게」 부분

"눈물 아롱아롱/ 피리 불고가신 님의 밟으신 길은/진달래 꽃비 오는 서역 삼만리" 「귀촉도」의 시인이 맞을까 싶으리만큼 단순히 전쟁 참여를 독려하는 시다. 조선 식민지의 청년을 죽음의 땅으로 내몰았던 서정주는 다른 수필에서 이렇게 말한다.

"그럼 결론은 우리의 몸뚱이를 어디에다가 던져야 할 것인가를 다시 한번 생각해 보자. 젊은 벗이여, 네 나이는 인제야 스무 살이다. (…중략…) 운명에 대한 숭엄한 그 긍정을, 벗아, 인제 겨우 스무 살인 벗아, 나도 너처럼 하고 싶구나. 나도 총을 메고 머언 남방과 북방으로 포연과 탄우를 뚫고 가보고 싶구나. (중략) 이러한 역사라는 것은 사실은 우리가 이렇게쯤 되게 원했기 때문에 총이 쥐어지고, 몸 던질 곳을 찾았기 때문에 그 길이 열린 것이다. 그러기에 인수해야 할 의무가 있음은 물론이다."

『조광』, 1943. 10

'운명에 대한 숭엄한 긍정'을 요청하며 스무 살 청년을 사지로 모는 서정주를 대하는 일은 가슴 답답하고 분한 일이다. 생명성과 육체성을 시로 구현하기 위해 서정주는 오랜시간 방황과 방랑 속에 자신을 바쳐오지 않았던가. 시인에게 이제 스무 살 된 청년의 생명은 운명와 역사 속에서 그토록 가벼운 것일 수 있을까.

영원성의 탐구와 신라정신

해방을 맞이한 서정주는 '참 일은 묘하게 되기는 되는 것'이라는 생각을 난생처음 했다고 말한다. 서정주는 해방을 경험하면서, 역사는 묘한 것, 이해할 수 없는 것이 되었다. 서정주의 영원성의 시학의 출발이 여기에 있다. 그는 격변하는 역사의 소용돌이를 체감하면서, 외적인 세계의 변화 속에서도 변치 않는 것, 그것을 시에 담아야겠다고 마음 먹었다.

해방 이후 한반도는 남과 북이 갈라졌다. 그리고 1950년 한국전쟁이 났다. 해방 이후에 서정주는 새로운 시대에 참여하고 싶은 의욕을 느끼면서, 3급 공무원 시험에 도전하고 문교부 예술과 과장으로 일하기도 했다. 그러나 한국전쟁을 겪으면서 그는 정신적으로 큰 어려움을 겪는다. 환청에 시달리는 등 정신이상 증세가 나타났다. 서정주는 전쟁 중 뜻하지 않은 죽음의 사건들을 경험하면서 불안과 공포에 떨었다. 다행히 유치환과 그의 가족들의 보살핌을 받으면서 시인은 정신적으로 회복되었다.

휴전 이후 서울로 돌아온 서정주는 본격적으로 '신라정신'을 탐구하고 이를 시에 담는다. 격변하는 세계 속에서 변하지 않는 정신, 유유히 이어져 내려와 우리 삶의 자리를 든든히 받칠 수 있는 정신을 시에서 구현하고자 했던 것이다.

노래가 낫기는 그중 나아도
구름까지 갔다간 되돌아오고,
네 발굽을 쳐 달려간 말은
바닷가에 가 멎어버렸다.
(중략)
꽃아. 아침마다 개벽하는 꽃아.
네가 좋기는 제일 좋아도,
물낯바닥에 얼굴이나 비취는
헤엄도 모르는 아이와 같이
나는 네 닫힌 문에 기대 섰을 뿐이다.
문 열어라 꽃아. 문 열어라 꽃아.
벼락과 해일만이 길일지라도
문 열어라 꽃아. 문 열어라 꽃아.

「꽃밭의 독백-사소 단장」 부분

시집 『신라초』(1961)에 수록된 이 시는 처녀의 몸으로 박혁거세를 잉태한 '사소(娑蘇)'의 목소리를 우리에게 들려준다. 노래도 구름까지 가지만 되돌아오고, 말도 거침없이 달려가 보지만 바닷가에서는 멈추고 마는 현실 가운데, 사소는 꽃 앞에 선다.

꽃은 사소에게 지금 여기가 아닌 다른 세계의 문이다. 하지만 그것은 닫힌 문으로 사소에게 불가능해보이는 현실을 현시한다. 사소는 불가능한 세계 앞에서 외친다.

"문 열어라 꽃아"

서정주의 등단작 「벽」이 떠오른다. "벽차고 나가 목매어 울리라! 벙어리처럼,/ 오-벽아." 벽차고 나가 벙어리 울음을 울고 싶었던 화자에 비하면 사소는 분명하게 말하고 있는 것이다. 그 길이 벼락과 해일, 즉 도저히 감당할 수 없는 길, 위험천만한 길일지라도 그것을 향하는 의지를 단호히 보여주고 있다.

한국전쟁 이후 한국 현실은 폐허의 상태였고, 사람들 사이에는 허무주의가 팽배했다. 서정주는 이 허무주의를 현대 서구 문명의 병폐로 생각했다. 그리고 그는 이러한 세계를 뛰어넘을 수 있는 정신성을 시로 보여주고자 했는데, 그가 보기에 신라인들은 좋은 모델이 될 법했다.

서정주가 상상한 신라는 현실세계에서의 낙오자들이 영원불멸의 세계로 떠나서 영원인(永遠人)이 되는 세계였다. 낙오자들은 현실에서 사라지는 것처럼 보이지만, 실은 영원성의 세계에서 재생과 부활의 존재로 살았다. 그리고 이들은 또한 우리 가슴 속에서 영원히 숨 쉬는 것이었다.

살(肉體)의 일로써 살의 일로써 미친 사내에게는

살 닿는 것 중 그중 빛나는 황금 팔찌를 그 가슴 위에,

그래도 그 어지러운 불이 다 스러지지 않거든

다스리는 노래는 바다 넘어 하늘 끝까지.

하지만 사랑이거든

그것이 참말로 사랑이거든

서라벌 천년의 지혜가 가꾼 국법보다도 국법의 불보다도

늘 항상 더 타고 있거라.

「선덕여왕의 말씀」 부분

꽤나 유명한 '지귀' 이야기. 선덕여왕 때 '지귀'라는 청년이 서라벌에서 선덕여왕을 우연히 보게 되고 그녀를 연모하게 된다. 선덕여왕은 영묘사로 가는 길에 자신을 연모한다는 지귀를 만나게 되고 그가 자신을 사모하는 사실을 듣게 된다. 지귀를 따라오게 한 여왕은 영묘사에 이르러 부처님께 절을 하러 가고, 지귀는 절 앞의 탑에서 선덕여왕을 기다리다 잠이 든다. 절에서 나오는 길에 탑 아래 잠든 지귀를 바라보던 여왕은 자신의 손목에서 금팔찌를 빼서 지귀의 가슴 위에 놓고 떠난다. 여왕이 떠난 후 지귀는 금팔찌를 보고 너무 기뻐했다. 그런데 가슴 속 뜨거운 불이 지귀를 활활 불태웠고 그 불길이 탑에게 옮겨붙었다고 전해진다.

서정주는 이 설화를 모티프로 「선덕여왕의 말씀」을 썼다. 선덕여

왕은 황금 팔찌로도 다스려지지 않는 사내의 사랑이 '참사랑'이라면, 다시 말하면 육체적 사랑 그것을 넘어선 참된 사랑이라면 신라 천년의 역사 가운데 세워진 국법의 불보다 늘 항상, 즉 영원히 타고 있으라고 말한다. 서정주에게 진정한 사랑은 국법으로 상징되는, 세계의 질서보다 우위에 있는 가치였다. 신라 청년 지귀의 영원히 타고 있는 사랑의 불이야말로 신라의 영원성을 상징한다. 신라라는 나라는 사라져도 지귀의 사랑의 불은 이 땅의 사람들 가슴에서 늘, 항상, 더 타오르며 신라의 정신을 우리에게 전해준다.

영원한 세계를 산다는 것-유년의 기억, 질마재

서정주는 1950년대 중반 이후 신라를 통해 영원성의 세계를 탐구하고 시로 완성했다. 그리고 1975년, 그가 환갑이 되던 해 여섯 번째 시집『질마재 신화』에서는 자기 고향마을 질마재를 통해 영원의 세계를 노래한다.

서정주가 태어나고 어린 시절을 보낸 곳 질마재. 그곳 사람들의 삶은 그가 직접 경험한 것이기도 하고, 외할머니나 가족들, 마을 사람들에게서 들은 것이기도 했다. 그런데 서정주는 그것을 '신화'라고 이름 붙인다. 신화가 된 마을 이야기라면, 신화 속 마을 사람들은 '신'이 되어 사람들의 가슴 속에 영원한 존재로 살게 된다.

신이 된 질마재 사람들은 천상에서 지상을 내려다보는 존재가 아니고 현재를 살아가는 우리에게 삶을 새롭게 경험하게 해 주는 존재다. 서정주는 시집『질마재 신화』를 통해, 가슴 속에 살아서 영원히 사라지지 않는 이 땅의 사람들을 신비로운 존재로 탄생시킨다. 이들은 완전한 신의 모습이 아니라 어딘가 부족하고, 못났거나 문제가 있어 보이는 존재들이다. 그러나 이들의 불완전한 모습과 그러한 그들과 더불어 삶을 나누었던 이웃들의 삶을 통해, 우리 삶 자체가 곧 영원한 세계와 연결되어 있음을 이 시집은 보여준다. 신의 세계는 지상의 우리 안에 있으며, 우리는 신과 함께, 신처럼 그렇게 살아가는 것이다. 그리고 시가 그것을 가능하게 할 수 있다고 서정주는 알려준다.

땅 위에 살 자격이 있다는 뜻으로 재곤(在坤)이라는 이름을 가진 앉은뱅이 사내가 있었습니다. 성한 두 손으로 멍석도 절고 광주리도 절었지마는, 그것만으론 제 입 하나도 먹이지를 못해, 질마재 마을 사람들은 할 수 없이 그에게 마을을 앉아 돌며 밥을 빌어먹고 살 권리 하나를 특별히 주었었습니다. (중략)

그런데, 그것이 갑술년이라던가 을해년의 새 무궁화 피기 시작하는 어느 아침 끼니부터는 재곤이의 모양은 땅에서도 하늘에서도 일절 보이지 않게 되고, 한 마리 거북이가 기어다니듯 하던 살았을 때의 그 무겁디무거운 모습만이 산 채로 마을 사람들의 마음속마다 남았습니다. 그래서 마을 사람들은 하늘이 줄 천벌을 걱정하고 있었습니다.

그러나, 해가 거듭 바뀌어도 천벌은 이 마을에 내리지 않고, 농사도 딴 마을만큼은 제대로 되어, 신선도(神仙道)에도 약간 알음이 있다는 좋은 흰 수염의 조선달(趙先達) 영감님은 말씀하셨습니다. "재곤이는 생긴 게 꼭 거북이같이 안 생겼던가. 거북이도 학이나 마찬가지로 목숨이 천년은 된다고 하네. 그러니, 그 긴 목숨을 여기서 다 견디기는 너무나 답답하여서 날개 돋아 하늘로 신선 살이를 하러 간 거여……"

그래 "재곤이는 우리들이 미안해서 모가지에 연자맷돌을 단단

히 매어달고 아마 어디 깊은 바다에 잠겨 나오지 않는 거라." 마을
사람들도 "하여간 죽은 모양을 우리한테 보인 일이 없으니 조선달
영감님 말씀이 마음적으로야 불가불 옳기사 옳다."고 하게 되었습
니다. 그래서 그들도 두루 그들의 마음속에 살아서만 있는 그 재
곤이의 거북이모양 양쪽 겨드랑에 두 개씩의 날개들을 안 달아 줄
수는 없었습니다.

「신선 재곤이」 부분

질마재의 '재곤'이는 마을 사람들의 도움을 받으며 살아가는 앉은
뱅이였다. 어느 날 재곤이가 자취를 감추자, 스스로 목숨을 끊었을
거라고 생각한 마을 사람들은 죄의식에 사로잡히게 된다. 그런데 마
을의 '조선달' 영감이 재곤이는 날개 돋아나 하늘로 신선살이를 하러
간 거라고 말하자, 사람들은 마음을 좀 놓으면서, 날개 돋아난 거북
이 모양의 재곤이를 상상했다. 그렇게 날개 단 재곤이는 질마재 사
람들 마음 속에서 살게 된다.

순박한 질마재 사람들은 재곤이를 잘 보살피지 못한 것에 대한 후
회도 하고, 천벌 받을까 두려워하는 마음이 생겼던 것 같다. 그들은
재곤이를 특별한 방식으로 기억하면서 죄책감에서 벗어날 수 있었
다. 신선이 된 재곤이를 날개 달린 거북이로 상상하기. 그것은 이 땅
의 연약한 이웃을 신성하고 특별한 가치를 지닌 존재로 바라보는 지
혜이기도 했다.

질마재 신화는 사회적 약자들이나 문제가 있다고 손가락질 당하

는 비천한 사람들에 대한 특별한 기억술을 보여준다. 더불어 사는 삶의 지혜, 즉 공존의 가능성은 어디에 있는가. 『질마재 신화』는 이에 대한 응답이었다.

서정주는 보이지 않는 세계에 대한 상상이 보이는 세계에서의 삶의 양식을 만들어갈 수 있다고 생각했다. 그는 자신의 시를 통해, 우리 스스로 신화를 만들고 그 신화 속에 살면서 삶의 가능성을 만들어갈 수 있음을 보여주고자 했다.

노시인의 바람처럼 노래하기

서정주는 환갑 이후에도 시인으로서 지속적으로 시집을 펴냈다. 『떠돌이의 시』(1976), 『서으로 가는 달처럼…』(1980), 『안 잊히는 일들』(1983), 『팔할이 바람』(1988), 『늙은 떠돌이의 시』(1993) 등. 그의 줄기찬 시쓰기를 두고 어떤 이는 "미당은 아예 시의 귀신이 되어버렸는지도 모른다"[39]고도 했다. 노년의 시기에 쓴 시들은 읽기 수월하다. 여행과 일상을 시로 옮기는 일에 어떤 장벽 같은 것은 없다는 듯, 술술 쓴 것만 같은 시다. 마치 '바람의 시'처럼.

내 나이 80이 넘었으니

시를 못 쓰는 날은

늙은 내 할망구의 손톱이나 깎어주자.

발톱도 또 이뿌게 깎어주자.

훈장 여편네로 고생살이 하기에

거칠대로 거칠어진 아내 손발의

손톱 발톱이나 이뿌게 깎어주자.

내 시에 나오는 초승달 같이

39 이남호, 『서정주의 『화사집』을 읽는다』, 열림원, 2003, 30쪽.

아내 손톱 밑에 아직도 떠오르는

초사흘 달 바래보며 마음 달래자.

마음 달래자, 마음 달래자.

「늙은 사내의 시」 전문

여든 넘은 시인이 시를 못 쓰는 날에 하는 일은 고생 많았던 늙은
아내의 손톱과 발톱을 깎아주는 일이다. 그냥 짧게 깎아주는 것이
아니고 '이쁘게' 깎아주려고 한다. 시쓰기가 잘 안되는 날 가슴 답답
한 서정주 시인이 아내 손톱 밑에 보이는 초승달 바라보며 마음 달
래는 풍경은 시를 향한 노시인의 여전한 마음을 느끼게 해준다.

서정주 시인 부부

아내 손톱의 초승달은 옛날 자신의 황금시대를 떠오르게 한다.
시 「동천」의 '즈문 밤의 꿈으로 맑게 씻어서 하늘에 옮겨 심어' 놓았
던 우리 님의 '고운 눈썹'……. 초승달은 서정주 시인에게 신비롭고

아름다운 사랑의 표상이자 미적 표상이다. '늙은 내 할망구'의 손톱을 깎으면서 서정주는 옛날 자신의 시쓰기를 떠올렸을지도 모를 일이다.

다시 「동천」을 펼쳐보니 새롭다.

> 내마음 속 우리님의 고운 눈썹을
> 즈문밤의 꿈으로 맑게 씻어서
> 하늘에다 옮기어 심어 놨더니
> 동지 섣달 나르는 매서운 새가
> 그걸 알고 시늉하며 비끼어 가네

「동천(冬天)」 전문

고창 여행 제안

세계문화유산 고창 고인돌 유적

2000년 12월 유네스코 세계유산으로 등재된 고창 고인돌 유적은 세계 최대 규모로 고인돌이 밀집된 곳이다. 평화로운 선사시대로의 시간여행의 기분을 느낄 수 있는 이곳에는 고인돌공원과 고인돌박물관이 자리 잡고 있다. 유한한 인간의 생이지만, 인류의 역사는 광대하다는 것을 새삼 경험할 수 있는 이곳에서는 시간이 멈춘 듯한 고요함을 맛볼 수 있다.

가슴을 탁 트이게 하는 풍광과 대지의 넉넉함이 지친 몸과 마음을 쉬게 한다. 조금씩 모양도 다르고 크기도 다른 돌들, 이름 모를 한 인생을 대

고창군 홈페이지 사진

신해 남아 있는 돌들을 바라보며 천천히 걸으면 겸허한 마음이 되어 대자연을 우러르게 된다. 시간이 허락한다면 고창 고인돌 박물관에도 들러보자. 청동기 시대를 중심으로 한 다양한 문화재들이 전시되어 있어 옛 사람들의 삶의 향기를 느낄 수 있다.

고창읍성

고창읍성은 조선 단종 원년 1453년에 외침을 막기 위해 만든 자연석 성곽이다. 성의 둘레는 1684m이며 높이는 4-6m, 면적으로 보면 5만여 평이다. 동문, 서문, 북문이 있으며 처음 지어졌을 때는 동헌과 객사 등 스물두 동의 관아 건물이 있었다고 한다.

돌을 머리에 이고 성을 밟으면 무병장수한다는 이야기가 전해지고 있다. 손바닥만한 돌을 머리에 이고 성을 세 번 돌면 극락승천한다는 전설 때문에 많은 이들이 성밟기를 체험해보기도 한다. 옛날부터 머리에 이고 온 돌은 한 곳에 쌓아두도록 했는데, 이는 석전(石戰)에 대비하기 위한 것이라고 한다.

고창군 홈페이지 사진

선운산과 선운사

　호남의 내금강으로 불리는 선운산. 구름 속에서 참선한다는 뜻을 지닌 선운산은 336m의 산으로 결코 높은 산이 아니다. 하지만 산하면 떠올리게 되는 산의 풍모를 지닌 산이다. 낮지만 첩첩산중의 느낌을 주고, 수리봉과 천마봉 등의 봉우리와 기암괴석의 암벽들이 산의 위엄을 짙게 풍긴다. 단풍 든 선운산은 탄성이 절로 나올 만큼 아름다우며, 상사화라 불리는 꽃무릇 피는 9월의 시간은 선운산만의 독특한 분위기를 느껴 볼 수 있는 시간이다.

　천년고찰 선운사는 신라 진흥왕 때 창건되었다는 설과 백제 위덕왕 24년에 창건되었다는 두 가지 설이 전해지고 있는데, 백제의 영토였다는 점을 고려하면 후자일 가능성이 높다. 선운사 주차장에서 나와 들어가다 보면 절벽에 천연기념물 제367호 고창 삼인리 송악을 볼 수 있다. 덩굴식물 송악은 올라가는 줄기에서 공기 중으로 뿌리를 내는데, 그것이 근처 다른 곳에 닿으면 자리를 잡아 새 줄기와 잎을 낸다. 선운사의 대웅전과 영산전 뒤편에 동백나무 숲이 있다. 선운사의 산내 암자인 도솔암 오르는 길은 싱그러운 숲을 그대로 느낄 수 있도록 잘 조성되어 있다. 도솔암 가까이에 있는 보물 1200호 마애여래좌상은 커다란 바위벽에 새긴 불상으로, 높이가 15.7m에 이른다.

고창군 홈페이지 사진

동림저수지 야생동물보호구역

고창군 흥덕면 석우리와 성내면 동산리 일대에 있는 동림저수지
는 1935년에 만들어졌다. 해마다 이곳에 멸종 위기종인 가창오리,
큰 고니, 큰기러기, 청둥오리 등이 월동하기 위해 날아든다. 특히 1
월 중순에 가창오리 수십만 마리가 몰려들어 온다. 낮에는 저수지

중앙에서 자리 잡고 물놀이를 하지만 해가 질 무렵 일제히 날아올라 장관을 이룬다.

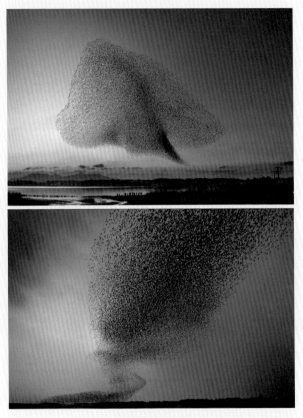

고창군 홈페이지 사진

겨울은 강철로 된 무지갠가 보다

- 이육사 문학관 -

김 설 화

시인 이육사는 1904년 안동에서 태어나 1944년 베이징 감옥에서 순국할 때까지 한평생을 투옥과 유랑 가운데 일제에 항거한 독립운동가이다. 이육사는 일제 치하의 저항문학을 논할 때 예외 없이 거론되는 대표적 저항 시인으로 알려져 있다.

독립운동으로 전 생애를 보낸 이육사는 시인이기 이전에 투사요 선비였다. 강직한 기질과 올곧은 선비정신을 지닌 인물이었다. 그는 '한 발자국이라도 물러서지 않으려는 내 길을 사랑할 뿐이오. 그렇소이다. 내 길을 사랑하는 마음, 그것은 내 자신에 희생을 요구하는 노력이요, 이래서 나는 내 기백을 키우고 길러서 금강심에서 나오는 내 시를 쓸지언정 유언은 쓰지 않겠소'[40]라고 단호한 심경을 밝힌 바 있다. 「절정」의 한 구절인 '하늘도 그만 지쳐 끝난 고원/ 서릿발 칼날진 그 위에 서다'에는 육사의 물러설 줄 모르는 강직한 기질이 그대로 투영되어 있다. 육사의 시가 강인한 정신과 비장한 위엄을 보여주는 것은 육사의 삶과 인품에서 비롯된 것이다.

초록이 아직 물들지 않은 봄날 이육사의 자취를 따라서 안동시 도산면에 위치한 이육사문학관을 찾았다. 벚꽃이 흩날리는 마을길을 지나 육사의 고향 원촌마을에 도착하였다. 산자락으로 감싸인 마을은 금방 피어오른 여린 봄풀들로 싱그러웠다. 문학관 바로 앞에 있

• • •

40 이육사, 「계절의 오행」, 『청포도-이육사 시집』, 태학당, 1994, 99쪽.

는 원촌 들판이 푸른 하늘 아래에 펼쳐졌다.

이육사 문학관과 생애

2004년은 이육사 탄신 100주년, 순국 60주기를 맞는 해였다. 일제 강점기에 민족의 슬픔과 조국 광복의 염원을 노래한 항일 민족시인 이육사의 흩어져 있는 자료와 기록을 한곳에 모아 그의 출생지인 원천리 불미골에 문학관을 지어 시인을 기리었다. 문학관 앞에는 시 「절정」 시비와 육사의 동상이 자리하고 있어 찾아오는 관람객을 반긴다.

언덕을 따라 올라가다 보면 문학관 바로 옆에 위치한 고택 '육우당 (六友堂)'을 만날 수 있다. 이육사의 옛 생가를 그대로 복원해 지은 건물이다. 원래 생가는 원천리 881번지에 있었으나 안동댐 수몰로 태화동(포도골)으로 옮겨 오게 되었다. 그 사이 소유주가 바뀌면서 생가로서의 기능이 훼손되는 바람에 고증을 거쳐서 다시 문학관 옆

자리에 복원했다. 이 집에서 육사와 맏형 원기, 동생 원일, 원조, 원창, 원홍 육형제가 태어났으며 육사는 여기서 16살 되던 해까지 살았다. 육형제의 우의를 기리기 위해 당호를 육우당으로 지었다 한다.

언덕 위에 있는 2층 출입구를 통해 문학관 안으로 들어가면 시인의 흉상이 놓여 있고 그 뒤 벽면에는 시인이 남긴 시편들이 새겨져 있다. 시 한 수 한 수 따라서 걸어가면 어린 시절을 보낸 원촌마을과 가계도, 유학생활, 대구에서의 독립운동 활동들을 살펴볼 수 있었다.

이육사문학관 홈페이지 www.264.or.kr

1904년 5월 18일 경북 안동군 도산면 원천동에서, 진성 이씨 이가호(퇴계 이황의 13대손)와 허형의 딸인 허길 사이에 차남으로 태어났다. 본명은 이원록이다. 5살부

이육사문학관 홈페이지 www.264.or.kr

터 조부 이중직에게서 소학을 배우기 시작했다. 1916년 12세 때 보문의숙에서 수학하여 1919년 15세 도산공립보통학교(보문의숙을 공립으로 개편) 1회 졸업하였다.

1920년 16세에 안일양과 결혼하고 안동군 녹전면 신평동 듬벌이로 이사했다. 이때 가족 모두 대구로 이사하게 된다. 17세에 처가에서 가까운 백학학원(1921년 설립)에서 수학하여 1923년 19살 나이로 백학학원에서 9개월 동안 교편을 잡았다. 그해에 다시 대구로 이사한 이육사는 일본으로 건너가 약 1년 동안 머물며 신문물을 익히게 된다.

1925년부터 형 원기, 동생 원일과 함께 독립운동단체에 가입하여 활동하기 시작하였다. 훌륭한 선비 밑에서 학문을 배웠고 나라의 위기가

닥쳐올 때마다 목숨을 걸고 구국 이념에 헌신하는 전통적 지사의식을 몸에 익혔던 탓이었다. 엄격한 선비 마을의 분위기와 가문의 전통 속에서 3형제가 항일 독립운동 지하조직에 가담하여 생사를 같이하였다. 막내를 제외한 5형제는 모두 일제의 요시찰인으로서 감시를 받았다. 1926년 베이징을 다녀온 뒤 1927년 조선은행 대구 지점 폭파 사건에 연루된 혐의로 형제들과 함께 피검되었다. 이 사건으로 이육사는 2년 6개월간 수형 생활을 하였다.

1930년 2월 『중외일보』의 대구지국 기자가 되었지만 1931년 6월 일제탄압으로 종간되자 같은 해 8월 『조선일보』의 대구지국 기자로 전근한다. 그러나 1932년 3월 장혁주와의 인터뷰 기사를 발표한 뒤 기자직을 사임하고 만주로 건너가 3개월 머물다 연말에 귀국한다. 그 해 10월 중국 난징에 있던 조선혁명군사정치간부학교의 제1기생으로 입학하여 6개월간의 교육과정을 마치고 1933년 4월에 졸업했다. 이육사가 민족해방운동에 본격적으로 투신하여 항일조직의 일원으로 활동하게 된 것은 이 학교에 입교하면서부터라고 할 수 있다. 7월에 귀국한 이후 『조선일보』의 기자 이상호의 주선으로 다시

『조선일보』대구지구 특파원으로 임명된다.

조국에서 현실적 투쟁과 사상전파를 시작하기도 전에 이육사는
1934년 3월 20일 군사간부학
교 출신자의 전원 검거로 구속
되었다. 6월에 기소유예 의견
으로 석방은 되었고 8월에 기
소유예 처분을 받게 된다. 육
사가 꿈꾸던 국내 투쟁은 일단 중단되었다. 이때 경찰의 가혹한 고
문을 받아 가족들이 몇 번씩이나 피에 젖은 옷을 받아 내었다고 한
다. 이러한 과정에서 건강은 더없이 나빠졌고 가정형편도 더욱 어려
워졌다.

이육사 문학관 1층에 별도로 서대문형무소 감옥을 본떠 만든 곳
이 있다. 이육사가 베이징으로 압송될 때 사용된 것과 같은 수갑, 포
승줄, 용수가 전시되어 있었다. 당시 감옥을 재현한 공간에는 고문
으로 피투성이가 된 이육사의 옷을 재현해 걸어두었다. 그가 겪은
모진 고문과 수감생활의 고통이 느껴지는 순간이었다.

　이렇게 이육사가 검거된 데에는 처남인 안병철이 경찰서에 가장 먼저 자수하였기 때문이었다. 그 뒤로 군사간부학교 1기생 7명과 2기생 14명이 잇달아 체포되었다고 한다. 이 일로 육사는 처가를 무척 원망하여 발걸음을 끊었다고 한다. 그 원망이 너무 큰 나머지 아내와의 사이도 한동안 멀어지고 자주 돌아보지 않았다고 한다. 이 사건 이후 육사의 처가는 만주로 이사하였다.

　이 무렵 육사는 사상이 불온한 조선인으로 지목되어 일본 관헌의 감시와 시달림을 겪는다. 그의 시에 나타나는 쫓기는 자의 고독과 고뇌는 이러한 상황을 겪었던 시인의 내면의 풍경이었다. 그는 북경에 다녀오기를 거듭했고 사상운동과 혁명운동에 몰두하면서 평문, 수필, 시 등을 발표하는 모습도 보였다. 시인이기 전에 신문기사나 시사평론을 발표한 저널리스트로 활동하면서 이육사는 간간이 시와 수필도 발표하다가, 1936년 10월 '이육사'의 이름으로 발표한 「루쉰 추도문」을 계기로, 이후에는 주로 시와 수필 창작에 매진하고 문예

비평과 문학번역도 적극적으로 시도했다. 1937년 서울 명륜동에서 거주할 당시 평문의 성격이 시사에서 문학으로 바뀌었고 1939년 종암동으로 이사하고 8월에 「청포도」를 발표하게 된다.

1941년 가을, 폐질환으로 성모병원에 입원하여 1942년 2월에 퇴원하였다. 이때 아버지와 어머니 그리고 맏형이 차례로 죽음을 맞이했다. 뒤숭숭한 집안에 한층 깊은 어둠이 내렸다. 1943년 4월 많이 쇠약해진 몸을 끌고 이육사는 또 한 번의 베이징 행을 선택했다. "그래 불치의 병이 거의 치경(治境)에 이르렀을 때 끝끝내 정섭(靜攝)하지 않고 해외로 나간 것은 파탄된 생활과 불울(怫鬱)한 심정을 붙일 곳이 없어 내가 그처럼 만류했음에도 나중에는 성을 내다시피 하고 표연히 떠난 것이었다. 그리고 이 걸음은 마침내 사인이 되고 만 것이다"[41]고 동생 이원조는 설명하였다. 국내 무기 반입 계획을 세웠다고 알려졌지만 이를 실행도 하기 전인 가을 쯤 서울에서 붙잡혔다. 일

• • •

41 이육사, 『육사시집』 열린책들, 2004, 48쪽

본 헌병대에 체포되었던 이육사는 베이징주재 일본총영사관 경찰서에 구금되었다.

1944년 1월 16일 새벽, 무자비한 고문 끝에 광복을 1년 앞두고 40년의 짧은 생을 마감한다. 이병희가 시신을 거두어 화장을 하고, 동생 원창에게 유골을 인계하여, 이육사는 미아리 공동묘지에 묻히게 되었다. 1960년에 고향 원촌 뒷산으로 이장되었다. 이육사문학관 오른편에 '이육사묘소 가는길' 안내판을 따라 산길을 오르다보면 묘소가 보인다.

시세계

　시인이기 전에 이육사는 저널리스트로 활동하였다. 초기 글들은 문학작품보다는 대부분 평론 특히 시사평론이 많았다. 신문기자로서의 활동을 민족문제를 해결하는 길로 인식하였던 것으로 보인다. 당시 많은 기자들은 언론을 통해 일제 침략에 항거하였고 일제 경찰들도 지방주재 기자들을 요주의 인물로 파악하고 있었다. 하여 이육사도 그런 감시망에 들어 있었던 것이다.

　1933년 4월 『대중』 창간호에 평문 「자연과학과 유물변증법」을 게재하였는데 이육사가 군사간부학교를 다닐 때였다. 귀국 후 1934년 9월에 「오중전회를 압두고 외분내열의 중국정정」을 『신조선』에 발표하였다. 1932년부터 2년 동안 여덟 편의 시사평론을 발표하였고 그중 다섯 편이 중국의 정치동향이나 국민운동 및 농촌문제를 다루었다. 관세문제나 유럽정세를 분석한 글도 있었다. 이 글들은 군사간부학교를 통해 얻게 된 정치 인식과 폭넓은 시대적 안목을 보여준다.

　이육사는 요시찰 인물로 일제 경찰의 감시에서 벗어날 수 없었다. 사건이 날 때마다 추종 인물로 체포되거나 수감되었다가 풀려났던 상황에서 국내에서의 활동은 극히 제한을 받을 수밖에 없었다. 또한 경찰서에서의 심한 고문으로 건강도 악화되었다.

1936년 10월 19일 루쉰의 사망 소식을 접하고 같은 달 23일부터 29일까지 『조선일보』에 「루쉰 추도문」을 연재하였다. 이 글은 예술과 정치의 관계에 대한 고민으로 인해 그의 이전 시사평론들과 양상이 다른 글이었다. 이 글에서는 "노신같이 자기 신념이 굳은 사람은 예술과 정치란 것을 어떻게 해결하였는가?"라는 질문을 던진다.

> 노신에 있어서는 예술은 정치의 노예가 아닐 뿐 아니라 적어도 예술이 정치의 선구자인 동시에 혼동도 분립도 아닌, 즉 우수한 작품, 진보적인 작품을 산출하는 데만 문호 노신의 위치는 높아갔고…[42]

중국의 대문호였던 루쉰은 일본 유학 중에 의과에서 문학으로 전향하였다. 예술로 중국인의 정신을 치유하는 것이 몸을 치유하는 것보다 먼저라고 판단하였기 때문이다. 그는 『아Q정전』 등 소설을 통해 중국의 현실을 고발하면서 사회투쟁에 참여하였다. 루쉰을 직접 만났었던 이육사는 루쉰을 통해 예술이 정치를 이끌어나갈 수 있다는 가능성을 보았을 것이다.

• • •

42 이육사, 「루쉰 추도문」, 『조선일보』 1936.10.23.-29, 김용직, 손병희, 『이육사전집』, 깊은샘, 2004, 216쪽

이육사는 짧은 생애 동안 독립운동에 전념하였고, 문단 활동에 관계하거나 유파나 그룹에 적극적으로 가담하여 작품 활동을 하지는 않았다. 이육사 개인에게는 조국의 광복이 시급하였고 중국을 왕래하는 일이 잦은 탓에 문인들과 교류할 기회가 적었던 사정도 있다.

이육사는 신석초와 가장 가깝게 지냈다. 1935년 정인보의 집에서 친교를 맺으면서 다산 정약용 서세 99주기 기념으로『다산문집』을 간행하는데 참여했다.
이후 신석초, 윤곤강, 김광균, 오장환, 이용악 등과 시동인『자오선』활동을 함께 하면서 시「노정기」를 발표하였다. 1930년대 후반 한글신문들이 줄줄이 폐간을 당하여 작품의 발표지면들이 사라졌고 한글창작이 한층 어려운 시절이었다. 이때 문인들 스스로 모여서 동인지를 만들어 작품들을 발표할 수 있는 장을 만들었는데 이육사도 악화된 상황 속에서 새로운 활로를 찾고자 문학 동인들과의 문필활동을 선택한 것으로 보인다. 이병각, 윤곤강과도 깊은 우정을 나누고 있었던 것으로 알려져 있고 시 전문지『시학』및 종합 문예지『문장』등에 작품을 본격적으로 발표하게 된다.『신조선』,『비판』,『청색지』,『문장』등에 주로 발표하였는데 그와 교우 관계가 있는 사람들이 그의 시를 자주 문단에 소개하였다. 특히 문단활동을 하고 있었던 동생 이원조의 역할도 큰 것으로 알려져 있다.

이육사의 시 「말」부터 「파초」에 이르기까지 전반 작품에는 빼앗긴 조국에 대한 비애와 염원이 새겨져 있다. 독립투사로 활동하던 현실적 감정들이 다른 어느 시인에게서도 찾아볼 수 없는 남성적 강렬함으로 펼쳐진다.

> 정면으로 달려드는 표범을 겁내서는 한 발자국이라도 물러서지
> 않으려는 내 길을 사랑할 뿐이오. 내 길을 사랑하는 마음, 그것은
> 나 자신에 희생을 요구하는 노력이오. 이래서 나는 내 기백을 키우
> 고 길러서 금강심에서 나오는 내 시를 쓸지언정 유언을 쓰지 않겠
> 소 (중략) 그래서 나는 이 가을에도 아예 유언을 쓰려고는 하지 않
> 소. 다만 나에게는 시를 생각한다는 것도 행동이 되는 까닭이오.
>
> 「계절의 오행」 부분[43]

'정면으로 달려드는 표범'같은 가혹한 상태가 이육사에게 주어진 '길'이다. 이 길을 사랑하는 마음은 '한 발자국이라도 물러서지 않으려는' 결단이고 희생인 것이다. 이런 강인한 정념은 어떤 상황에서도 '금강심'같은 깨달음으로 전진할 것이라는 다짐으로 이어진다. '유언'이 아닌 '행동'이 될 것이라는 시 쓰기는 자신의 이상을 실천하는 행동의 하나로 둔다는 의미이다. 치열한 대결의 자세는 이육사 자신의 삶이 마주한 '숫벼룩이 끓앓을 만한 땅도 가지지 못한' 비극적 현

* * *

43 이육사, 『청포도-이육사 시집』, 태학당, 1994, 99쪽

실에서 결코 절망하거나 물러서거나 타협하지도 않는 저항정신에서 비롯되었는데, 이는 이육사 시의 바탕이라고 할 수 있다.

1940년에서 1941년 사이에 이육사는 생애 가장 많은 작품들을 발표하였는데 그 시작이 1940년 1월 『문장』에 실은 「절정」이라고 할 수 있다.

매운 계절의 채찍에 갈겨
마침내 북방으로 휩쓸려 오다

하늘도 그만 지쳐 끝난 고원
서릿발 칼날 진 그 우에 서다

어디다 무릎을 꿇어야 하나?
한발 제겨 디딜 곳조차 없다

이러매 눈감아 생각해 볼밖에
겨울은 강철로 된 무지갠가 보다

「절정」 전문

화자는 '매운 계절', '북방'의 '고원'에 서 있는데 그곳은 '하늘도 그만 지쳐 끝난' 곳이다. 그 절정에는 '서릿발 칼날지고' 있다. 이런 부정적이고 험악한 곳에 이르게 된 까닭은 '채찍에 갈겨 휩쓸려서' 였다. 즉 춥고 열악한 환경에서 자유롭지 못한 채 핍박과 강요의 힘에 의해 움직이게 된 것이 화자의 현실이다. 이런 현실 속에서 '어디다 무릎을 꿇어야' 할지 화자는 고민하게 된다. 선택의 상황에서 고민하는 모습으로 그렸지만 실상 화자가 서 있는 곳은 '서릿발 칼날'이 있고 '한발 제겨 디딜 곳조차 없는' 한계가 극에 달한 곳이다. 좌절과 패배로 끝날 수 있는 절박한 상황 앞에서 화자는 '눈감아 생각해볼 밖에' 는 어떤 행동도 할 수 없다. 그러나 눈감아 '겨울'이라는 현실을 성찰함으로서 자신의 운명을 황홀하게 받아들인다. 무지개를 통한 새로운 이상향 또는 희망으로 닿고자 하는 정신적 초월을 이룩하는 것이다. 또한 행동이 불가능한 상황에서 항거하는 일이 '겨울'을 지나는 장구한 시간 동안 지속적으로 이루어져야 함을 보여주려고 한 것이 아닐까 싶다.

「절정」 이후 이육사의 또 하나의 대표작인 「광야」는 미래 지향적인 확고한 신념을 보여주었다.

까마득한 날에
하늘이 처음 열리고
어디 닭 우는 소리 들렸으랴

모든 산맥들이

바다를 연모해 휘달릴 때도
차마 이곳을 범하진 못하였으리라

끊임없는 광음(光陰)을
부지런한 계절이 피어선 지고
큰 강물이 비로소 길을 열었다

지금 눈 내리고
매화향기 홀로 아득하니
내 여기 가난한 노래의 씨를 뿌려라

다시 천고(千古)의 뒤에
백마 타고 오는 초인이 있어
이 광야에서 목 놓아 부르게 하리라

「광야」 전문

이 시의 화자도 '눈 나리는' 겨울에 있다. 혹독한 상황이지만 시인
이 지닌 신념은 '매화향기'로 피어오른다. 매서운 겨울이라도 계절
의 순환이라는 자연 속에서 그 끝이 있기 마련이고, 모든 것이 죽어
가는 것 같아도 매화는 피어나고 향기를 퍼뜨린다. 생명의 강인함과
극복의 의지로 충만한 화자는 힘겨운 상황에서 '가난한 노래'를 담은
보잘것없는 희망과 믿음의 씨를 뿌리려 한다. '천고의'라는 장구한

시간 속에서 신념의 뿌리가 내리고 새로운 미래가 열리기를 희망하는 것이다. 화자는 '백마 타고 오는 초인'되어 광야에서 노래를 목놓아 부를 수 있는 미래가 열릴 것을 확신한다.

현실의 저항과 투쟁에서 점철된 강한 남성적 의지와 더불어 육사의 시에는 지순한 낭만적 경향이 돋보인다. 「청포도」와 같은 시들에서는 순수함과 낭만적 우아함의 아름다움이 있다. 잃어버린 조국과 어두운 현실에서는 저항의 격투가 필요하고 동시에 아름다운 미래에 대한 희망도 안고 있는 것이다.

내 고장 칠월은
청포도가 익어가는 시절

이 마을 전설이 주저리주저리 열리고
먼 데 하늘이 꿈꾸며 알알이 들어와 박혀

하늘 밑 푸른 바다가 가슴을 열고
흰 돛단배가 곱게 밀려서 오면

내가 바라는 손님은 고달픈 몸으로
청포를 입고 찾아온다고 했으니

내 그를 맞아 이 포도를 따 먹으면

두 손은 함뿍 적셔도 좋으련

아이야 우리 식탁엔 은쟁반에

하이얀 모시 수건을 마련해 두렴

「청포도」 전문

「청포도」는 이육사가 가장 아끼는 작품이다. "어떻게 내가 이런 시를 쓸 수 있을까? 〈내 고장〉은 〈조선〉이고, 〈청포도〉는 우리 민족인데, 청포도가 익어가는 것처럼 우리 민족이 익어간다. 그리고 곧 일본도 끝장난다"[44]고 말했다고 한다.

청포도로 대표되는 청포, 하늘, 바다와 같은 청색의 이미지와 흰 돛단배, 은쟁반, 하이얀 모시 수건의 흰색의 이미지가 대비되면서도 조화롭게 이루어져 밝고 희망적인 느낌을 선사한다. 청포도가 익어가는 칠월은 여름이다. 수확을 앞둔 청포도가 주저리주저리 열려있는 풍요의 계절인 것이다. '바라는 손님'이 '청포를 입고' 오신다는 희망과 기대 속에서 화자는 기다림의 자세를 보여준다. 이육사가 지닌 저항정신과 투사 의식이 이 시에서는 잔잔하고 낭만적인 서정적 어조로 정화되고 있다.

● ● ●

44 김희곤, 『이육사 평전』, 푸른역사, 2010, 199쪽

가혹한 현실에 대한 저항 의지와 미래에 대한 희망이 남달랐지만 이육사의 삶은 일제의 감시를 당하면서 쫓기는 신세였다. 혁명적 투쟁의 행동가로서 죽음과 삶의 경계를 넘나드는 일상을 이육사는 살았다. 저항 의지가 확고했던 그였지만 고향을 잃고 떠도는 나그네 같은 삶 속에서 불안과 공포가 그림자처럼 따라 다녔다.

목숨이란 마치 깨어진 뱃조각
여기저기 흩어져 마음이 구죽죽한 어촌보다 어설프고
삶의 티끌만 오래 묵은 포범(布帆)처럼 달아 매였다

남들은 기뻤다는 젊은 날이었건만
밤마다 내 꿈은 서해를 밀항하는 정크와 같아
소금에 절고 조수에 부풀어 올랐다

항상 흐릿한 밤 암초를 벗어나면 태풍과 싸워 가고
전설에 읽어 본 산호도는 구경도 못 하는
그곳은 남십자성이 비쳐주도 않았다

쫓기는 마음 지친 몸이길래
그리운 지평선을 한숨에 기어오르면
시궁치는 열대식물처럼 발목을 에워쌌다

새벽 밀물에 밀려온 거미냐

다 삭아빠진 소라 껍질에 나는 붙어 왔다

먼 항구의 노정에 흘러간 생활을 들여다보며

「노정기」 전문

『자오선』에 발표된 육사의 시 「노정기」는 당시의 시대적 상황에서 생사를 넘나들던 시인 자신의 내면세계를 솔직하게 드러낸 작품이다. '목숨이란 마치 깨어진 뱃조각'으로 시작하는 이 시는 그의 쫓기는 마음과 지친 몸의 모습을 한숨처럼 토해 낸 것이다. 기뻐야 마땅할 젊은 날에 화자는 '항상 흐릿한 밤' '태풍과 싸워'야 했다. 고군분투하였지만 '산호도'와 같은 전설의 이상적인 세계도 보지 못하였고 남쪽을 알려주는 '남십자성도 비춰주지 않았다' 막연하면서도 고립무원의 고독은 화자가 감당해야 될 몫이었다. 화자는 지칠 대로 지쳐 겨우겨우 항구에 도착한다.

이육사가 베이징 감옥에서 순국한 다음 해인 1945년 동생 원조가 유시 「꽃」, 「광야」를 『자유신문』(1945. 12. 17.)에 소개하였고 이듬해에 『육사시집』을 출판한다. 신석초, 김광균, 오장환, 이용악 등의 공동서문과 이원조의 발문과 함께 20편의 시를 수록하였다.

빈궁과 투옥과 유입의 사십 평생에 거의 하루도 영일이 없었으나 문학 청년이 아니었던 그가 삼십 고개를 넘어서 비로소 시를 쓰기 시작해서 그처럼도 시를 좋아했던 것은 아마 그의 혁명적 정열과 의욕이 그대로 사지지 않은 채 시에 빙자해 꿈도 그려 보고 불평도 폭백한 것일 것이다. 그러므로 그의 성격은 「절정」에서 보이는 바와 같이 초강하고 비타협적이건만은 친구들에게는 관인한 사람으로 알려지고, 경찰서에서는 요시찰인이었건만은 문단에서는 시인 행세를 한 것을 보면 그가 소위 단순한 시인이 아니었던 것을 아는 사람은 알 것이다.

(원조, 「발」, 『육사시집』, 열린책들, 2004, 47-48쪽)

주변의 풍경

퇴계종택

이육사문학관에서 3km 떨어진 곳에 퇴계 이황의 종택이 있다. 원래의 건물은 1907년 왜병의 방화로 사라지고 현재의 종택은 13대손 하정공 이충호가 1926~1929년에 지은 것이다. 퇴계의 시가 새겨진 비석이 종택의 대문과 마주보고 있다. 〈경상북도 기념물 42호〉로 지정되어 있는 종택은 산을 등지고 동남향으로 앉은 ㅁ자구조로 되어 있다. 근대에 지어진 집이지만 사대부가의 공간 영역을 구비하면서 솟을 대문과 추월한수정 등 품위와 규모를 갖춘 대종가로서의 품격을 보이고 있으며, 옛 살림살이의 풍모가 남아 있다.

264청포도와인 판매점

　이육사의 「청포도」가 와인으로 태어났다. 2012년 안동시농업기술
센터에서 이 일대에 청포도 지역 적응시험 재배를 해왔고 청포도 재
배 단지를 조성하였다. 2016년 264 청포도 와인이 처음 출시되었고
21세기 인문가치 포럼, 안동국제탈춤페스티벌 등 행사 만찬 공식 건
배주로 선정되기도 하였다. 이육사 문학관에서 차로 10분 정도만 가
면 와이너리와 판매장이 있다.

미칠 것 같은 나의 서울아

- 오장환 문학관 -

정영진

오장환 문학관과 그의 생애

오장환 문학관 앞에 도착했을 때 비가 얌전하게 내리고 있었다. 주차장에서 내려 제자리에서 주변을 한 바퀴 둘러보았을 때, '온통 나지막한 세상이구나'하는 생각이 들었다. 시야에 막힘이 없었다. 문학관 뒤의 낮은 산, 바로 옆 생가터에 복원된 초가집, 그리고 이어진 마을이며 모든 것이 낮게 자기 자리를 잡고 있었다. 그리고 그 위를 광활한 하늘이 거대한 돔처럼 덮고 있었다. 온전히 생명을 길러내는 대지의 품이 느껴졌던 까닭은 어쩌면 비 오는 날의 흙냄새가 온 땅으로부터 올라왔기 때문인지도 모르겠다.

오장환 문학관은 단층으로 되어 소박한 느낌을 준다. 시골의 초등학교 같다는 생각이 들었다. 문학관 앞의 너른 마당이 학교 운동장처럼 보였기 때문이었겠지만, 건물 자체도 특별한 멋이 있거나 하지는 않았다. 이 소박한 문학관은 바로 근처에 보이는 오장환의 생가와 잘 어울렸다. 복원된 것이기는 하지만 오장환 생가는 평범한 농촌 초가집이었다.

오장환 문학관 전경

오장환 생가

오장환이 당대의 댄디한 모던 보이였으며 모더니스트 시인이자 문화 기획자였던 점을 떠올리면, 이 평범한 초가집이 오장환과 어울리지 않게 느껴질 수 있다. 하지만 1930년대 말에서 1940년대 초반에 오장환은 고향을 그리워하며 시를 쓰기도 했다는 점도 같이 기억할 필요가 있다. 고향의 힘, 유년의 힘은 어느 시인에게나 든든한 받침이 되는 듯하다.

비 맞고 있는 문학관 안으로 들어갔다. 생가터를 정면에서 찍은 대형 사진 앞으로 벤치가 하나 있고 거기에 체격 좋은, 검은 양복 위에 코트를 걸친 오장환이 앉아 있다. 나는 정지용 문학관에서도 검정 두루마기를 입고 동그란 안경을 쓴, 실제 정지용의 모습을 본 따 만든 모형을 본 적이 있었다. 그때 정지용 얼굴의 솜털 하나까지 잘 재현되어 있어서 깜짝 놀랐었다. 하지막 정지용의 모습 자체는 교과서나 다른 매체를 통해 익히 알려진 모습이었다. 정지용 하면 자연스레 떠오르는 모습이랄까.

하지만 오장환의 모습은 낯설었다. 그러나 금방 기분이 좋아졌는데 오장환의 느낌이 잘 살려져 있다고 느꼈기 때문이다. 우선 표정이 진지하다. 그의 시와 산문을 통해 내가 만났던 오장환은 진지한 오장환이었던 것이다. 가슴에 뜨거운 것을 품고 진지하면서도 뭔가 못마땅한 구석이 있다는 듯 묵묵히 있는 오장환의 얼굴이 나는 마음에 들었다. 그래서일까 나도 그의 옆자리에 조금 심각한 얼굴로 앉아 사진을 찍었다.

오장환 문학관은 충북 보은군 회인면에 있다. 2006년 10월 개관했다. 월북시인으로는 문학관이 개관된 첫 사례이다. 1988년에 월북문인에 대한 해금 조치가 이뤄지면서, 문학계에서는 월북 문인들의 작품 출간이 활발하게 진행되었다. 그때, 출판계에서는 월북 문인 작품집에 대한 기대가 컸었다. 당시 대중들로부터 가장 뜨거운 반응을 이끌 문인으로 오장환이 꼽히고 있었다. 그러나 막상 뚜껑을 열었을 때, 큰 주목과 사랑을 받은 시인은 백석이었다. 그런데 왜 문인

들과 문학출판 관계자들은 오장환이 가장 인기 있을 거라 생각했었을까.

오장환이 활동했던 1930년대 한국 시단에서는 '3대 천재'라 불리는 세 사람의 시인이 있었다. 서정주, 이용악, 그리고 오장환이었다. 이들은 한국 시단에서 이전에는 볼 수 없는 새로운 시정신을 보여주며 단번에 시단의 관심을 끌었다. 해금 조치 이후 오장환의 시와 비평 등 그의 문학 성과를 총체적으로 확인할 수 있게 된다면, 오장환이 크게 주목받을 것이라 출판계는 기대했었다.

1930년대뿐 아니라 해방 직후 오장환의 인기는 대단했다. 오장환은 일제 말기에 친일을 거부한 시인이었다. 해방을 맞이하고 문단에서는 친일 잔재 청산이라는 과제를 두고 다양한 입장과 발언들이 있었다. 임화를 비롯한 많은 문인들이 식민지 시기 문인들의 친일의 문제를 어디에서부터 어디까지, 또 어떤 방식으로 다뤄야 할지 의견을 냈다. 오장환은 거침없이 친일 잔재 청산과 새로운 시대의 새로운 문학의 개시를 주장했다.

새사람이여 나오라. 모든 선배들이 일제의 폭압 밑에서도 굳세게 싸웠다는 것은 새빨간 거짓말이다. 그리고 진정 가슴에서 우러나오고 진정 노래하지 않으면 못 견딜 그런 때에 써진 것이 아니라면 이왕에 붓을 들었던 사람들은 이 중대한 현실에서 아까운 지

면을 새 사람들에게 양보하라.[45]

오장환 시인의 이러한 발언은 그의 올곧은 시정신의 소산이었다. 그는 문단에 데뷔하면서부터 구태의 시정신으로부터 자유롭고 개성적인 시를 쓰는 데 주저함이 없었다. 그의 시에는 근본적으로 저항정신이 담겨 있었다. 이는 사상이나 이념이 아닌 가슴에서 우러나오는 것이었기에, 시의 울림이 컸다.

오장환 시의 저항정신의 기원은 그의 가족사에서 배태된 것이었다. 오장환은 1918년 5월 15일 충북 보은군 회인면 중앙리에서 아버지 오학근과 어머니 한학수의 4남 4녀 중 3남으로 태어났다. 아버지와 어머니 나이 차가 22세였다. 오장환의 어머니는 본처가 아니었다. 오장환을 비롯해서 3남 2녀를 낳았는데 모두 서출로 있다가 본처 사망 후 1931년 호적에 오르게 된다. 14세에 서출에서 적출로 바뀐 오장환. 오장환이 구습에 대해 유독 비판적인 태도를 보였던 것은 이러한 출생과 어린 시절의 경험 때문이었다. 등단 무렵의 오장환의 시가 지적이면서도 냉소적인 까닭이 여기에 있다.

1931년 시인의 나이 14세에 휘문고등보통학교에 입학하면서 정지용을 만나 시를 배웠다. 정지용 시인은 휘문고등보통학교 출신들에

● ● ●

45 오장환, 「시단의 회고와 전망」, 『오장환 전집』, 실천문학, 2002, 42-143쪽.

게 졸업 시기를 물을 때 오장환을 중심으로 위아래를 따졌다고 알려져 있을 만큼 오장환을 각별하게 생각했다.

오장환은 1933년 11월 『조선문학』에 「목욕간」 등을 발표하며 문단에 데뷔했다. 그는 〈시인부락〉의 동인으로 활동했다. 〈시인부락〉은 1936년 11월 창간되어 1937년 12월 통권 5호를 낸 동인지였다. 서정주, 김달진, 김동리, 여상현, 오장환, 함형수, 김광균 등이 참여했다. 이후 '생명파'로 명명되었던 이들 동인은 한국 순수시의 새로운 지평을 여는 데 기여했다고 평가된다. 『시인부락』 제2집의 「후기」에는 이런 말이 씌어 있었다.

무기력한 조선의 시도 이제 옳은 자리를 잡을 것이며 값싼 아첨과 타협을 넘어선 그야말로 불꽃이 일어나는 진력 싸움이 벌어질 것이다.

흥미로운 것은 『시인부락』 제2집의 발행소인 '시인부락사'의 주소가 '경성부 운니정 24번지'로 되어 있었는데, 운니정 24번지는 오장환의 집이었다. '시인부락'은 시의 변혁을 꿈꾸었는데 거기에 앞장섰던 이가 서정주와 오장환이었다.

서정주와 오장환. 이 두 시인은 특별히 친한 친구 사이였다. 이들은 술을 나누고, 조선시의 새로운 시대를 열기 위한 동지로서 시심(詩心)을 나누는 사이였다. 그러나 식민지 말기 서정주가 친일시를 쓰는 등 친일행위를 하게 되면서 둘 사이가 갈라지게 되었다.

해방이 되자 서정주는 자신의 친일 이력으로 인해 움츠려있을 수밖에 없었다. 어느 날 우연히 길에서 서정주가 오장환을 만나게 되었을 때, 오장환은 서정주에게 눈길조차 주지 않고 외면해 버린 일이 있었다. 이후 서정주는 친일의 벌로 가장 아픈 것이 오장환과의 결별이라고 회고하기도 했다.

오장환 문학관에 들어서면 왼편에 영상실이 있다. 여기에서는 오장환 시인의 삶과 문학을 담은 다큐멘터리 영상을 볼 수 있다. 오장환 문학관에 가면 시청각 자료가 눈길을 끈다. 오장환의 대표시 12편을 해설과 함께 감상할 수 있게끔 해 두었는데, 헤드셋을 하고 귀기울이면 그의 시세계로 혼자만의 조용한 여행을 떠날 볼 수 있다.

문학관 내부 모습

오장환은 스무 살 되던 1937년 첫 시집 『성벽』을 간행했는데, 이후 '시단의 3대 천재'로 불리기 시작했다. 이듬해 아버지가 돌아가시고 받게 된 유산으로 오장환은 서울 종로구에 '남만서방'이라는 서점을 차린다. 이봉구 등 많은 문우들이 남만서방으로 모여들었다. 손님이 많았다. 이름하여 오장환 컬렉션이라 할 회화집을 비롯해 문학의 희귀본과 정본 등을 이곳에서 만날 수 있었다. 애서가로 알려진 오장환의 면모를 확일할 수 있는 공간이었다. 문 앞 진열장에는 토끼털위에 보들레르 시집 『악의 꽃』 원본이 있었고, 벽에는 이상의 자화상과 에드거 앨런 포의 사진이 걸려있었다고 한다. 정우택 교수는 남만서방을 문학예술 사조와 세계 지식과 첨단 사상의 충전소였으며, 문인과 화가, 음악가 및 출판인 등 문화예술인들의 아지트이자 해방구였다고 말했다.[46]

1939년 제 2시집 『헌사』를 출간하고, 일제 말기에는 공식적인 활동은 거의 하지 않고 시를 썼다. 이때 썼던 시와 1946년 말까지 쓴 시를 모아 1947년 제 3시집 『나 사는 곳』을 선문사에서 출판했다. 1945년에 그는 신장병으로 입원 중이었는데, 해방 소식을 병실에서 듣게된다. 그의 대표시라 할 「병든 서울」에서는 육체적 질고 속에서 조국의 해방을 맞이한 감격과 복잡한 심경이 잘 드러나고 있다.

1930년대 〈시인부락〉 동인으로 활동할 때도 조선시의 개혁을 외쳤던 오장환이었지만, 1945년 8월 15일 해방을 맞이하면서 오장환은 새 시대의 개시에 걸맞은 '새로운 인간 형성'의 목표를 갖게 된다. 그에게 해방으로 열린 조국의 현실은 투쟁과 진취적인 정신활동이 가능해진 세계를 의미했다. 오장환은 조선 인민들이 일체의 정

---

46 정우택, 「오장환의 문화 기획과 시」,한국시학회 학술대회 논문집, 2018.

치권력과 경제적 억압으로부터 자유로운 세상을 꿈꿨다. 10월 인민 항쟁을 계기로 그는 '실천'의 문제에 집중하면서, 그동안 실천으로서의 시쓰기를 하지 않았던 자신을 돌아보게 된다. 그는 이렇게 고백한다.

> 나의 절망은 지나쳐 모든 것은 피곤하기만 하였다. 시라는 그저 아름다운 것, 시라는 그저 슬픈 것, ……시를 따로 떼어 고정된 세계에 두려 한 것은 나의 생활이 없기 때문이다. 거의 인간 최하층의 생활소비를 하면서도 생활이 없었다는 것은, 내가 나에게 책임이란 것을 느낀 일이 없었기 때문이다.[47]

친일 이력이 없었지만 오장환은 자신의 소시민적 태도를 반성하면서 실천적인 행위로 나아가지 못했던 것을 성찰했다. 그는 새 시대의 새로운 인간형을, 실천하는 인민의 형상 속에서 찾고자 월북하게 된다.[48] 그러나 신장병이 심해지면서 그는 북한에서 활발한 활동은 하지 못했다. 소련기행시집인 『붉은 기』를 1950년 5월에 출간한 오장환은 한국전쟁기에 사망한다.

• • •

47 오장환, 「예세닌에 관하여」, 『오장환 전집』, 실천문학, 2002, 449쪽.
48 시적 이념의 변화에 따라 오장환의 월북을 살펴보는 논문으로는 정영진, 「해방기 오장환의 인민주권의 상상과 월북의 내적 논리」, 『한국시학연구』, 55호, 2018 참조.

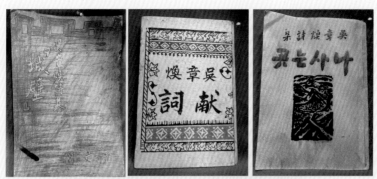

오장환의 시집들(오장환 문학관 저시품)

오장환의 시 세계 - 인간을 위한 문학을 위하여

오장환은 등단할 때부터 새로운 시에 대한 열망을 가슴에 품고 있었다. 그는 신문학에 대해 다음과 같이 말한다. "참으로 신문학이란 무엇이냐! 나는 그것을 형식만으로서 신(新)자를 넣어주고 싶지 않다. 습관과 생활이 그러하여서도 그랬겠지만, 대체의 인텔리라는 작가들은 모조리 창작 방법에서 내용을 잊은 것 같다. 진정한 신문학이란 형식은 어떻게 되었든지 우선 우리의 정상한 생활에서 합치될 수 없는 문단을 바숴버리고 진실로 인간에서 입각한 문학 즉 문학을 위한 문학이 아니라 인간을 위한 문학의 길일 것이다."[49] 그는 문학의 관습적인 내용과 형식을 반복하고 있는 문단의 경향에 대해 비판하고 있다. 오장환은 형식만 바꾼다고 신문학이 되는 것이 아니며 문학을 위한 문학에 매여도 안 된다고 보았다. 인간을 위한 문학을 위해 내용과 형식 전체에 일대 변혁을 요청한 것이다.

그의 시 「성씨보」를 보면, 자신의 오씨 성에 대한 이야기를 하면서 구시대적 관습의 고리를 스스로 파쇄하려는 오장환의 의지를 느낄 수 있다.

. . .

49 오장환, 「문단의 파괴와 참다운 신문학」, 『오장환 전집』, 실천문학, 2002, 209쪽.

내 성은 오(吳)씨. 어째서 오(吳)가인지 나는 모른다. 가급적으로 알리어주는 것은 해주로 이사온 일청인(一淸人)이 조상이라는 가계보의 검은 먹글씨. 옛날은 대국 숭배(大國崇拜)를 유심히는 하고 싶어서, 우리 할아버니는 진실 李가였는지 상놈이었는지 알수도 없다. 똑똑한 사람들은 항상 가계보를 창작하였고 매매하였다. 나는 역사를, 내 성을 믿지 않아도 좋다. 해변가로 밀려온 소라속처럼 나도 껍데기가 무척은 무거웁고나. 수퉁하고나. 이기적인, 너무나 이기적인 애욕을 잊으려면은 나는 성씨보가 필요치 않다. 성씨보와 같은 관습이 필요치 않다.

「성씨보」 전문

'내 성은 오(吳)씨. 어째서 오(吳)가인지 나는 모른다.' 도발적인 문장으로 시작하는 이 시에서 오장환은 자신의 성씨에 얽매이지 않겠다는 의지를 피력한다. 청나라 사람을 조상으로 한다는 가계보에 대해 대국숭배의 경향이 있지는 않았나 의심한다. 할아버지가 실은 오씨가 아니라 이씨였는지 상놈 출신인지 알 수 없다고. 가계보가 창작되기도 하고 매매되기도 하는 엄연한 현실을 상기하며, 가계보에 있는 자신의 역사, 자신의 성을 믿지 않아도 상관없다고 쓴다.

하지만, 이렇게 말하는 시의 화자의 마음이 가볍고 편한 것은 아니다. 나는 성씨보 따위의 관습이 필요 없다고 말하는 화자이지만, 그 마음은 무겁고 수퉁하다(투박하고 무겁다는 뜻). 마치 해변가로 밀려온 소라처럼 껍데기가 무겁게 느껴지는 까닭은 시인이 관습으로부터 자유롭고자 할 때에도 마음의 부담을 완전히 지울 수는 없기 때문이다. 이 시는 관습으로부터 해방된다는 것이 결단만 있으면 간단히 해결되는 것이 아님을 보여준다. 그 길은 무거운 고통을 감내하며 가야할 길인 것이다.

세세전대만년성(世世專代萬年盛)하리라는 성벽은 편협한 야심처럼 검고 빽빽하거니 그러나 보수는 진보를 허락치 않아 뜨거운 물 끼얹고 고춧가루 뿌리던 성벽은 오래인 휴식에 인제는 이끼와 등넝쿨이 서로 엉키어 면도 않은 터거리처럼 지저분하도다.

「성벽」 전문

우리는 살면서 성벽을 한 번 이상은 보았을 것이다. 성벽에서 우리는 보통 오랜 역사와 전통이 지닌 힘과 기운을 떠올린다. 하지만 오장환이 본 성벽은 면도하지 않은 턱처럼 지저분한 그것이다. 성을 지키기 위해 온 힘을 다했던 옛사람들의 기억을 간직한 성벽임을 화자가 모르는 게 아니다. 뜨거운 물을 끼얹고 고춧가루를 뿌려가며 적의 침략을 막아냈던 역사의 기억이 있지만, 그것은 자랑스럽게 되새겨질 것으로 남아 있지 않다. 이끼와 등넝쿨이 서로 엉켜서 성벽을 덮고 있다. 시인이 보기에 지금의 성벽은 다만 지저분한 제 모습을 드러내고 있을 뿐이다.

오장환의 두 시는 짧은 산문시로 보이지만 소리 내어 읽어보면 운율이 잘 느껴진다. 시의 내용은 인습과 관습에 대한 부정정신을 담고 있지만, 이념적이거나 구호적이지 않다. 내용과 형식 모두에서 조선의 현대시를 개혁해나가고자 했던 오장환의 차분하고 지적인 태도를 느껴 볼 수 있는 시들이다.

그러나 오장환의 모든 시에서 이렇게 냉소적인 기운이 감도는 것은 아니다. 오장환은 때로는 감정이 충만한 시편들을 발표하기도 했다. 대표적인 것이 「The Last Train」(1938)이다.

저무는 역두(驛頭)에서 너를 보냈다.
비애(悲哀)야!
(중략)
나는 이곳에서 카인을 만나면
목 놓아 울리라.

거북이여! 느릿느릿 추억을 싣고 가거라
슬픔으로 통하는 모든 노선이
너의 등에는 지도처럼 펼쳐 있다

「The Last Train」 부분

'목 놓아 울리라', '비애야!' 시적 화자는 절규한다. 격정의 언어 속에서 화자의 슬픔과 아픔이 전해진다. 힘차고 빠르게 달리는 근대문물의 상징인 기차를 기다리는 대합실에 한 청년이 있다. 그는 슬픔으로 통하는 모든 노선이 그려져 있는 거북이 등을 떠올리는 식민지 근대를 살아가는 청년이다. '거북이여! 느릿느릿 추억을 싣고 가거라' 기차와 대별되는 거북이. 화자의 내면과 화자가 발 딛고 살아가는 현실의 격차에서 오는 아릿함이 이 시에서 빚어지고 있다. 그래서일까. 이 시는 당대의 많은 청춘들에 의해 읊어졌었다. 노래하듯 많은 이들이 다방이나 술집에서 이 시를 읊조렸다. 윤동주 역시 이 시를 자주 읊었다고 하니, 독자들도 다시 한번 가만히 이 시를 소리 내어 읽어보면 좋겠다. 식민지 시절 청춘들의 마음이 내 가슴에 살아올지 모를 일이므로.

『조선일보』의 폐간을 앞두고, 1940년 8월 5일『조선일보』에 실렸던 「FINALE」도 그렇게 많은 이들의 울분 가운데 노래처럼 불렸다.

자욱한 안개. 지줄지줄 지줄거리는 하늘 밑에서. 학처럼 떠난다. 외롬에 하잔히 적시운 희고 쓸쓸한 날개를 펴, 말없이 카오스에서 떠나가는 학.

두 줄기 흐르는 눈물 어찌 다 스며드느냐. 한철 뗏목은 넓고 설운 강물에 흘러내리어 위태로운 기슭마다. 차고 깨끗한 이마에 한 줄기 고운 피 흘리며. 떠나는 님을 보내며. 두 줄기. 스미는 눈물. 어찌라 어찌라 나 홀로 고향에 머물러 옷깃을 적시나니까.

「FINALE」부분

식민지 백성의 설움에 겨워 눈물 흘리는 화자의 목소리가 유려하다. 혼돈의 시대, 안개의 시대에 쓸쓸하게 날개를 펴고 떠나가는 한 마리의 학의 모습과 홀로 고향에서 눈물짓는 화자의 모습이 겹쳐지고 있다. 한 줄기 흐르는 고운 피, 두 줄기 스미는 눈물의 이미지는 민족의 목소리라 할 신문마저 사라지게 되는 현실에서의 힘없는 식민지 백성의 절망감을 드러내고 있다.

8월 15일 해방은 갑작스러운 것이었다. 36년이라는 긴 시간 열망해왔지만, 해방은 이제 가망 없어 보일 때였다. 그토록 바랐던 해방의 소식이 전해진 날의 풍경은 어땠을까. 기쁨과 함께 억눌려왔던 설움이 한꺼번에 폭발하던 해방의 날. 오장환은 그때를 시 「병든 서울」로 남겼다.

오장환은 이 시를 군중 앞에서 낭독했다. 그 무렵 명동 거리 술집에 들어가면 「병든 서울」이 거침없이 흘러나오는 것을 들을 수 있었다고 이봉구는 회고한다. 그에 따르면 그것은 순수한 사랑의 노래이자 박찬 감동의 울부짖음이었다.[50] 예술인들과 신문기자들은 노래를 목청껏 부르듯 격정적으로 이 시를 노래했다.

8월 15일 밤에 나는 병원에서 울었다.
너희들은 다 같은 기쁨에
내가 운 줄 알지만 그것은 새빨간 거짓말이다.

• • •

50 이봉구, 『명동백작』, 일빛, 2004, 45쪽.

일본 천황의 방송도,

기쁨에 넘치는 소문도,

내게는 곧이가 들리지 않았다.

나는 그저 병든 탕아로

홀어머니 앞에서 죽는 것이 부끄럽고 원통하였다.

그러나 하루 아침 자고 깨니

이것은 너무나 가슴을 터치는 사실이었다.

기쁘다는 말

에이 소용도 없는 말이다.

그저 울면서 두 주먹을 부르쥐고

나는 병원에서 뛰쳐나갔다.

그리고, 어째서 날마다 뛰쳐나간 것이냐.

큰 거리에는,

네거리에는, 누가 있느냐.

싱싱한 사람 굳건한 청년, 씩씩한 웃음이 있는 줄 알았다.

아, 저마다 손에 손에 깃발을 날리며

노래조차 없는 군중이 '만세'로 노래 부르며

이것도 하루아침의 가벼운 흥분이라면……

병든 서울아, 나는 보았다.

언제나 눈물 없이 지날 수 없는 너의 거리마다

오늘은 더욱 짐승보다 더러운 심사에

눈깔에 불을 켜들고 날뛰는 장사치와

나다니는 사람에게

호기 있이 먼지를 씌워주는 무슨 본부, 무슨 본부,

무슨 당, 무슨 당의 자동차.

그렇다. 병든 서울아,

지난날에 네가, 이 잡놈 저 잡놈

모두 다 술 취한 놈들과 밤늦도록 어깨동무를 하다시피

아 다정한 서울아

나도 밑천을 털고 보면 그런 놈 중의 하나이다.

나라 없는 원통함에

에이, 나라 없는 우리들 청춘의 반항은 이러한 것이었다.

반항이여! 반항이여! 이 얼마나 눈물나게 신명나는 일이냐

아름다운 서울, 사랑하는 그리고 정들은 나의 서울아

나는 조급히 병원 문에서 뛰어나온다.

포장 친 음식점, 다 썩은 구루마에 차려놓은 술장수

사뭇 돼지구융같이 늘어선

끝끝내 더러운 거릴지라도

아, 나의 뼈와 살은 이곳에서 굵어졌다.

병든 서울, 아름다운, 그리고 미칠 것 같은 나의 서울아

네 품에 아무리 춤추는 바보와 술 취한 망종이 다시 끓어도

나는 또 보았다

우리들 인민의 이름으로 씩씩한 새 나라를 세우려 힘쓰는 이들을……

그리고 나는 외친다.

우리 모든 인민의 이름으로

우리네 인민의 공통된 행복을 위하여

우리들은 얼마나 이것을 바라는 것이냐.

아, 인민의 힘으로 되는 새 나라

8월 15일, 9월 15일,

아니, 삼백예순 날

나는 죽기가 싫다고 몸부림치면서 울겠다.

너희들은 모두 다 내가

시골구석에서 자식 땜에 아주 상해버린 홀어머니만을 위하여 우는 줄 아느냐.

아니다. 아니다. 나는 보고 싶으다.

큰물이 지나간 서울의 하늘이……

그때는 맑게 개인 하늘에

젊은이의 그리는 씩씩한 꿈들이 흰 구름처럼 떠도는 것을……

아름다운 서울, 사모치는, 그리고 자랑스런 나의 서울아,

나라 없이 자라난 서른 해,

나는 고향까지 없었다.

그리고, 내가 길거리에 자빠져 죽는 날,

"그곳은 넓은 하늘과 푸른 솔밭이나 잔디 한 뼘도 없는"

너의 가장 번화한 거리

종로의 뒷골목 썩은 냄새 나는 선술집 문턱으로 알았다.

그러나 나는 이처럼 살았다.

그리고 나의 반항은 잠시 끝났다.

 아 그동안 슬픔에 울기만 하여 이냥 질척거리는 내 눈

아 그동안 독한 술과 끝없는 비굴과 절망에 문드러진 내 쓸개

내 눈깔을 뽑아버리랴, 내 쓸개를 잡아떼어 길거리에 팽개치랴.

「병든 서울」 전문

　해방의 생생한 감동을 이 시만큼 솔직하게 보여준 시는 드물다. 8월 15일 밤에 병원에서 울었던 시의 화자는 사실 해방 소식 때문에 운 것이 아니라, 홀어머니 앞에서 이제 죽게 된 병자 된 아들로서 울고 있었다. 해방이라 해서 다 똑같이 기쁘기만 한 것은 아닐 것이다. 역사적 사건 속에서 우리는 한 사람의 개인적 운명을 산다는 엄연한 사실을 이 시는 보여준다.

　하지만 곧바로 2연에서 하루가 지나자 병든 오장환에게도 해방의

감격이 물밀듯 올라왔다. 그는 병원에서 날마다 거리로 뛰쳐나와 인파 속에서 '만세'로 노래한다.

식민지 백성들의 몸짓과 목소리는 흥분된 것이었지만, 그중에는 변화의 바람에 잇속을 챙기는 장사치들과 정치단체들의 출현이 섞여 있었다. '이 잡놈 저 잡놈' 가릴 것 없이 밤새 어깨동무를 해도 하나 이상할 것 없는 다정한 서울이면서 동시에 병든 서울 거리를 오장환은 시에 담았다. '미칠 것 같은 나의 서울아' 해방을 맞은 서울은 언어로 감당이 안 되는 공간이었다. 이제 곧 세워질 새 나라는 어떤 나라여야 할까. 오장환은 '인민의 힘으로 되는 새 나라'를 외쳤다. 국민이나 시민이라는 말을 쓰지 않았던 이 무렵, 인민은 보통사람들을 뜻하는 말이었다. 제국의 폭력 속에 숨죽이며 살아왔던 평범한 사람들이 씩씩하게 자유롭게 세워갈 나라를 오장환은 상상했다.

동시에 오장환은 자신의 과거를 떠올렸다. 식민지 시절의 나는 어떤 사람이었나 자문하는 것이다. 해방을 맞이하고보니 부끄러움이 그를 감쌌다. 슬픔에 겨워 울기만 했던 모습, 독한 술과 끝없는 비굴과 절망 속에 있던 자신의 모습이 생각났기 때문이다. 맑고 밝은 새로 미래를 이제 내다보고자 할 때, 자신의 두 눈이 사실은 어떤 눈이었는지 기억해내고는 절규한다.

내 눈깔을 뽑아버리랴, 내 쓸개를 잡아떼어 길거리에 팽개치랴.

「병든 서울」을 예술가들과 신문기자 같은 지식인들이 그토록 목청껏 노래했던 까닭은 신나고 흥겨워서 아니었다. 식민지 시절 부끄러운 자신의 모습을 이제라도 고백하고 싶은 마음이 컸던 까닭이리라. 그렇게 식민지 과거 청산은 지식인 한 사람, 한 사람의 마음속에서 이루어지고 있었다.

해방은 되었지만 새로운 나라를 만드는 것은 쉬운 일이 아니었다. 세계 냉전의 회오리 속에서 좌우 이념 대립이 격화되고, 사회는 혼란스러웠다. 해방의 감격과 흥분도 잠시, 오장환은 냉정하게 현실을 인식하게 되었다. 지난날 절망 속에 살았던 자신을 한탄했던 오장환이었기에 그는 독립국가 건설이라는 민족적 과업에 헌신하는 삶을 살아보기로 했다.

눈발은 세차게 내리다가도
금시에 어지러이 흐트러져
내 겸연쩍은 마음이
공청으로 가는 길

동무들은 벌써부터 기다릴 텐데
어두운 방에는 불이 켜지고
굳은 열의에 불타는 동무들은
나 같은 친구조차
믿음으로 기다릴 텐데

아 무엇이 자꾸만 겸연쩍은가

지난날의 부질없음

이 지금의 약한 마음

그래도 동무들은

너그러이 기다리는데……

「공청 가는 길」 부분

1946년 1월, 그러니까 해방이 되고 6개월의 시간이 지나서 발표된 시다. 인민들의 세상을 꿈꾼 오장환은 사회주의 모델에 입각한 새 나라를 꿈꾸었다. '공청(共青)'은 이러한 청년들의 모임을 말한다. 모임에 가려는 시의 화자는 망설이는 모습을 보인다. 독립국가를 세우는 일에 열의 가득한 동무들이 '나'를 믿고 기다려주고 있는데, 나는 겸연쩍은 채로 망설이는 모습을 하고 있다. 무엇이 문제가 되었던 것일까? 그것은 지금의 '약한 마음' 때문이다. 약한 마음의 소유자인 '나'는 동무들과 달리 거칠게 앞으로 나아갈 수 없다. '세차게 내리다가도 금시에 어지러이 흐트러지는' 눈발을 닮았다.

오장환은 신념과 실천에 확고하지 못한 자신을 바라보고 있었다. 오장환은 무엇 때문에 이렇게 망설이는 것일까. 아마도 그것은 식민지 시절 절망과 울음 속에 길든 자신의 소시민적 모습에서 달라지는 일이 금방 되지 않는 까닭이었던 것 같다. 오장환은 가고자 하는 길 위에서 망설이고 지체하는 자신을 계속 마주하게 되었다.

기미년 만세 때

나도 소리높이 만세를 부르고 싶었다.

아니 숭내라도 내이고 싶었다.

그러나 나는 그 전해에 났기 때문에

어린애 본능으로 울기만 하였다.

여기서 시작한 것이 나의 울음이다.

광주학생사건 때

나도 두 가슴을 헤치고 여러 사람을

따르고 싶었다.

그러나 그때의 나는

중등학교 입학 시험에 미끄러져

그냥 시골구석에서 한문을 배울 때였다.

타고난 불운이 여기서 시작한 것이다.

그 뒤에 나는

동경에서 신문배달을 하였다.

그리하여 붉은 동무와

나날이 싸우면서도

그 친구 말리는 붉은 시를 썼다.

그러나

이때도 늦은 때였다.

벌써 옳은 생각도 한철의 유행되는 옷감과 같이
철이 지났다.
그래서 내가 우니까
그때엔 모두 다 귀를 기울였다.
여기서 시작한 것이 나의 울음이다.

8월 15일
그 울음이 내처 따라왔다.
빛나야 할 앞날을 위하여
모든 것은
나에게 지난 일을 돌이키게 한다.
그러나 나에게는 울음뿐이다.
몇 사람 귀 기울이는 데에 팔리어
나는 울음을 일삼아왔다.
그리하여 나는 또 늦었다.
나의 갈 길,
우리들의 가는 길,
그것이 무엇인 줄도 안다.
그러나 어떻게? 하는 물음에 나의 대답은 또 늦었다.

아 나에게 조그만치의 성실이 있다면
내 등에 마소와 같이 길마를 지우라.

먼저 가는 동무들이여,

밝고 밝은 언행의 채찍으로

마소와 같은 나의 걸음을 빠르게 하라.

「나의 길」 전문

지난날 울음을 일삼아왔던 이력을 가진 시의 화자는 나의 갈 길이 무엇인 줄도 알게 되었다. 하지만 어떻게 할 것인가의 질문 앞에서, 실천으로 나아가지 못하고 늦어지고 만다. 그는 믿음직스러운 동무들에게 자신을 재촉해달라고 요청한다. 우리는 이 시를 통해 선명한 노선을 따라 뜨겁게 나가는 동지들의 밝은 모습을 바라보면서 자신을 다잡아 나가고자 하는 오장환을 만나게 된다. 오장환은 해방기 새로운 독립국가 건설의 도정에서 실천으로 나아가지 못한 것을 반성하며 자기 길을 모색하고 있었던 것이다.

오장환이 보기에 그 무렵 북한은 남한과 비교해 볼 때 인민의 나라였다. 당시 북한은 개혁을 단행하면서 인민주권이 실현되고 있는 것처럼 보였다. 오장환은 인민들이 자유롭게 살 수 있는 나라로 북한을 인식했다. 생활과 실천의 문제로 고심했던 오장환은 봉건적 질서를 해체하고, 공산주의 이념 하에 빠르게 제도 개혁을 이뤄냈던 북한의 상황에서 미래의 희망을 보았던 것 같다.

여기엔

구김 없는 생활과

가리워지지 않은 언론이 있다.

완전한 언론의 자유!
이것은 맑은 거울이다.
이곳에
티 없는 인민의 의사는 비치고
구김 없는 생활
그는 우리 앞에 주마등으로 달린다.

날카로운 쇠스랑으로
살진 흙을 일구는 동무여!
억세인 손으로
보일러를 울리는 동무여!
(중략)
기관차와
도시에 수없는 공장들
이거 하나하나가
어느 것이고
인민의 것이 아닌 것이 있느냐

「북조선이여」 부분

　해방기 남한에서 오장환은 언론의 자유가 제한되는 남한의 현실을 크게 우려했다. 그는 인민의 의사가 투명하게 반영되는 것처럼 보였던 북한을 인민주권의 나라로 생각했다. 그는 이후 북한의 억압적인 체제의 문제가 불거지는 것을 보지는 못했다. 지병으로 안타깝게 젊은 나이에 세상을 떠나고 말았기 때문이다. 평생을 현실을 직시하며 시대와 호흡하고 자신을 반성하며 새로운 시대, 새로운 시를 갈망했던 오장환의 시와 산문은 우리에게 유산처럼 남겨져 있다.

보은 여행지

속리산 둘레길

보은길1-구병산 옛길, 보은길2-말티재 넘는 길, 보은길3-속리천 들 녘길, 보은길4-금단산 신선길로 이루어진 네 구간과 말티재 정상 주 변을 한바퀴 걸을 수 있는 꼬부랑길이 있다.

보은길1-구병산 옛길은 충북의 알프스라 불리는 구병산의 아홉 봉 우리가 병풍처럼 펼쳐진 풍경을 감상할 수 있다. 보은길2-말티재 넘 는 길은 장안 안내소에서 장재저수지와 말티재 정상과 솔향공원을 지나 속리산면 상판리에 이르는 13.5km의 길이다. 말티재는 태조 왕건이 말을 타고 속리산에 오르기 위해 박석을 깔아 만든 길로 알 려져 있다. 말티재 전망대는 2020년 2월에 개장한 20m 높이의 전망 대로, 말티고개를 한눈에 내려다볼 수 있다. 자전거와 바이크 동호 인들 사이에서 12굽이 와인딩코스로 유명한 도로가 산속에 자리 잡 고 있는 독특한 풍경을 감상할 수 있다. 보은길3-속리천 들녘길은 속 리천 들녘의 넉넉한 품을 느낄 수 있으며, 대원마을에서 시작되는 보은길4-금단산 신선길은 다양한 나무를 보며 걸을 수 있는 흙길이 다. 몸과 마음을 편안하게 정돈할 수 있다.

꼬부랑길은 능선을 따라 걸으면서 신선이 된 듯한 감흥을 주는 길이다. 한 바퀴 도는데 약 2시간 30분이 걸리는데, 백팔번뇌에 대한 이야기가 담긴 10개의 돌이 세워져 있다. 마음을 돌보며 걷는, 치유의 걷기 체험을 해볼 수 있다.

속리산길(보은군청 홈페이지)   말티재 꼬부랑길(보은군청 홈페이지)

만수계곡과 서원계곡

속리한 천황봉 물방울을 삼파수라 하는데, 이는 천황봉에 떨어진 빗방울이 동쪽으로 흐르면 낙동강물이 되고, 북쪽과 서쪽으로 흐르면 한강물, 남쪽으로 흐르면 금강물이 된다 해서 붙여진 이름이다.

보은군 내속리면 만수리에 자리 잡은 만수계곡은 속리산의 천황봉에서 발원한 삼가천에서부터 삼가저수지에 이르는 계곡이다. 울창한 숲과 깎아진 듯한 바위의 절경에 탄성이 절로 나오는 이곳은 맑고 깨끗한 계곡물에서 더위를 식히려는 여름철 관광객의 발길이 끊이지 않는다.

상류에 만수계곡이 있다면, 하류 서원리에 서원계곡이 있다. 평지

형이기에 하천 폭이 넓고 햇빛이 잘 드는 계곡으로, 물놀이 하기에 안성맞춤이다. 아름다운 풍경이 한 폭의 산수화를 보는 듯하여 제2의 화양계곡이라고 불리기도 한다.

만수계곡(보은군청 홈페이지)

서원계곡(보은군청 홈페이지)

삼년산성

사적 제235호로 지정된 보은읍 어암리 오정산에 있는 삼년산성은 산책하기에 좋은 곳으로 정평이 나있다. 신라시대의 석축산성인 삼년산성은 신라 자비왕 13년(470년)에 쌓았고 소지왕 8년(486년)에 인근 지역의 장정 3천 명을 징발해서 개축한 것이라고 『삼국사기』는 기록하고 있다.

지명에 대해서는 두 가지 설이 있다. 하나는 『삼국사기』에 기록된 것처럼 성을 만드는 데 3년이 걸렸다 해서 삼년산성이라는 이름이 붙여졌다는 설이다. 다른 하나는 지명에 따른 것으로, 보은은 지증왕 3년(553년)에 삼년산군이었고, 경덕왕 1년(742년)에 삼년군으로 이름이 바뀌었는데 이 지명을 따 산성 이름을 지었다는 설이다.

삼년산성(보은군청 홈페이지)

　삼년군 지역은 신라가 삼국을 통일할 때 가장 중요한 지역이었다. 백제와 고구려의 남진에 대비하여 만든, 난공불락의 요새 삼년산성은 동서남북 네 자리에 문이 있었으며 현재 많은 사람들이 이용하는 문은 옛날 서문 자리다. 사계절마다 특별한 정취를 자랑하는 삼년산성은 다양한 들꽃을 벗 삼아 걸을 수 있고, 낙엽이 뒹구는 가을 운치를 느끼기에도 부족함이 없는 곳이다.

사랑하였으므로
나는 진정 행복하였네라

- 청마 문학관 -

김소연

유치환 문학과 삶

망일봉 기슭, 통영 청마 문학관에서 사랑의 시혼을 담다

청마 유치환(1908~1967)을 만나기 위해 아름다운 항구도시 통영으로 몸을 실었다. 봄의 문턱이었지만 겨울이 다시 온 듯 차가운 바닷바람이 살갗을 스치고 있었다. 통영 항구에는 출항했던 배들이 만선의 기쁨으로 깃발이 흩날리고 있었다.

돌계단을 따라 위로 올라가니 청마 문학관이 어느 주택의 작은 정원 마냥 예쁘게 자리 잡고 있었다. 청마 문학관은 시인 유치환을 기리기 위해 세운 작은 문학관으로 그의 문학 정신을 보존, 계승 발전시키기 위해 개관하였다. 경상남도 통영시 망일1길, 망일봉 기슭에 2000년 2월 1,220평의 부지로 문학관(전시관)과 생가를 복원하였다. 먼저 문학관 앞에 세워져 있는 비석에는 청마 유치환의 문학사적 위치가 설명되어 있었다.

청마 문학관 입구

청마 문학관 전경

전시관에는 청마의 삶을 조명하는 "청마의 생애"편과 작품 세계 중 생명 추구의 시작을 감상할 수 있다. 그리고 작품의 변천과 평가들을 살펴볼 수 있는 "청마의 작품세계"편, "시 감상 코너"편이 구성되어 있으며 청마의 유품 100여점과 각종 문헌자료 350여점이 전시되어 있다.

문학 전시관

청마문학관은 크게 도입부 및 세 가지의 주제로 구성되어 있다. 도입부에는 청마를 비롯한 통영출생의 예술인들을 간접적으로 경험할 수 있도록 꾸며져 있다. 세 개의 주제로는 청마의 생애를 연도별로 정리하여 인간 유치환에 대해 심도 깊게 접근할 수 있도록 하였다. 그리고 청마의 문학 시대별 작품 경향과 대표작 감상을 통해 그의 작품 세계에 대해 넓은 이해를 도우면서 청마의 발자취 - 청마의 각종 유물 관련 서적을 전시하고 있다. 다음으로 청마의 대표적인 시를 소개하고 있는데, 「깃발」, 「그리움」, 「귀고(歸故)」, 「춘신(春信)」, 「학(鶴)」, 「바위」, 「출생지」, 「생명의 서(1장)」, 「수(首)」, 「울릉도」, 「바다」, 「그리움」, 「칼을 갈라」, 「석굴암대불」, 「행복」, 「어시장에서」, 「풍일(風日)」, 「낙화」, 「바닷가」에서 등을 들 수 있다.

유치환은 40여 년 동안 시작 활동에 주력해 왔던 시인으로 12권에 이르는 상당한 분량의 시를 남겼다. 그는 작품 속에서 인간 본성에 대한 탐구와 삶에 대한 깊은 성찰, 그리고 현실에 대한 강한 비판에 이르기까지 다양한 주제를 다루고 있다. 시 전반에 시인이 추구하고 있는 것은 사랑, 생명, 사회 등의 의식이다. 특히 사랑하는 여인에 대한 애틋한 연정, 부모에 대한 경외심, 자식에 대한 사랑, 자신이 태어나고 자란 고향에 대한 그리움과 조국에 대한 안타까운 마음, 그리고 삶에 대한 강한 애착, 인간 존중에 이르기까지 인간으로서 가지고 있는 기본적인 연민과 사랑이 청마의 시에 나타나고 있다. 이와 같은 사실은 무엇보다 청마 유치환이 삶에 대한 강한 애착과 애정을 가지고 있음을 알 수 있다.

'돌메'라 불리운 유년 시절

유치환은 1908년 7월 14일 경남 거제군 둔덕면 방하리에서 태어났다.[51] 청마 유치환의 출생지인 '거제군 둔덕면 방하리'는 관내 11개 면 중에서 가장 낙후된 지역으로 경작지가 협소하고 척박하여 농사를 짓기가 힘들었다.

거제도 둔덕골은

· · ·

51 지금까지 유치환의 출생지에 관련해서는 경남 통영군 통영문 동부동으로 알려져 있다. 통영은 유치환이 출생한 곳이 아니라 유년시절 거제를 떠난 후 성장한 곳이다. 청마의 출생지 문제는 거제시와 통영시 두 곳 모두 문화시로서의 긍지와 관광수입 증대 등 여러 가지 부대효과를 위해 청마문학관을 건립하거나 건립계획을 수립하면서부터 지방자치단체 간의 이권 다툼으로까지 발전하여 첨예하게 대립 되었다.

팔대가 내려 나의 조상이 살으신 곳

적은 골 안 다가 솟은 방하산 비탈 알로

몇 백 두락 조약돌 박토를 지켜

마을은 언제나 생겨난 그 외로운 앉음새로

할아버지 살던 집에 손주가 살고

아버지 갈던 밭을 아들네 갈고

베 짜서 옷 입고

조약 써서 병 고치고

그리하여 세상은

허구한 세월과 世代가 바뀌고 흘러갔건만

「거제도 둔덕골」 일부

거제도 둔덕골은 유치환의 조상이 8대로 내려 살았던 곳이며 그의 조상들은 평범한 시골 생활이 그렇듯 농사지으며 베짜서 옷입고 사는 소박한 모습이었다. "희구한 세월과 세대가 바뀌고 흘러 갔건만/ 사시장천 벗고 섰는 뒷산 산비탈 모양/두고두고 행복한 바람이 한 번이나 불어 왔던가"에서 알 수 있듯 그들의 생활이 그렇게 넉넉한 것은 아니었다.[52] 이 가난은 유치환의 아버지 유준수에게도 이어져 왔다. 유준수는 어릴 때 부모를 여의고 형 근조 밑에서 농사를 지으며 어려운 삶을 지속하고 있었다.

• • •

52 박재승, 『유치환 시 연구』, 인하대 대학원 박사학위논문, 1990, 76쪽.

하지만 그러한 환경 속에서도 아버지 유준수는 한학을 배워 글 읽기를 좋아하는 유생이 되었고, 통영 사람 박현석의 눈에 들어 그 집안의 데릴 사위로 들어가게 된다. 유치환의 외부조부가 되는 박현석은 통영에서 한약방을 경영하여 상당한 재산을 모은 사람이었다. 유준수 역시 통영에서 장인의 도움을 받아 평소에 취미로 가졌던 한의학을 독학하여 한약방을 경영하게 된다.

지금까지 유치환의 출생지가 통영으로 알려져 왔던 것은 그가 만두 살이 되던 해 아버지가 경남 통영군 통영면 동부동(현 충무시 태평동) 5통 16호로 이주한 사실과도 관련되어 있다. 그는 유년시절 거제를 떠나 1922년, 일본으로 유학을 떠나기까지 통영에서 성장하였다.

아래의 인용시는 유치환이 자신의 출생에 관하여 쓴 작품이다. 당시의 시대적 상황과 가정 분위기, 그리고 가족사적 면모가 사실적으로 묘사되어 있어 유치환의 삶을 유추해 볼 수 있다.

검정포대기 같은 까마귀 울음소리 고을에 떠나지 않고/ 밤이면 부엉이 괴괴히 울어/남쪽 먼 포구이 백성의 순탄한 마음에도/ 상서롭지 못한 세대의 어둔 바람이 불어오던 / 융희(隆熙)2년!//

그래도 계절만은 천년을 다채(多彩)하여/ 지붕에 박넌출 남풍에 자라고/ 푸른 하늘엔 석류꽃 피 뱉은 듯 피어/ 나를 잉태한 어머니는//

(중략)

신월(新月)같이 슬픈 제 족속의 태반을 보고/ 내 스스로 고고(呱

呱)의 곡성(哭聲)을 지른 것이 아니련만/ 명이나 길라 하여 할머
니는 돌메라 이름지었다오. //

「출생기(出生記)」부분

'상서롭지 못한 세대의 어둔 바람이 불어오던/융희 2년!'에서는 당
시의 뼈아픈 시대적 역사적 환경이 나타나고 있다. 1연의 핵심은 자
신의 출생이 "검정 포대기 같은 까마귀 울음소리 고을에 떠나지 않
고"에 나타나 있듯이 "밤이면 부엉이 괴괴히 울던 "일제 강점기에 이
루어졌음을 확인할 수 있다. 물론, "까마귀 울음 소리"와 "부엉이"의
이미지는 "상서롭지 못한 세대의 어둔 바람"을 온몸으로 맞으며 성
장할 수밖에 없었던 일제 강점기의 암울한 분위기를 상징한다. 시
적 화자는 2연에 나타난 가정 배경, 즉 "어진 생각만을 다듬어 지니"
신 어머니와 "저릉저릉 글을 읽으신 젊은 의원인 아버지" 사이에서
비교적 유복하게 자랐다고 한다. 유치환이 문학을 할 수 있었던 가
정 환경의 특징이 잘 드러나는데 어진 어머니로부터는 문학적 재능
을 이어받고 젊은 의원이었던 아버지로부터는 문학을 할 수 있는 경
제적 여건이 마련되었음이 짐작된다. 그리고 마지막 연에 나오는 할
머니가 지어준 아명(兒名) '돌메'는 초기의 작품에서 유치환 자신을
상징하면서 '돌멩이', '바위' 등으로 나타나고 있다. 단지 "명이나 길라
하"여 지어진 이름 '돌메'를 시 속에 밝히고 있는 것은 청마가 자신의
출생을 객관적으로 바라보고 수용하고 있음을 확인해 주고 있다. 이
시를 통해 우리는 시인이 기억하고 있는 유년 시절은 일생에 걸쳐

시 창작의 근간이 되고 있음을 알 수 있다.

통영으로 이사 온 후 외가에서 자라게 된 유치환은 그의 외조부가 차린 사숙(私塾-서당)에서 한문을 공부한다. 그리고 그의 나이 10세 때 통영보통학교에 입학하여 4년간 신교육을 받고 수료하게 된다. 1922년 학교를 수료한 후 유치환은 일본으로 유학을 간 형 동랑(유치진)을 따라 도일한다. 이때 동랑은 부산 중학교 3학년에 재학 중이었다. 유치환 역시 형의 소개로 이 학교 1학년에 입학하였다. 그의 나이 열넷이 되는 이 해를 전후해서 우리나라는 기미독립운동의 영향을 받아 민족적 각성이 크게 일고 전국적으로 향학열이 팽배하였다. 동경의 유학생활을 시작하며 처음으로 일본말로 된 문학작품을 탐독하게 되었으며 왕성한 독서로 문학열을 불태웠다. 이 무렵 유치환은 형 동랑이 주도했던 문학동인 '토성회(土聲會)'의 회원으로 활동하면서 동인지 『토성(土聲)』에 습작시를 발표한다. 이 시기가 유치환에게 있어서 문학과 시에 대한 첫 열정을 키웠던 때였던 듯하다. 부친의 사업이 어려워지면서 형 동랑만 동경에 남고 그는 귀국한다. 그리고 귀국 후 동래고등보통학교 시절부터 본격적으로 시를 쓰기 시작한다.

다음 아래의 시는 소년시절의 고향에 대한 추억이 잘 드러나 있고 '행이불언'하는 선비적 삶을 몸소 보여주던 아버지와 자식 사랑으로 한 평생을 보낸 어머니에 대한 정을 묘사한 이미지가 나타나 평화로운 일상의 모습을 그림책처럼 펼쳐준다. '경촌'이란 호를 지닌 아버지 유준수는 성격이 매우 엄하고 곧았다. 한번 마음을 먹으면 절대 굽히지 않았으며 남에게 어떤 신세도 지지도 않았다. 그리고 유생으로 갓을 쓰기는 했지만 상투를 자른 것으로 보아 일찍 개화한 것으로 볼 수 있다. 청마의 부친은 한문학에 조예가 깊은 시골 유생으로서 유교적 가문의 전통을 지켜온 근엄한 선비였다.

검정 사포를 쓰고 똑딱선을 내리면
우리 고향의 선창가는 길보다도 사람이 많았소
양지바른 뒷산 푸른 송백을 끼고
남쪽으로 트인 하늘은 깃발처럼 다정하고
낯설은 신작로 옆대기를 돌아가니
내가 크던 돌다리와 집들이
소리 높이 창가하고 돌아가던
저녁놀이 사라진 채 남아 있고
그 길을 찾아가면
우리 집은 유약국
행이불언(行而不言)하시는 아버지께서 어느덧
돋보기를 쓰시고 나의 절을 받으시고
헌 책력처럼 애정에 낡으신 어머님 옆에서
나는 끼고 온 신간을 그림책인 양 보았소

「歸故」 전문

그러나 그는 엄격과 위엄만을 고집하는 완고한 성품이기보다는 오히려 시대와 역사적 변화에 대처하려는 개화의식이 비교적 강했다. 아버지의 개화의식은 8남매의 자녀들을 일본 등지로 유학까지 보내 현대교육을 시킨 것에서 짐작할 수 있다. 이러한 영향으로 유치환이 그의 문학적 토양을 일구어낼 수 있었던 것은 아니었을까.

한편 유치환의 어머니 박우수는 경제적으로 부유한 가정에서 자라나 활달하고 명랑한 성격을 가지고 있었다. 8남매의 자녀를 키우면서도 여유로움과 적당한 유머까지 잃지 않는 너그러운 성격의 소유자였다. 유치환은 이러한 어머니에 대한 깊은 인상과 함께 자신의 문학적 자질이 "다분히 어머니에게서 물려받은" 선천적인 것임을 강조해 왔다.

부인 권재순과의 만남에서 결혼까지

21세가 된 1928년에 유치환은 경성에 올라가 연희전문학교 문과에 입학한다. 문학에 대한 열정을 남모르게 간직한 채 연희시절을 시작했으나 경제적 어려움으로 이듬해인 1928년 연전 본과 1년을 중퇴하고 낙향하게 된다. 하지만 그런 와중에도 문학에 대한 미련은 버리지 못하였다. 유치환은 같은 해 10월, 같은 충무 출신이며 11살 때부터 친밀하게 지내오던 안동 권씨인 권재순[53]과 결혼을 하였

• • •

53 권재순은 안동권씨인 권수봉과 이요수 사이에 태어난 셋째 딸이다. 그는 경성중앙보육학교(중앙대학교 전신)를 졸업했으며, 청마와는 통영보통학교를 다니던 11살 때부터 각별히 친하여 오빠, 누이하는 사이였다. 청마는 14살 때부터 권재순에게 연정을 느껴왔는데 그가 일본에 유학할 때에도 많은 연서를 보낸 바 있다. 청마가 결혼을 한 것은 1928년 10

다. 이 또한 형 유치진보다도 이른 결혼이었다. 유치진이 결혼한 것은 1936년 6월 1일로 되어 있다. 그의 사형 치진이 결혼할 당시 유치환은 이미 두딸(인전, 춘기)의 아버지였다. 권재순과의 결혼은 청마 유치환의 인생과 문학에 큰 전환을 이루는 계기가 되었다. 유치환은 이미 자신이 "시인이 되는 것을 반대하지 않음은 물론 적극적으로 내조한다"는 약속을 권재순으로부터 받은 후에야 결혼했다.[54]

> 아픈가 물으면 가늘게 미소하고
> 아프면 가만히 눈 감는 아내
> 한 떨기 들꽃이 피었다 시들고 지고
> 한 사람이 살고 병 들고 또한 죽어가다.
>
> 「병처(病妻)」부분

부인 권재순은 유치환보다 한 살 아래로 1909년 통영에서 출생하였는데, 유치환과는 통영보통학교를 같이 다니던 시절부터 친밀하게 지내던 사이였다. 정이 들면서 사랑을 느끼게 된 유치환은 일차도일하여 동경의 부산 중학교를 다니는 동안 거의 매일 권재순에게 편지를 썼다고 한다. 그 당시 유치환의 편지쓰기는 청마 유치환에게 있어 문학 수업이 될 만큼의 열정을 보여준 것이라고 할 수 있다.

월이지만, 혼인신고를 한 것은 1929년 4월 5일로 되어 있다.
54 청마의 미망인 권재순 여사의 증언에 의하면, 청마가 제시한 결혼 조건의 첫째가 '시인이 되는 길의 적극적인 내조였다고 한다.

유치환의 문학세계

'허무'와 '의지'의 시인

유치환의 시 세계에서 '허무'와 '의지'는 매우 중요한 개념이다. '허무'와 '의지'는 시인이 일생에 걸쳐 질문했던 생, 사, 영원, 신, 인간 등에 대한 문제의식과 긴밀하게 연결되어 있기 때문이다. '허무'는 아무것도 없는 텅 빔, 유(有)에 대립하는 것이며 개념만 있고 실재하지 아니하는 무(無)의 의식을 의미한다.

이에 반해 '의지'는 어떠한 목적을 실현하기 위하여 자발적으로 의식적인 행동을 하게 하는 내적 욕구를 의미한다. 그러므로 의미상 '허무'와 '의지'는 상반되는 개념이라 할 수 있을 것이다. 그런데 유치환의 시에서 '허무'와 '의지'는 이러한 일의적 의미에 그치지 않고 다의적이면서 독특한 의미를 획득하고 있다.

유치환의 시에서 까마귀는 자주 등장하는 상관물로 죽음, 허무의 존재를 표상한다. 작품 「가마귀」에 나오는 '불길의 상복'이나 '검은 장속'이라는 외관의 표현이나 '음산히 칩고 얼어붙은 저잣가', '해도 숨고/시간도 상실한 무거운 하늘'이라는 분위기에서도 죽음의 이미지를 발현하고 있다. 작품 「가마귀」의 '스스로 고독하여 오만한 너와 너의 사유'에서도 드러나는바 까마귀는 '시초의 시초부터 만유를 회의하고 가설하고 부정하'는 존재, 사변적 존재를 표상하는 것이기도 하다. 이처럼 까마귀는 '형상과 인식을 갖'추어 '실재'했던 존재였다.[55]

'영원히 모면 못할 운명의 검은 부채(負債)'(「가마귀」)가 존재의 유한한 삶을 의미한다고 할 때 영원과 관련되는 우주적 질서는 '산간'으로 비유되고 있다. 존재의 부재와는 '무관스'럽게 '산간의 고요'는 '무결(無缺)한 대로 시종 보유를 지키'고 있다. 무한의 우주에 비할 때 유한한 존재의 삶은 매우 '비소'한 것이 되고 마는 것이다. 무한 앞에서의 유한에 대한 자각, 여기에서 '허무'가 발생하게 된다.

> 행복의 기만에 취하느니보다 불길(不吉)의 상복(喪服)을
> 검은 장속(裝束)에 커다란 부리, 일절 동락(同樂)을 멸시 거부하
> 는 존대스런 거리에서
> 시초의 시초부터 만유를 회의하고 가설하고 부정하고
> 영원히 모면 못할 운명의 검은 부채(負債)를 경구(警句) 예고하
> 기에
> 그 걸걸한 목청으로 이 골짜기 조석으로 날아 울던 너! 그 너를
> 이같이 몽당비모양 여기에 유기(遺棄)한 것은 무엇이더냐
> 스스로 고독하여 오만한 너와 너의 사유를 하룻밤 여지없이 오
> 그라뜨려 마침내 낙엽처럼 떨어뜨리던 것은
> ─ 과연 그 무엇이더냐

• • •

55 박진희, 『유치환 시의 아나키즘적 특성 연구』, 대전대학교, 박사논문, 2011, 187쪽.

한때 이 한적한 골짜기 푸른 송백(松柏)과 하늘과 맑은 대기와
더부러

형상과 인식을 갖추어 너는 정녕 실재하였거니

이제는 부재하여 여백할 그 점거의 공허마저

아아 이같이 메꾸어진 흔적조차 없이 산간의 고요는

무관스리도 무결(無缺)한 대로 시종 보유를 지켜 있나니

철학이여 또한 실재여

너도 한갓 허구였던가

허구에 지나지 않은 것이었던가

「가마귀」 전문

이러한 '허무'는 유한에 대응되는 '무한', '무의 무'라는 의미를 갖는다. '무의 무'란 '의미 없는 지속'이며 '영겁'이다. 이는 온갖 희노애락 속의 인간의 유한한 '목숨'과는 상반되는 개념이자 '목숨의 반증 없이는 있지 않은 허요 무'이다. 또한 이러한 '무의 무', 즉 허무의 세계는 '너와 겨르지 못한 목숨'이 '땅에 떨어진 새같이 엎'디어 있대도 '종시 아랑곳 없'을 비정의 세계이다. 유치환 시 속에 나타나는 허무는 유한하고 희노애락한 인간적 삶과는 유리된 '영겁'의 세계, 비정의 세계를 표상하고 있다.

그리고 유치환 시의 절망은 근원적이다. 근원적이라는 말은 생래적이라는 뜻과 운명적이라는 뜻을 동시에 내포한다. 그의 시에 자주 등장하는 시어들은 이 절망의 한 측면을 이해하는 데에 도움을 줄

것이다. 본원적 상태로 영원히 회복될 수도 없고, 생래적 결여를 영원히 충족시킬 수도 없는 존재의 한계성에서 유치환의 절망은 출발한다. 무엇인가를 이루고자 했는데 그것이 이루어지지 않을 때 생기는 감정 중의 하나가 절망감이고, 절망감은 삶의 다양한 환경과 조건 속에서 누구나 느낄 수 있는 감정이다. 그런데 유치환의 절망은 삶이 환경과 조건을 뛰어넘어 원죄적이기까지 하다. 인간의 노력으로 이러한 절망적 조건을 극복할 수 없다는 것이 절망에 관한 유치환의 생각이었다.

> 이것은 소리 없는 아우성
> 저 푸른 해원(海原)을 향하여 흔드는
> 영원한 노스탤지어의 손수건
> 순정은 물결같이 바람에 나부끼고
> 오로지 맑고 곧은 이념의 푯대 끝에
> 애수는 백로처럼 날개를 펴다
> 아아 누구던가
> 이렇게 슬프고도 애달픈 마음을
> 맨 처음 공중에 달 줄을 안 그는
>
> 「깃발」 전문

 이 시는 유치환 문학이 지닌 철학적이고 윤리적인 성격을 논의할 때 자주 언급되는 유치환의 대표작이다. 이 시의 핵심 시의식은 닿고 싶은 대상에 영원히 닿을 수 없는 절망감이다. 깃발의 보조관념으로 등장하고 있는 "아우성" "손수건" "순정" "애수" "마음"에는 깊은 절망감이 내재되어 있다. 깃발은 깃대에 묶인 상태에서 노스탤지어의 대상인 해원을 향하여 온몸을 펄럭여 보지만 해원 가까운 곳으로 한 치도 다가설 수 없다. 깃발은 그 자체가 절망의 상징으로 자리 잡게 된다. 아무리 큰 아우성으로 소리를 지르고 아무리 크게 흔들리더라도 존재의 현실적 조건에는 변화가 나타나지 않는다. 굳건하게 깃발을 붙들고 있는 이념의 푯대로서의 깃대는 절망하는 자의 육체성을 규정짓는 억압적 정신의 상징이다.

사랑을 노래하다

유치환은 문단에 데뷔하면서 타계하기까지 '사랑'에 관련된 시를 일관되게 창작하였다. 그와 같은 '사랑'의 시들은 대중들에게도 공감을 주어 문학적으로도 성공을 거두었다. 유치환 시에 나타나고 있는 사랑과 그리움은 비유적이거나 형이상학적인 것이 아니고 실재하는 사람에 대한 사랑이고 그리움이다. 다음의 인용시는 사랑하는 이에 대한 애절함은 고백되어 있지는 않지만 오히려 젊은 날의 주체할 수 없는 감정을 벗어나 맑고 순결한 정신으로 이념화 시켜놓은 것을 알 수 있다. 이 시에 형상화된 노년의 사랑은 영혼의 것으로 승화된 것으로 화자는 더 이상 사랑으로 인해 상처를 받거나 고통스러워하지 않는다. 화자의 젊은 날의 사랑은 수많은 시련과 좌절을 겪은 후 이제 삶이 도달해야 할 어떤 영원하고도 순결한 가치가 되어버린다.

가슴을 저미는 쓰라림에
너도 말 없고 나도 말 없고
마지막 이별을 견디던 그 날 밤
옆 개울물에 무심히 빛나던 별 하나!

그 별 하나이
젊음도 가고 정열도 다 간 이제
뜻앓이도 또렷이
또렷이 살아나—

세월이 흘러가도
머리칼은 희어가도
말끄러미 말끄러미
무덤까지 따라올 그 별 하나!

「별」 전문

그 순결한 가치 혹은 이념은 이 시에서 '별'로 제시되고 있다. 화자가 그 님과의 고통스러운 이별을 통해서 깨달은 삶의 진실이 바로 별이기 때문이다. 유치환의 사랑의 시는 이성에만 국한되지 않고 육친, 혈연 더 나아가서는 조국으로까지 확장 된다.

「아상」은 아들의 죽음에 대하여 쓴 작품이다. 유치환의 장남 일향은 1935년 부산에서 태어나 다섯 살 되던 1940년 만주에서 질병으로 사망한 것으로 되어 있다. "젊어서 어진 깨달음을 배우는 아빠는 / 뒤뜰 느티나무 푸른 그늘 아래에서 / 조그마한 소목(素木)의 묘표(墓標)를 다듬나니 // 없으매 어린 죽음은 박꽃인 양 정하여/ 슬픔도 함초롬히 이슬처럼 복되도다." 위의 인용문에서 알 수 있듯이 유치환은 아들의 죽음을 대면하면서 시 속에서 아들에 대한 아버지의 간절함과 사랑을 그려내고 있다.

아래의 시를 살펴보면 화자는 순진무구한 어린 시절, 순수하고 깨끗한 사랑의 마음을 품었던 자아를 형상화하고 있다. 시인 또한 이 시를 해설하면서 "이성에의 막연한 동경의 아지랑이 속에 가슴 부풀기만 하던 상황이야말로 천진무구한 세계"[56]였다고 고백한다. 이 시가 청마 생전에 따로 시집의 한 편으로 수록되지 않고 수필집 『구름에 그린다』(1959)에 먼저 실렸음을 감안해보면, 중년의 나이가 되어 어린 시절을 회상한 것임을 알 수 있다. 즉 청마는 어린 시절의 순수 자아를 회복하고자 하는 열망을 담아 이 시를 쓰고 있는 것이다.

> 내 소년의 날은 / 일 삼아 하모니카 불며 불며 / 풋보리 기름진 밭이랑 /

. . .

56 유치환, 「愛憎의 나무」, 『청마 유치환 전집 5』, 334쪽.

배추꽃 피어 널린 두던을 노닐어 / 햇발처럼 행복하고 / 달콤한
연정에 일찍 눈 떠 / 민들레 따서 가슴에 꽂고 / 꽃같이 우울할 줄
배웠네라

「소년의 날」 전문

이 시의 시공간적 배경은 "풋보리 기름진 밭"과 "배추꽃 피어 널린
두던"이 있는 봄날의 자연이고 그 안에서 자연스럽게 대상에 연정을
품은 한 소년의 "행복"감이 표현되고 있다. 한 인간의 생애 전반기에
나타나는 사랑의 마음은 신이 인간에게 부여한 조화와 질서 안에서
자연스럽게 도드라지는 감정이라 할 수 있을 것이다. 청마는 육체적
대상으로서의 목적론적이고 인위적인 사랑이 아닌, 순진무구한 사
랑의 태도에서 순수 자아의 모습을 상상하고 그로부터 존재 구원의
가능성을 발견하고자 한다.

특히 사랑은 청마의 시작 동기이자 인간을 허무로부터 구원하게
하는 가능성[57]으로 그에게 예찬되고 있다. 앞에서 인용했던 「행복」은
사랑의 행복감을 주제로 하고 있는 청마 유치환의 대표적인 작품으
로 꼽히고 있다. 이 시는 천상과 지상의 연결("에메랄드빛 하늘이 환
히 내다 뵈는")뿐 아니라 수평적인 공간 이미지("행길을 향한 문", "의
지 삼고 피어 흥클어진 인정의 꽃밭")를 그려내고 있다.[58] 많은 연애

• • •

57 "간혹 젊은이들에게서 詩人이 된 동기가 뭐더냐는 물음을 받는 수가 많습니다. 그럴 때마
다 나는 서슴치 않고 연애일 게라고 대답합니다." 앞의책, 333쪽.
58 손남훈, 「청마 유치환 시의 초월 의식 연구」 『동남어문학회』 동남어문논집 44, 2017, 125쪽.

시들은 "사랑하는 이와 나란히" 있는 순간을 묘사할 때, 주위의 모든 존재는 휘발되고 오직 사랑하는 이와 그를 바라보는 자아 둘만의 시공간을 주로 정립한다. 그 외의 것들은 무가치하거나 부차적인 것으로 여겨져 둘 사이의 공간 안에 틈입하기 어렵기 때문일 것이다.

> 사랑하는 이와 나란히/ 이 버찌나무 아래 우러러 서니/ 머리카락 목덜미 간지리는/ 먼 산 눈녹이 바람의 상기 쌀쌀한 결에도/ 아런아런 몸기척이 오고 있어라.// 그렇게 조여 붙었던 것이/ 이제 완연 너그러움 풀려 드는 하늘 아래/ 가지마다 도톰히 눈뜨려는 움들/ 하나 여릿여릿 먼동이 틀어 오는 양/ 즐거운 홍성거림 소리도 들리는듯 하여라.// 사랑하는 이와 어깨에 손 얹고/ 이 버찌나무 아래 나란히 서니/ 아아 기약하던 그 봄이/ 시방 설빔 입고/ 화안히 환히 오고 있어라.
>
> 「寒樓」 전문

그런데 이 시의 화자는 "사랑하는 이와 나란히", "사랑하는 이와 어깨에 손 얹고" 사랑의 기쁨을 만끽하고 있으면서도 외부 사물에 시선을 멈추지 않는다. "버찌나무", "먼 산 눈녹이 바람", "너그러움 풀려 드는 하늘", "가지마다 도톰히 눈뜨려는 움", "홍성거림 소리" 등이 그것이다. 사랑하는 이의 얼굴이 아닌, 그와 함께 하는 시간적·공간적 배경을 면밀히 관찰하고 있으니 일반적인 연애시에서 나타나는 화자의 태도와는 분명 다르다.

청마의 이러한 시각과 태도는 사랑을 단순히 둘 사이에서만 존재하는 이자적(二者的) 관계로 보고 있지 않다는 사실을 잘 보여준다. 오히려 이 시는, 연인들의 시공간 속에 "봄"이 틈입함으로써, "기약"은 이루어지고 사랑이 완성되어 가고 있음을 은근히 드러내고 있다. 겨울이 지나가면 봄이 오는 것이 자연(=신)의 섭리이듯, 연인 사이의 사랑도 자연스러운 인간 감정의 발로다. 이 시의 화자는 연인의 눈(目)이 아니라 화자와 연인 주변의 봄이 오는 풍경과 소리를 보고 들음으로써 신의 섭리를 은연 중에 깨닫고, 자신들의 사랑 또한 그러한 섭리 가운데 이루어지고 있음을 보여주고 있다. 그리하여 화자와 연인의 사랑은 단지 인간적인 범주 아래 머무는 이자적 관계의 사랑이 아니라 천상의 신적 질서가 부여된 절대적이고 순수한 사랑으로 승화되고 있는 것이다.

사랑하는 것은/ 사랑을 받느니보다 행복하나니라/ 오늘도 나는/ 에메랄드빛 하늘이 환히 내다뵈는/ 우체국 창문 앞에 와서 너에게 편지를 쓴다.//(중략) 사랑하는 것은/ 사랑을 받느니보다 행복하나니라//

오늘도 나는 너에게 편지를 쓰나니/ 그리운 이여 그러면 안녕!// 설령 이것이 이 세상 마지막 인사가 될지라도/ 사랑하였으므로 나는 진정 행복하였네라.//

「행복」 전문

청마 유치환의 「행복」은 대표적인 시조 시인으로 알려져 있는 이영도(1916~1976)를 향한 사랑을 담은 연가이다.

이 시를 중, 고등학교 시절 누구나 한번쯤은 읊어보지 않았을까. 누군가를 향한 가슴앓이는 시 속의 화자가 되어 시인의 마음으로 가슴 한 켠이 뭉클해짐을 느낀다. 그 당시에는 이 시가 어떤 의미를 담고 있는지 잘 알지 못했지만 싯말이 너무 좋아 소리 내어 읊었던 기억이 난다. 아마 모두들 나와 같은 마음이지 않았을까 싶다. 필자는 오랜 시간이 지나서야 「행복」이란 시가 사랑하는 이(이영도)를 향한 연가라는 알게 되었고 이후 유치환이 싯말을 통해 사랑을 전달하려는 마음이 어떤 것이었는지 더욱 공감하게 되었다.

유치환이 이영도를 만나게 된 것은 그녀가 통영여중의 교사로 부임하면서부터였다. 유치환은 이영도와 통영여중에 함께 재직(1945.10~1953.5)하게 되면서 그녀를 사랑하게 된다. 남편을 결핵으로 잃은 이영도는 문단에서 촉망받는 29살의 여류 시인이었다. 이영도의 시조들은 그녀 자신이 남편과 같은 결핵을 앓았을 때 느꼈던 정서들을 노래한 것들로 이루어져 있다. 그리고 훗날 이영도는 정제된 가락으로 현대시조의 현대화에 새로운 지평을 열었던 것으로 평가받고 있다.

사랑하는 정운!

어제 마산으로 가셨다니 오늘 돌아올 리 없음을 알면서도 다시 세 차례를 당신의 창이 바라다 보이는 길을 일부러 지나쳐보았으

나, 여전히 창에는 창장(窓帳)이 드리운대로 있더군요. 그 창장이
드리워진 것이 어린 때 어떤 일가집에서 본 죽은 이의 얼굴을 가
린 수건을 연상케 하는 것이었습니다. 그렇게 한 겹 포목이 커다
란 의미를 표백(表白)하는 것인 줄을 어찌 누가 짐작이나 하였겠
습니까? …(후략) [59]

청마 유치환은 1967년 교통사고로 세상을 떠나기 전까지 하루도
빠짐없이 이영도에게 연서를 보냈다. 그 분량은 5,000여 통에 가까
워서 사과상자 세 상자를 채울 만큼의 많은 양이었다고 한다. 유치
환은 "에머랄드빛 하늘이 환히 내다뵈는 우체국 창문 앞에 와서" 이
영도에게 편지를 쓰면서 "사랑하는 것은 사랑을 받느니보다" 행복하
다고 그 사랑의 기쁨을 다시금 되뇌이었다.

유치환이 세상을 떠난 후 그의 편지는 『사랑했으므로 행복하였네
라』(중앙출판공사 1967)로 묶여 출간이 된다. 『사랑했으므로 행복하
였네라』에 수록된 편지글은 1952년부터 시작되었지만 안타깝게도
1946년부터 1950년까지의 초기의 편지는 한국전쟁 때 불태워져 소
실되었다고 한다. 5000여 통에 가까운 분량의 연서 중에서 200통만
을 간추려 『사랑했으므로 행복하였네라』가 발간이 된다. 유치환은
사랑의 감정을 순수하고 보배롭게 생각했다. "이렇게 고운 보배를
나는 가지고 사는 것이다. 마지막 내가 죽는 날은 이 보배를 밝혀 남

. . .

59 이영도·최계락 엮음, 『사랑했으므로 행복하였네라』, 중앙출판공사, 1995, 155쪽.

기리라"는 의지로 그리움을 달래고 있다. 이 그리움의 정서는 「그리움」이란 시를 통해 나타나고 있다.

파도야 어쩌란 말이냐/ 파도야 어쩌란 말이냐/ 임은 뭍 같이 까딱 않는데/ 파도야 어쩌란 말이냐/ 날 어쩌란 말이냐

「그리움」 2 전문

위의 시는 청마가 이영도를 향해 목놓아 부른 그리움의 절창(絕唱)이라고 알려져 있다. 여기서 파도는 청마 자신, 뭍은 이영도에 대한 알레고리로 볼 수 있다. 그만큼 청마는 열정적으로 이영도를 향해 파도처럼 자신의 감정을 쏟아 부었다. 하지만 이영도는 뭍처럼 끄덕도 하지 않는다. 이렇듯 감정의 흔들림이 없는 절제된 태도 속에서 더욱 애간장이 타는 것은 파도일 수밖에 없다. 화자의 내면에서 솟구쳐 오르는 고통이 '파도'와 동일시되면서 화자는 "파도야 어쩌란 말이냐"라는 말만을 반복하고 있다.

이 주체할 수 없는 사랑의 감정은 인간 삶의 역동성을 형성시키는 동인으로 작용하기도 하지만 그 사랑의 대상이 영원히 성취될 수 없는 것일 때는 심각한 상처와 절망을 불러일으키는 이유가 될 것이다. 그리움의 정서는 기대와 절망의 중간 지대에 위치하면서 절망쪽으로 더 다가서려고 하는 내면구조를 보이고 있음에 주목할 필요가 있다. 뭍(육지)처럼 까딱하지 않는 "임"의 존재에 대해서 화자는 더욱 애타게 갈구하는 동시에 심각한 좌절감을 느끼고 있는 것이다.

"임"의 부동성에 대한 진술이 나타난 한 개의 행(3행)을 제외하고는 이 시가 깊은 탄식으로만 구성되어 있는 점은 화자의 절망과 좌절이 심각한 지점에 다다르고 있음을 보여준다.[60]

「그리움」이란 시는 부재한 사랑에 대한 정서의 표현이다. 잃어버린 사랑, 그러나 꽃처럼 어디에서건 눈에 뜨일 사랑하는 사람의 얼굴과 결부되어 있는 마음을 흐느끼고 있다.

오늘은 바람이 불고

나의 마음은 울고 있다.

일찍이 너와 거닐고 바라보던 그 하늘 아래

거리이언마는

아무리 찾으려도 없는 얼굴이여

바람센 오늘은 더욱 너 그리워

진종일 헛되이 나의 마음은

공중의 깃발처럼 울고 있나니

오오 너는 어디메 꽃처럼 숨었느뇨

「그리움」 전문

유치환은 감정의 꾸밈이 없이 자신의 감정을 직접적인 시어로서 표현해 내고 있다. 유치환의 시에 있어서 사랑은 님과 함께 하는 자

· · ·

60 후기시인 파벽(破壁)에 나타난 "바람"은 그리움 2에 나타난 '파도'의 변신이라고 할 수 있다. 화자는 이 시에서 바람을 여섯 번씩이나 호명하고 있다.

의 기쁨이 아니라 항상 남으로부터 홀로된, 남과 합일할 수 없는 자의 아픔에 관한 이야기를 담고 있다. 홀로 된다는 것은 위에서 인용된 「그리움」이란 시처럼 한때 이루어졌으나 그후 이별에서 오는 것일 수 있고 아직 이루어지지 않은 상황에서 오는 것일 수도 있다. 그러므로 그의 사랑의 시는 항상 안타깝고 슬프다.

　유치환의 대부분의 시가 사랑하는 이에 대한 기다림과 그리움을 내용으로 하는 것도 이 때문이다. 유치환의 대부분의 시들이 화자는 떠나고, 떠나간 님을 그리워하는 내용을 담고 있다. 이처럼 유치환은 사랑을 부르는 마음으로 시인의 혈류 깊은 곳에 뜨겁게 흐르는 순정에 바탕한 것이라 할 수 있을 것이다.

통영의 볼 거리[61]

유치환의 '깃발' 시비

주소 : 경상남도 통영시 남망공원길 29 (동호동)

관리기관 : 관광안내소

문의전화 : 055-650-0580, 2570

남망산공원 입구 오른쪽 언덕배기에 자리 잡은 남망산야외조각공원과 코발트빛 통영 앞바다를 함께 감상하며 몇 발을 더 떼면 왼쪽으로 윤이상을 기리는 통영국제음악제의 산실 역할을 톡톡히 하고 있는 시민문화회관이 있다. 구 무형문화재 전수회관을 조금 지나면 산 정상으로 오르는 길과 초정시비로 가는 길의 갈림길이 나온다. 동백꽃과 여러 종류의 수목을 배경 삼아 청마 유치환의 대표시라 할 수 있는 시비가 깃발처럼 서 있다. 보기에 따라 깃발 같기도 하고 떠가는 구름 같기도 하다. 그가 늘 오르내리며 시심을 키웠던 이 언덕

61 https://www.utour.go.kr 참조

에 충무청년회의소가 1974년 9월에 세운 것이다. 시인이 1967년 2월에 작고하였으니 그의 사후 7년 만에 세운 시비이다. 통영 사람들의 그에 대한 사랑의 농도를 알 만하다.

유치환 생가

주소 : 경상남도 통영시 동문로
9(태평동)
관리기관 : 관광안내소
문의전화 : 055-650-0580, 2570

모든 것을 선의로 해석하고 남달리 꿋꿋한 정의감과 유머감각의 정신의 소유자 청마는 1908년 7월 14일 통영시 태평동 552번지에서 한의를 하는 아버지 유준수와 후덕스럽고 인자하고 예술적인 기질의 어머니 박우수와의 사이에서 5남 3녀 중 차남으로 태어난다.

그가 태어난 생가는 도로 확장으로 인해 철거 되었으며 그 자리에는 '통영누비'라는 상호의 가게가 있고 그 맞은편에는 '영수당한의원'이 있다. 청마문학관에 당시의 모습 그대로의 원형을 복원해 놓았다.

청마 거리의 '향수'와 '행복' 시비

주소 : 경상남도 통영시
세병로 5 (중앙동)
관리기관 : 관광안내소
문의전화 : 055-650-0580,
2570

청마 유치환 「향수」 시비

통영시에서 시내 주 간선도로를 4차선으로 확장하면서 중앙로와 청마거리 사이의 삼각형 자투리 공간을 소공원으로 꾸미고 그 자리에 「향수」 시비를 세웠다. 시비 주변에는 시민들이 쉬어갈 수 있도록 나무를 심고 의자를 비치해 놓았다. 다른 도시 같았으면 그런 조그마한 크기의 쓸모없는 땅에는 기껏해야 관상용 꽃으로나 치장해 놓는데 통영은 발상부터가 예향답다. 예향 통영에서 공무원을 하려면 미적 예술적 감각을 지니지 않으면 힘들겠다는 생각이 든다. 중앙동 우체국 앞의 「행복」 시비와 지근거리에 있는 「향수」 시비는 「행복」과는 다른 느낌을 주는 시다.

청마 유치환 「행복」 시비

사랑하는 한 여인에게 5천 여통의 편지를 부쳤다는 우체국이 있었고 그것이 사실이라 한다면 편지를 쓴 사람이나 받은 상대방, 부친 우체국 모두 다 기네스북에 등재될 만큼 세인의 관심사임에 틀림없었을 것이다. 그런 엄청난 일을 한 시인이 있었다. 그 이름은 청마 유치환. 그를 가리켜 우리는 편지의 시인이라고 부른다. 우리나라는 물론이고 전 세계에서도 유례를 찾아보기 힘든 사건이 아닐 수 없다. 얼마나 사랑이 간절하고 절절했기에 5천여 통의 사랑의 편지를 썼을까. 우체국과 관련하여 시비가 있는 것도 그리 흔치 않은 일이다.

그러나 통영에 오면, 통영 중앙동우체국에 오면 출입구 왼편에 큰 책을 펼쳐 놓은 모양에 어린아이 키 크기의 화강석에 새겨 놓은 청마의 시가 있다. 청마의 행적을 찾아서 통영을 오고간 사람들이 만져서 손때가 묻은 청마의 「행복」 시비가 있다.

청마거리

주소 : 통영중앙우체국 주변
관리기관 : 관광안내소
문의전화 : 055-650-0580, 2570

우리나라 대표적인 문학가인 청마 유치환 시인의 문학정신을 기리고 선생의 작품 활동의 배경을 중심으로 한 일정한 장소를 특성화하여 문학 애호가들의 탐방코스는 물론 이곳 지역만이 갖는 문화시설로 가꾸어 관광자원화하기 위하여 2001. 2월 청마거리로 지정 각종 조형물(안내 표지판 등)을 설치 관리하고 있다.

무형문화재

1) 통영오광대

관리기관 통영오광대보존회
소 재 지 : 경상남도 통영시
멘데해안길 205
통영예능전수관 (정량동)
문화재지정 국가무형문화재
제6호(1964. 12. 24.)
지 정 일 : 2012년 2월 2일
예능보유자 : 김홍종 (명예보유자 : 구영옥, 김옥연)
문 의 처 : 통영오광대보존회 055-648-4442

오광대란 이름은 다섯광대 즉 다섯의 가면을 쓴 등장인물이 연희하는 놀이란 뜻이다. 통영오광대는 모두 5과장으로 구성되어 있는

데 각기 주제가 다르게 구성되어 있다. 계급 차별이 극심했던 조선 조 후기, 양반의 횡포에 대한 울분을 해학과 풍자로 승화시킨 가면 극으로, 경상남도(慶尙南道)에는 낙동강(落東江)을 중심으로 옛 경 상좌도(慶尙左道)지역인 동쪽 지방에 들놀음(野遊)이라는 놀이가 전승되어 왔고, 경상우도(慶尙右道)지역인 서쪽 지방에는 오광대 (五廣大)라는 탈놀음이 전승되어 왔다.

이 오광대를 분포지역으로 보아서 영남형(嶺南型) 혹은 남부형(南 部型)탈놀음으로 분류하기도 하고, 그 계통을 따져서 산대도감계통 (山臺都監系統)탈놀음이라고도 하고, 조선시대 도시 발달을 배경으 로 형성된 것이라고 도시(都市)탈춤이라 갈래짓기도 한다. 오광대 는 떠돌아 다니며 놀이를 하여 돈을 버는 전문적인 연희집단이 죽 (竹)방울받기, 풍물(風物), 줄타기 등 여러 가지 놀이와 함께 공연하 였던 예인오광대(藝人五廣大)와 놀이에 비전문적인 농민, 상인, 혹 은 하급관리 같은 그 지방의 주민들이 명절날 혹은 좋은 날을 택하 여 모여서 노는 토착오광대(土着五廣大)로 나누어진다.

각 과정별 내용을 보면, 제1과장은 문둥이 탈로서 문둥이의 생태 와 한(恨)을 표현하면서 양반이 선대에 죄를 지어서 문둥이가 되었 다고 하여 양반 풍자적인 요소가 가미된 것이 특징이며, 제2과장은 풍자탈로서 양반계급에 대하여 말뚝이가 직접적으로 신랄하게 비판 하는 과장이며, 제3과장은 영노탈로서 파계승에 대한 풍자와 양반의 비굴성과 교활성을 나타내고 있으며, 제4과장은 농창탈로서 처첩관 계에서 야기되는 가정비극을 표현하고 있고, 제5과장은 포수탈로서

축사연상의 사자춤으로 마감된다.

2) 승전무

관리기관 승전무보존회
소 재 지 : 경상남도 통영시
　　　　　멘데해안길 205 통
　　　　　영 예능전수관(정
　　　　　량동)

문화재지정 국가무형문화재 제21호(1968. 12. 21.)
지 정 일 : 1996년 3월 11일
예능보유자 : 한정자, 엄옥자
문 의 처 : 승전무보존회 055-645-5837

승전무는 임진왜란 때 승전 축하와 장종들의 사기를 북돋우거나
노고를 위로하기 위하여 추어졌으며, 북춤과 칼춤으로 구성되어 있
다. 북춤은 고려조 충렬왕 때부터 조선조 말엽까지 이어져 온 궁중
무고형으로 통제영의 각종 의식이나 이충무공의 제례에 헌무 되어
왔다. 북춤은 가운데에 북을 놓고 원무 4인이 동서남북으로 나뉘어
북을 올리며 창을 하고 춤을 추면서 돌고 협무 12인이 외곽을 에워
싸고 돌면서 창을 한다. 칼춤은 신라시대 때부터 가면을 쓰고 양손
에 칼을 쥐고 추던 춤으로서, 조선조에는 기녀무로 변형되어 오다가

임진란 당시 북춤과 함께 추게 되었다. 승전무가 처음 중요무형문화재로 지정된 1968년에는 「북춤」만 지정되었으나, 1987년 「칼춤」도 추가로 지정되어 지금의 승전무로 완성되었다.

통영 축제

1) 통영연극예술제

주소 : 경상남도 통영시 남망
　　　공원길 29 (동호동) 통
　　　영시민문화회관
관리기관 : 통영시, 통영연극
　　　예술축제위원회
문의전화 : 055-645-6379

건축연도극단벅수골1981년/통영시민문화회관 1997년

이용시간 : 10시10분 ~ 21시30분

홈페이지 : http://ttaf.kr

바다의 땅 통영은 명실상부한 '예향'으로서의 가치를 바탕으로 시민, 관광객들에게 연극 예술의다양성을 접하게 하여 즐기는 예술, 참여하는 예술, 생활 속의 예술로 다가가고자 한다. 이를 실현하고자 하는 대표적인 실천이 바로 〈통영 연극 예술제〉이다. 〈통영 연극 예술제>는 관광통영(Tour City)과 예술 통영(Art City)의 조화를 이끌어 내어 시민들과 관광객들의 문화관광적 욕구를 충족시키는 축제이다.

2) 한산대첩축제

주소 : 경상남도 통영시 중앙로 65 (재)한산대첩기념사업회)

관리기관 : (재)한산대첩기념사업회

문의전화 : 055-644-5222

홈페이지 : http://www.hansanf.org/

통영에서는 매년 8월 중순이면 한산대첩을 승리로 이끈 이순신 장군의 구국정신을 기리는 통영한산축제가 열리고 있다. 올해는 2022. 08. 05 ~ 2022. 08. 14까지 10일 간의 일정으로 진행되었다.

그 대표적인 행사로는 <삼도수군 군점 및 삼도수군통제사 이순신 장군 행렬>가 있다. 이 행렬은 조선시대 300여 년간 삼도수군의 군사훈련 전 행해졌던 군사 점호를 재현한 것으로 조선수군의 복장과 무기, 깃발 등을 갖춘 행렬을 감상할 수 있다. 그밖에도 <통영 거북선 노젓기대회>, <한산대첩 재현> 등 다양한 프로그램들이 있다.

아픈 몸이 아프지 않을 때까지 가자

- 김수영 문학관 -

김진기

chapter 1

그림자를 의식하지 않는 얼굴

요즘 독자들 중 김수영 시인을 아는 사람이 얼마나 될까. 왜냐하면 그가 산 시대가 우리가 살고 있는 지금 이 시대와 너무나 멀리 떨어져 있기 때문이다. 더더구나 요즘에는 시나 소설과 같은 문학이 영화나 드라마와 같은 영상문화에 가려져 그것들이 애초에 갖고 있었던 매력이 점점 더 빛을 잃어 가고 있다. 그것은 우리 주변의 빛이 강렬하면 강렬할수록 저 멀리 밤하늘의 찬란한 별들은 상대적으로 그 빛을 잃게 되는 것과 같은 이치라 할 수 있다.

그렇지만 그럼에도 불구하고 저 너머 밤하늘을 수놓았던 눈부시게 빛나던 몇몇 별들은 우리 주변의 밝은 빛들에도 불구하고 아직도 살아남아서 우리의 뇌리에 깊게 남아 있다. 이상화, 임화, 이기영, 한설야, 이태준, 이육사, 염상섭, 윤동주, 백석, 신동엽, 박경리 등 크고 빛나던 우리 문학사의 별들을 떠올릴 수 있는데 그 속에 김수영 또한 큰 별로 자리잡고 있음은 물론이다.

김수영 하면 먼저 그의 얼굴이 떠오른다.

김수영의 사진은 매우 독특한 매력을 갖고 있는데 그 매력의 이유는 어디에 있을까. 아마도 그 매력은, 그 얼굴에, 그가 자신의 시론에 적어놓은 것처럼, 그림자가 없기 때문이 아닐까.

그는 자신의 시론 「시여 침을 뱉어라」에서 "시는 온몸으로, 바로 온몸을 밀고나가는 것이다. 그것은 그림자를 의식하지 않는다. 그림자에조차도 의지하지 않는다"고 했다. 그의 사진에서 느껴지는 그 매력은 그림자를 의식하지 않은, 온몸의 행동에서 나온 것 같다.

그림자가 유독 많았던 청년 시절의 나에게, 이 그림자를 의식하지 않으려 했던 시인의 시와 사진과 산문들의 표정은 너무나 감동적이었다. 김수영이 있었기에 자의식이 강하고 우울했던 청년 시절을 그나마 감당해 나갈 수 있지 않았을까. 생각해 보면 새삼 뒤늦게나마 그의 삶에 고마움을 표하고 싶다.

김수영 탄생 100주년

김수영 문학관은 도봉구 방학동에 위치해 있다. 지하철 4호선을 타고 쌍문역에서 내려 2번 출구로 나가면 마을버스 06번이 있다. 문학관까지는 한 15분가량 걸린다.

이 문학관은 2013년 11월 27일 도봉구에서 건립한 공립문학관으로서 도봉구의 문화예술에 대한 관심이 어떠한가를 잘 말해주고 있다. 면적 1201.67㎡에 5층 건물로 지어진 이 문학

김수영문학관 전경

관은 당시 구청장이었던 이동진의 노력 없이는 건립되기 힘들었다는 점에서 그의 노력은 참으로 값지다고 할 수 있다.

김수영이 작고 직전까지 마포에 살고 있었긴 하지만 당시 그의 본가가 도봉구에 있었고 또 거기엔 그의 시비와 묘소가 있었으며 그의 유족들도 살고 있었다. 당시 도봉의 사진과 김수영의 유품들도 그의 누이동생 김수명과 그의 아내 김현경에게서 다수 확보할 수 있었으니 건립하려고 마음만 먹는다면 충분히 건립할 수 있었던 형편이었다. 그래도 구슬이 서 말이어도 꿰어야 보배이듯이 이동진의 노력 없이는 쉽지 않았다는 점에서 그의 노고를 아무리 강조해도 지나치지 않을 것이라 여겨진다. 요즘 지방자치단체의 장들은 청년들의 실업난 해소를 위해 경제적 차원에서의 지원에 급급한 나머지 문화의 측면에서는 다소 소홀하다는 말도 있는데 그에 비하면 이동진의 노력은 매우 소중한 가치가 있다.

건물 1층 현관 앞에는 김수영 탄생 100주년을 기려 <폐허에 폐허에 눈이 내릴까>라는 주제로 시그림전 개최를 알리는 입간판이 세워져 있다. 그리고 보니 올해가 김수영 탄생 100주년

김수영 「풀」 시비

이 되는 해이다. 김수영 시인이 1921년에 태어났으니 꼭 100년이 되는 셈이다. 탄생 100주년을 기려 문학관에서는 이외에도 음악이나 무용, 강연 등 다양한 행사가 준비되고 있다.

현관을 들어서면 먼저 시인의 연보가 쫙 펼쳐져 있다. 이 1층에는 제1전시실, 수장고, 사무실, 낭송 녹음실이 있고 2층에는 제2전시실, 영상 코너, 시인의 서재, 독서대 등이 있다. 3층에는 문

1층 전시실 내부

학도서관이 꾸며져 있고 4층엔 강당, 그리고 옥상엔 옥상 정원이 있다. 그러니까 1, 2층은 김수영 문학관으로 사용하고 있고 3층부터는

주민을 위한 공간이라고 할 수 있겠다.

> 풀이 눕는다
> 비를 몰아오는 동풍에 나부껴
> 풀은 눕고
> 드디어 울었다
> 날이 흐려서 더 울다가
> 다시 누웠다
>
> 풀이 눕는다
> 바람보다도 더 빨리 눕는다
> 바람보다도 더 빨리 울고
> 바람보다 먼저 일어난다
>
> 날이 흐리고 풀이 눕는다
> 발목까지
> 발밑까지 눕는다
> 바람보다도 늦게 누워도
> 바람보다 먼저 일어나고
> 바람보다 늦게 울어도
> 바람보다 먼저 웃는다
> 날이 흐리고 풀뿌리가 눕는다

「풀」 전문

문학관 1층 입구에는 제일 먼저 그의 대표작 「풀」이 벽면을 커다랗게 장식하고 있다. 아무래도 그의 말년의 대표작이므로 그의 작품의 최종 기착지로서 의미가 있기에 그러했을 것이다.

조금 더 걸어가다 보면 김수영 시인의 육필원고가 소중하게 보관되어 있다. 문학관에는 김수영 시인의 육필원고가 아주 많이 전시되어 있다. 김수영 시인을 좋아하는 독자들은 김수영 시인의 친필 원고를 직접 볼 수 있는 즐거움을 맛볼 수 있을 것이다. 원고를 보면 시인이 초고를 대폭 수정한 교정 부호가 수두룩한데 그만큼 완벽을 기하는 시인의 자세를 엿볼 수 있다는 점에서 중요한 자료라 하겠다.

벽면을 따라가면서 김수영의 연보가 적혀 있는데 연보의 군데군데마다 그의 산문에서 발췌한 유명한 문장들이 나열되어 있다.

맨 앞에 「실험적인 문학과 정치적 자유」에서 발췌한 그의 유명한 표현, "모든 전위문학은 불온하다. 그리고 모든 살아있는 문화는 본질적으로 불온한 것이다.

그것은 두말할 것도 없이 문화의 본질이 꿈을 추구하는 것이고 불가능을 추구하는 것이기 때문이다"가 인용되어 있다. 그리고 끝에는 「요즈음 느끼는 일」에서 발췌한 "사랑은 호흡입니다. 사랑은 눈에 보이지 않습니다. 사랑이 순결하면 순결할수록 더 그렇습니다. 기도가 눈에 보이지 않듯이 사랑도 눈에 보이지 않습니다. 우리 사회에서는 사랑을 갖지 않은 사람들의 자유가 사랑을 가진 사람들의 자유를 방종이라고 탓하고 있습니다. 이러한 사회에는 자유가 없습니다"가 배치되어 있다.

문학관을 가득 채우고 있는 전시물들마다 김수영의 대표시와 산문들을 배치하고 있어 김수영의 문학이라는 아우라 속에서 그의 문학을 이해할 수 있게 해놓고 있다. 「공자의 생활난」, 「너를 잃고」, 「달나라의 장난」, 「푸른 하늘을」 등의 시들과 「시인이 겪은 포로생활」, 「저 하늘 열릴 때」, 「모기와 개미」, 「생활현실과 시」, 「제 정신을 갖고 사는 사람은 없는가」 등의 문장들이 관람하는 독자들에게 여기가 김수영의 세계임을 새삼 일깨워 주고 있다.

뿐만 아니라 김수영에 대한 평이나 감상을 적은 유명한 동료, 또는 선후배 문인들의 글도 요소요소를 가득 채우고 있어 그가 얼마나 주목받는 시인인가를 잘 보여주고 있다.

김수영 시인 연보

재미있는 것은 단순히 수동적으로 관람만 할 것이 아니라 관람객들이 적극적으로 참여할 수 있는 코너들을 몇 가지 설치해 놓았다는 점이다. 〈김수영 시를 읽고서〉라는 코너는 김수영의 시를 읽고 난 뒤의 감상을 적어 주면 그것을 전시관 한쪽에 전시해 주는 곳이다. 관람객들은 전시해 놓은 다른 관람객들의 감상문장들을 감상하면서 자신의 감상도 덧붙여 놓을 수 있다. 또한 벽면에 김수영 시에 자주 등장하는 시어들을 모아서 나무판에 걸어 놓은 〈시작〉이라는 코너도 있다. 그 시어들을 활용해서 자신만의 시를 써보라는 것이다. 그렇게 해서 제출하면 그것을 홈페이지에 올려 즐거운 추억을 만들어주자는 기획일 것이다.

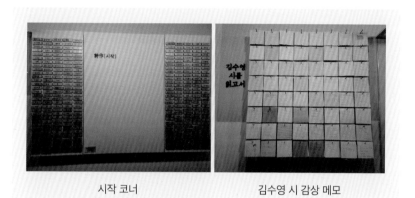

시작 코너   김수영 시 감상 메모

그밖에 김수영 문학관에는 수많은 김수영 문학 관련 논문실이 있고 그의 시집, 번역서, 시인의 이름을 기려 만든 김수영 문학상 수상자 등 그와 관련한 많은 코너가 개설되어 있으니 감상만이 아니라 연구자들도 많이 찾아오고 있는 실정이다.

chapter 2

자유의 문학

김수영의 문학은 흔히 '자유의 문학'이라고 일컬어진다. 아마도 4·19혁명을 기점으로 하여 그의 문학세계가 급격하게 변모했기 때문에 그럴 것이다. 그렇지만 자유의 문학이라고 단언해 버리기에는 석연치 않은

채만식의 『탁류』 초판본

점도 있다. 왜냐하면 그의 아내 김현경은 김수영의 사상을 사회주의에 가깝다고 했기 때문이다. 아마도 그래서 한국전쟁 때 소극적이나마 의용군으로 북으로 올라갔을 것이다. 그렇지만 김수영은 채만식이 그랬듯 천성적으로 집단생활이 자신의 생리에는 맞지 않았던 것으로 보인다. 채만식이 일제 강점기에 소위 동반자 작가였다는 사실은 다들 알 것이다. 동반자 작가란 카프에 소속되지는 않았지만 카프의 이념에는 동조했던 일단의 작가들을 말한다. 카프란 1925년에 조직되어 1935년 해산계를 제출할 때까지 일제 치하 최대의 문단조

직이었다. 그들은 문학이 사회적 책무를 다해야 한다고 생각했는데 그 책무란 사회주의사회 건설의 의무를 말한다.

채만식은 초창기부터 사회주의 지향의 소설을 썼고 식민지 최대의 작품 중 하나라는 「탁류」에서도 자신의 그런 사상의 일단을 보인 바 있다. 그렇지만 그는 카프에 가담하지는 않았는데, 왜냐하면 그는 누구보다도 결벽증이 심하였기 때문이다. 결벽증이란 강한 개별성의 다른 이름이어서, 개별성을 약화시켜야 할 집단의 생활과는 맞을 수가 없었던 것이다.

김수영 또한 사상적으로는 사회주의를 지향했을지 몰라도 체질적으로 조직에 적응해 살 스타일은 아니었다. 그것이 그의 삶 어디에서부터 연원했는지 알 수는 없지만, 어쨌든 중요한 것은 그가 자유주의적 삶 속에서 사회주의를 지향했다는 것 자체가 김수영 문학의 특징에 해당한다고 할 수 있다.

그랬을 때 「달나라의 장난」에서 "너도 나도 스스로 도는 힘을 위하여/공통된 그 무엇을 위하여 울어서는 아니된다는 듯이"라는 싯귀의 의미를 제대로 이해할 수가 있다. '스스로 도는 힘'이 개별성을 의미한다면 '공통된 그 무엇'은 개별성들 전체 조화를 의미한다고 볼 수 있기 때문이다.

팽이가 돈다.
어린아해이고 어른이고 살아가는 것이 신기로워
물끄러미 보고 있기를 좋아하는 나의 너무 큰 눈 앞에서 아해가 팽이를 돌린다.

살림을 사는 아해들도 아름다웁듯이

노는 아해도 아름다워 보인다고 생각하면서

손님으로 온 나는 이 집 주인과의 이야기도 잊어버리고

또 한 번 팽이를 돌려주었으면 하고 원하는 것이다.

도회 안에서 쫓겨다니는 듯이 사는

나의 일이며

어느 소설보다도 신기로운 나의 생활이며

모두 다 내던지고

점잖이 앉은 나의 나이와 나이가 준 나의 무게를 생각하면서

정말 속임 없는 눈으로

지금 팽이가 도는 것을 본다.

그러면 팽이가 까맣게 변하여 서서 있는 것이다.

누구 집을 가 보아도 나 사는 곳보다는 여유가 있고

바쁘지도 않으니

마치 별세계 같이 보인다.

팽이가 돈다.

팽이가 돈다.

팽이 밑바닥에 끈을 돌려 매이니 이상하고

손가락 사이에 끈을 한끝 잡고 방바닥에 내어던지니

소리 없이 회색빛으로 도는 것이

오래 보지 못한 달나라의 장난 같다.

팽이가 돈다.

　팽이가 돌면서 나를 울린다.

제트기 벽화 밑의 나보다 더 뚱뚱한 주인 앞에서

나는 결코 울어야 할 사람은 아니며

영원히 나 자신을 고쳐가야 할 운명과 사명에 놓여있는 이 밤에

나는 한사코 방심조차 하여서는 아니 될 터인데

팽이는 나를 비웃는 듯이 돌고 있다

비행기 프로펠러보다는 팽이가 기억이 멀고

강한 것보다는 약한 것이 더 많은 나의 착한 마음이기에

팽이는 지금 수천 년 전의 성인과 같이

내 앞에서 돈다.

생각하면 서러운 것인데

너도 나도 스스로 도는 힘을 위하여

공통된 그 무엇을 위하여 울어서는 아니 된다는 듯이

서서 돌고 있는 것인가.

팽이가 돈다.

팽이가 돈다.

『달나라의 장난』 전문

해방과 전쟁, 그리고 시

연보에 따르면 김수영은 1921년 11월 27일 서울 종로구 종로2가 158에서 부 김해 김씨 태욱과 모 순흥 안씨 형순 사이의 8남매 중 장남으로 태어났다. 4세 때인 1924년에 그는 조양 유치원에 들어간 것으로 되어있는데, 이로 보아 김수영은 아주 유복한 집안에서 태어났음을 알 수 있다. 그렇지만 가세는 점차 기울어져 가정형편이 매우 어려워졌던 것으로 보인다. 이에 따라 김수영의 삶은 매우 위태위태했던 것 같다. 무엇보다도 청년기에 겪어야 했던 주거 공간의 빈번한 이전은 안정적 삶에 큰 위해요소가 되었을 것이다.

그는 1941년 일제 말 선린상업학교를 졸업하고 동경으로 유학을 갔으나 연극에만 전념하다가 학병 징집을 피해 귀국하게 된다. 그렇지만 가족이 만주 길림성으로 소개간 것을 알고는 1944년 봄, 가족이 있는 만주로 건너가게 된다. 거기서 일본서 못다 한 연극에의 열정을 마음껏 발휘한 것으로 보이는데 그러나 곧바로 1945년 해방이 됨으로써 다시 서울로 귀국하고 만다. 그렇지만 어쩐 이유인지 김수영은 그때부터 연극을 그만 두고 시창작에 몰두한다. 이에 대해 김수영은 "연극에는 이미 진절머리가 나던 때라"라고 밝히고 있어 새로운 출구를 찾고 있었던 것으로 추정된다.

해방된 그해 김수영은 처음으로 〈예술부락〉에 '묘정의 노래'를 실으면서 문단에 얼굴을 내밀게 된다. 그 당시 쓴 시가 「공자의 생활난」, 「거리」, 「꽃」, 「가까이 할 수 없는 서적」, 「아메리카 타임지」, 「이

(虱)」, 「웃음」 등이다. 1949년 김경린, 임호권, 박인환, 양병식 등과 같이 『새로운 도시와 시민들의 합창』을 내고 거기에 「아메리카 타임지」, 「공자의 생활난」 등을 수록하였다.

  꽃이 열매의 상부에 피었을 때
  너는 줄넘기 장난을 한다

  나는 발산한 형상을 구하였으나
  그것은 작전 같은 것이기에 어려웁다

  국수— 이태리어로는 마카로니라고
  먹기 쉬운 것은 나의 반란성일까

  동무여 이제 나는 바로 보마
  사물과 사물의 생리와
  사물의 수량과 한도와
  사물의 우매와 사물의 명석성을

  그리고 나는 죽을 것이다

「공자의 생활난」 전문

이때 김수영에게 가장 큰 영향을 끼친 사람으로 박인환과 박일영을 들 수 있다. 박인환은 「목마와 숙녀」, 「세월이 가면」 등의 시로 우리에게 매우 잘 알려진 시인이다. 그는 해방기에 마리서사라는 서점을 경영하면서 당시의 모더니스트 시인들과 폭넓게 교유하였다. 1948년에 김병욱, 김경린 등과 동인지 『신시론』을 발간하였으며 전쟁기에는 김규동, 김차영 등과 더불어 〈후반기〉를 결성하기도 하였다. 그는 언제나 시인들의 한복판에서 전위적인 이미지로 중심이 된, 시대의 풍운아이기도 했다.

박인환과 박일영

그렇지만 김수영은 그것이 모두 박일영이라는, 싸인보드나 포스터를 그려주며 생계를 이어가던 초현실주의 화가가 뒤에서 조종해준 조작의 결과라고 맹비난하였다. 김수영은 "인환은 그에게서 시를 얻지 않고 코스튬만 얻었다"고 단호하게 무시하였다. 이에 대해 평자들의 견해가 엇갈리기도 한다. 그러한 김수영의 박인환 무시가 박인환에 대한 열등감의 표현이라는 견해도 있고 그것이 김수영의 분명한 시학적 원칙이라는 견해도 있다. 아마도 김수영의 내면에는 둘다 작용하고 있었을 것이다. 그렇지만 박인환에 대한 비난을 사적인 자리에서가 아니라 지면을 통해 드러낼 때는 보다 엄격한 그의 시학적 기준에 의거해 이루어졌을 것이라 판단된다. 다음의 인용을 음미해 보자.

나는 나의 최근작을 열애한다. 나의 서가의 페이퍼 홀더 속에는 최근에 쓴 아직 미발표 중의 초고가 세 편이나 있다. '식모', '풀의 영상', '엔카운터지'라는 제목이 붙은 시들 - 아직은 부정을 탈 것 같아서 제목도 알리고 싶지 않았는데 - 이 중의 '엔카운터지' 한 편만으로도 나는 이병철이나 서갑호보다 더 큰 부자다. 사실은 앞서 말한 김재원의 '입춘에 묶여온 개나리'를 읽고 나서 나는 한참 동안 어리둥절해 있었다. 젊은 세대들의 성장에 놀랐다기보다도 이 작품에 놀랐다. 나는 무서워지기까지도 하고 질투조차도 느꼈다. 그래서 그달 치의 〈시단월평〉에 감히 붓이 들어지지 않았다. 그런 사심이 가시기 전에는 비평이란 쓰여지는 법이 아니다. 그러다가 그 장벽을 뚫고 나온 것이 '엔카운터지'다. 나는 비로소 그를 비평할 수 있는 차원을 획득했다. 그리고 나는 여유있게 그의 시를 칭찬할 수 있었다. 이것은 내가 '입춘에 묶여온 개나리'의 작자보다 우수하다거나 앞서 있다거나 하는 말이 아니다.

사심이 없어야 타인의 문학을 냉정하게 비평할 수 있다는 이 말은 김수영이 얼마나 원칙에 충실한 시인인가를 잘 보여준다. 그렇다면 김수영에게 있어 박일영은 어떤 존재인가. 박일영은 박인환뿐만 아니라 김수영에게 있어서도 역시 스승의 위치에 있었다고 말할 수 있다. 김수영은 박일영과 관련하여 자신이 그처럼 '철저한 은자'가 되지 못했다는 점에서 "인환이나 마찬가지로 그의 부실한 제자에 불과하다"고 자탄하고 있기 때문이다. 여기서 중요한 것은 '철저한 은자'

라는 말이다. 이 말은 자신을 자꾸 드러내고자 하는 공명심과는 다른 말이다. 박인환이 공명심에 근접해 있었다면 김수영은 그것을 경멸하려는 자리에 존재했다고 말할 수 있다. 김수영이 공명심을 경멸하고 은자의 자리에 가고 싶었다면 그러한 숨김의 미학을 어떻게 설명할 수 있을까.

하이데거적인 실존주의와 문학가동맹

이와 관련하여 김수영은 스스로 해결하고자 하지만 좀처럼 해결되지 않는 세 가지 문제가 있다고 고백한다. 죽음과 가난과 매문이 그것이다. 스스로 아직은 죽음에 대한 구원을 얻고 있지 못함을 한탄하고 있으며 가난한 사람들에 대한 구원도 요원하긴 마찬가지라는 것이다. 그리고 아직도 자신의 산문 쓰기가 원고료를 벌기 위한 매문, 매명행위에 불과하다고 자기를 고문한다.

이 중에서 특히 죽음에 대한 구원은 세상의 공명심을 버릴 수 있는 문제와 깊은 관련이 있다는 점에서 중요하다. 죽음을 염두에 두고 세상을 바라본다는 점에서 하이데거적이고 사르트르적이다. 김수영의 문학은 실존주의와 불가분의 관련성이 있다. 죽음 앞에서 세상의 공명심은 우선순위가 아니다. 공명심을 제거한 죽음 앞의 단독자, 은자 아닌 은자의 모습이다.

물론 이러한 생각도 해방기 당시에는 결코 머리에 떠오르지 않았을 것이다. 이리저리 휩쓸리면서 김수영은 아마도 해방기 전반기의 분위기의 영향을 받아 좌파에 대해 어느 정도 긍정적인 입장을 가졌던 것으로 보인다. 해방이 되자 문학조직을 빠르게 결성했던 부류는 일제 강점기 카프의 멤버들이었다. 그중에서도 1935년 카프 해산에 적극 나섰던 임화, 김남천 등이 기민하게 움직여 조선문학건설본부를 만들었다. 그로부터 한 달 뒤 카프 해산에 소극적이었던 이기영, 한설야 등은 해산에 앞장 섰던 임화, 김남천등을 비판하면서 조선 프롤레타리아문학동맹을 만들었다. 물론 1946년 2월 이 두 단체는 박헌영의 지시에 의해 통합을 하게 되는데 그 통합단체가 조선문학가동맹이다. 이때까지 우파에서는 별다른 세력이 없었다. 1946년 4월에 가서야 김동리가 주축이 되어 조선 청년문학가협회가 만들어졌으니 해방기의 문단의 분위기는 좌파에 의해 좌지우지되었다고 해도 과언이 아닐 것이다.

그렇기에 김수영은 서울에 온 임화 등의 문학가동맹 문인들을 접하면서 인민군을 따라 의용군의 행렬에 가담하게 되었던 것이다. 이에 대해서는 최하림의 『김수영 평전』에 자세하게 기록되어 있다. 그렇지만 이 행렬에서 김수영은 심경의 변화를 일으켜 탈출하게 되는데 그러다가 체포되어 거제도 포로수용소에 갇히게 된다. 이 당시 거제도 포로수용소에서 벌어졌던 반공포로와 친공포로간의 살벌한 싸움은 역사가 증명하는 바이다. 이 속에서 김수영은 반공포로의 위치에 있었을 것으로 보이는데 그렇지만 그 이상의 적극적인 행위는 피했던 것으로 보인다.

「어느날 고궁을 나오면서」라는 시에는 부산의 포로수용소의 제14 야전병원에 있을 때 정보원이 "너어스들과 스폰지를 만들고 거즈를/개키고 있는 나를 보고 포로 경찰이 되지 않는다고/남자가 뭐 이런 일을 하고 있느냐고 놀린 일이 있었다"고 술회하고 있다. 포로 경찰이라는 것은 반공의 자리에서 적극적으로 이데올로기적 행위를 하는 존재라 할 때 그럴 바에는 차라리 "너어스들과 스폰지를 만들고 거즈를/개키"겠다는 김수영의 의지가 잘 나타나 있다.

포로수용소 사진

왜 나는 조그마한 일에만 분개하는가
저 왕궁 대신에 왕궁의 음탕 대신에
50원짜리 갈비가 기름덩이만 나왔다고 분개하고
옹졸하게 분개하고 설렁탕집 돼지같은 주인년에게 욕을 하고
옹졸하게 욕을 하고

한번 정정당당하게
붙잡혀간 소설가를 위하여

언론의 자유를 요구하고 월남파병에 반대하는
자유를 이행하지 못하고
20원을 받으러 세번씩 네번씩
찾아오는 야경꾼들만 증오하고 있는가

옹졸한 나의 전통은 유구하고 이제 내 앞에 정서로
가로놓여있다
이를테면 이런 일이 있었다.
부산에 포로수용소 제14야전병원에 있을 때
정보원이 너어스들과 스폰지를 만들고 거즈를
개키고 있는 나를 보고 포로경찰이 되지 않는다고
남자가 뭐 이런 일을 하고 있느냐고 놀린 일이 있었다.
너어스들 옆에서

지금도 내가 반항하고 있는 것은 이 스폰지 만들기와
거즈 접고 있는 일과 조금도 다름없다
개의 울음소리를 듣고 그 비명에 지고
머리에 피도 안 마른 애놈의 투정에 진다
떨어지는 은행나무 잎도 내가 밟고 가는 가시밭

아무래도 나는 비켜서 있다 절정 위에는 서 있지
않고 암만해도 조금쯤 옆으로 비켜서 있다

그리고 조금쯤 옆에 서 있는 것이 조금쯤

비겁한 것이라고 알고 있다!

그러니까 이렇게 옹졸하게 반항한다.

이발쟁이에게

땅주인에게는 못하고 이발쟁이에게

구청직원에게는 못하고 동회직원에게도 못하고

야경꾼에게 20원 때문에 10원 때문에 1원 때문에

우습지 않으냐 1원 때문에

모래야 나는 얼마큼 작으냐

바람아 먼지야 풀아 나는 얼마큼 작으냐

정말 얼마큼 작으냐……

「어느 날 고궁을 나오면서」 전문

자유는 평등을 향해, 평등은 자유를 향해

반공의 자리에 있을 수밖에 없지만 적극적으로 반공주의자가 되지는 않겠다는 이 의지가 김수영 시의 핵심이 아닌가 판단된다. 내면적인 사회주의와 외면적인 자유주의가 만나는 김수영적 방식을 어떻게 찾을 것인가가 김수영 시의 본질일 것이다. 그것은 철저하게 자신의 안으로 들어가서 자기자신의 확신에 도달했을 때 비로소 가능하다는 점에서 집단주의에 매몰되지 않는 개인주의의 길이다. 그렇지만 그 개인주의의 길이 마침내 집단적 문제의 핵심과 관련될 때 개인적 차원을 넘어서 집단적 삶이 될 수 있다. 개인적 삶 또한 역설적으로 전체주의로 회귀하게 되는 경향이 많다고 할 때 진정한 공동체를 위해서라도 집단에 억압되지 않은 개인의 힘이 필요하다.

철저하게 자신의 안으로 들어가서 자기 자신의 확신에 도달했을 때 자기와 사회가 견고하게 맞물린다는 김수영의 생각에는 탈출과 포로의 전쟁체험이 절대적인 영향을 미쳤을 것으로 판단된다. 죽음에 직면한 이 전쟁의 고통스런 삶 속에서 시인은 무엇을 생각했을까. 어마어마한 공포가 있었을 것이고 이 공포로부터 숱한 피해망상에 사로잡혔을 수도 있다. 시인은 이러한 고통 속에서 세상을 뛰어넘는 죽음 앞에서의 '나'와, 일상에 물들지 않은 순수 세계와의 단둘만의 관계가 형성되었을 것이다. 그리고 그를 사로잡았던 그 무수한 반일상적 각오들이 앞서 말했던 '죽음, 가난, 매문'의 문제를 고민하게 하였을 것이다. 이 문제들로부터의 구원을 끝끝내 해결해야 한다는 의지는 시인이 전쟁의 공포에 결코 지지 않고 마침내 극복하게 됐다는 증거라 할 수 있다.

그렇지만 이러한 삶의 자세는 시인에게 필연적으로 설움을 안겨주게 된다. 세상은 이미 소시민의 세계로 변화하고 있었기 때문이다. 60년대 대표작인 이호철의『소시민』은 50년대 전쟁기의 부산 피란지를 배경으로 하고 있다는 점에서 50년대에 이미 소시민의 문제가 만연해 있었음을 알 수 있다. 김수영 역시 먹고 사는 문제로부터 자유로울 수 없었다. 마포의 구수동에 삶의 터전을 잡았을 때 제일 절실했던 문제가 생계의 문제였던 것이다. 이때 김수영은 생계를 위해 양계를 시작하게 되고 그로부터 생존이 보장되는 절호의 기회를 맞게 된다. 자연과 벗하며 땅을 파고 농사를 지었던 이 시기가 시인에게는 가장 행복했던 시기였던 것으로 보인다.

「여름 아침」이라는 시에서는 별로 마뜩지 않아 했던 아내에 대해서도 매우 누그러진 태도를 보이고 있다.

물을 뜨러 나온 아내의 얼굴은
어느틈에 저렇게 검어졌는지 모르나
차차 시골동리 사람들의 얼굴을 닮아간다
뜨거워질 햇살이 산 위를 걸어내려온다
가장 아름다운 이기적인 시간 우에서
나는 나의 검게 타야 할 정신을 생각하며
구별을 용서하지 않는
밭고랑 사이를 무겁게 걸어간다.

「여름 아침」 부분

시인은 "나는 나의 검게 타야 할 정신을 생각하며"라면서 정신도 수련을 통해 끊임없이 벼려야 한다고 생각하고 있는데 그렇기 때문에 이 검게 탄다는 표현은 매우 긍적적인 표현으로 활용되고 있다.

따라서 검게 탄 동리 사람들도, 그런 동리 사람들을 닮아가는 아내도 매우 긍정적인 존재라 아니할 수 없다.

이 시에서 눈에 띄는 것은 "가장 아름다운 이기적인 시간"이라는 표현과 "구별을 용서하지 않는/밭고랑 사이를 무겁게 걸어간다"라는 표현이다. '가장 아름다운 이기적인 시간 우에서'라는 것은 타인을 전혀 고려하지 않고 오로지 나하고만의 대면의 시간이었기에 그렇게 표현했을 것이고 '구별을 용사하지 않는/밭고랑'은 똑같은 키재기의 고랑들을 통해 평등을 강조하고 있다고 볼 수 있다. 자유는 평등을 향해 움직이고 평등은 자유를 보장하는 사회, 이것이 시인이 꿈꿨던 사회이고 "복사씨와 살구씨가/한번은 이렇게/사랑에 미쳐 날뜀 날"로 표현된 세상이다.

고독한 시인에서 4·19의 시인으로

그렇지만 좀처럼 세상 밖으로 구체화되지 않았던 이 생각이 비로소 가시화되었던 때가 바로 4·19혁명 때이다. 물론 4·19혁명 이전에도 그의 시는 공동선을 향한 개인의 고독한 투쟁을 전개하고는 있었다. 말하자면 그의 시세계가 하루 아침에 4·19혁명을 기점으로 급변하게 되었던 것은 아니라는 것이다. 가령 「사령」(1959)과 같은 시에서 시인은 " … 활자(活字)는 반짝거리면서 하늘아래에서/간간이/자유를 말하는데/나의 영(靈)은 죽어있는 것이 아니냐"라고 스스로를 강하게 심문한다. 사회적 참여의지가 내부에서 서서히 자기 밖으로 분출해 가고 있음이 보이는 것이다. 이런 모습은 「하…… 그림자가 없다」 같은 시에도 나타나는데 그렇지만 이런 정도의 사회참여는 4·19혁명을 맞이하면서 그 열도가 상상할 수 없을 정도로 바뀌게 된다. 그만큼 4.19혁명은 시인이 간절하게 기원했던 변화이기도 했던 것이다.

4·19 바로 직후에 쓴 「우선 그놈의 사진을 떼어서 밑씻개로 하자」란 시는 이승만, 혹은 이승만 체제에 대한 풍자를 넘어서 그에 대해 노골적인 적개심을 드러내고 있다. 이와 유사한 시로 동시로 쓴

김수영 육필원고 - 자유를 위한 절규

「나는 아리조나 카우보이야」가 있고 과감한 국제정치적 비판으로서 「가다오 나가다오」 같은 시가 있다.

우선 그놈의 사진을 떼어서 밑씻개로 하자
그 지긋지긋한 놈의 사진을 떼어서
조용히 개굴창에 넣고
썩어진 어제와 결별하자
그놈의 동상이 선 곳에는

민주주의의 첫 기둥을 세우고

쓰러진 성스러운 학생들의 웅장한

기념탑을 세우자

아아 어서어서 썩어 빠진 어제와 결별하자

이제야말로 아무 두려움 없이

그놈의 사진을 태워도 좋다

협잡과 아부와 무수한 악독의 상징인

지긋지긋한 그놈의 미소하는 사진을―

대한민국의 방방곡곡에 안 붙은 곳이 없는

그놈의 점잖은 얼굴의 사진을

동회란 동회에서 시청이란 시청에서

회사란 회사에서

XX단체에서 ㅇㅇ협회에서

하물며는 술집에서 음식점에서 양화점에서

무역상에서 가솔린 스탠드에서

책방에서 학교에서 전국의 국민학교란 국민학교에서 유치원에
서

선량한 백성들이 하늘같이 모시고

아침저녁으로 우러러보던 그 사진은

사실은 억압과 폭정의 방패였느니

썩은 놈의 사진이었느니

아아 살인자의 사진이었느니

너도나도 누나도 언니도 어머니도

철수도 용식이도 미스터 강도 유중사도

강중령도 그놈의 속을 모르는 바는 아니었지만

무서워서 편리해서 살기 위해서

빨갱이라고 할까 보아 무서워서

돈을 벌기 위해서는 편리해서

가련한 목숨을 이어 가기 위해서

신주처럼 모셔 놓던 의젓한 얼굴의

그놈의 속을 창자 밑까지도 다 알고는 있었으나

타성같이 습관같이

그저그저 쉬쉬하면서

할 말도 다 못하고

기진맥진해서

그저그저 걸어만 두었던

흉악한 그놈의 사진을

오늘은 서슴지 않고 떼어 놓아야 할 날이다

밑씻개로 하자

이번에는 우리가 의젓하게 그놈의 사진을 밑씻개로 하자

허허 웃으면서 밑씻개로 하자

걸껄 웃으면서 구공탄을 피우는 불쏘시개라도 하자

강아지장에 깐 짚이 젖었거든

그놈의 사진을 깔아 주기로 하자……

민주주의는 인제는 상식으로 되었다

자유는 이제는 상식으로 되었다

아무도 나무랄 사람은 없다

아무도 붙들어 갈 사람은 없다

군대란 군대에서 장학사의 집에서

관공리의 집에서 경찰의 집에서

민주주의를 찾은 나라의 군대의 위병실에서 사장단실에서 정훈

감실에서

민주주의를 찾은 나라의 교육가들의 사무실에서

4·19 후의 경찰서에서 파출소에서

민중의 벗인 파출소에서

협잡을 하지 않고 뇌물을 받지 않는

관공리의 집에서

역이란 역에서

아아 그놈의 사진을 떼어 없애야 한다

우선 가까운 곳에서부터

차례차례로

다소곳이

조용하게

미소를 띠우면서

영숙아 기환아 천석아 준이야 만용아

프레지던트 김 미스 리

정순이 박군 정식이

그놈의 사진일랑 소리 없이 떼어 치우고

우선 가까운 곳에서부터

차례차례로

다소곳이 조용하게

미소를 띠우면서

극악무도한 소름이 더덕더덕 끼치는

그놈의 사진일랑 소리 없이

떼어 치우고

「우선 그놈의 사진을 떼어서 밑씻개로 하자」 전문

그렇지만 김수영은 열정과 감격으로 가득 찬 이 시기에도 현실을 냉정하게 보고 있었던 것으로 보인다. 이 시기에 씌어진 시 「기도」에서 그는 '우리가 찾은 혁명을 마지막까지 이룩하자'고 절규하면서도 "쟝글보다도 더 험하고/소용돌이보다도 더 어지럽고 해저(海底)보다도 더 깊게/아직까지도 부패와 부정과 살인자와 강도가 남아있는 사회/이 심연(深淵)이나 사막(砂漠)이나 산악(山岳)보다도/더 어려운 사회(社會)를 넘어서"라고 현실변혁이 아주 오랜 시간이 걸릴 것임을 예고하고 있다.

이 시기 씌어진 그의 대표시 「푸른 하늘을」에서도 그런 그의 생각을 선명하게 볼 수 있다. 자유란 쉽게 얻어지는 것이 아니고 피와 고독이 필연적으로 뒤따른다는 성찰은 현실에 대해 쉽게 낙관해서는 안되고 모든 것이 해결될 때까지 결코 현실로부터 눈을 떼지 말고 직시해야 함을 강조하고 있다.

푸른 하늘을 제압하는
노고지리가 자유로웠다고
부러워하던
어느 시인의 말은 수정되어야 한다

자유를 위해서
비상하여 본 일이 있는
사람이면 알지
노고지리가
무엇을 보고
노래하는 가를
어째서 자유에는

피의 냄새가 섞여 있는가를

혁명은

왜 고독한 것인가를

혁명은

왜 고독해야 하는 것인가를

「푸른 하늘을」 전문

　시간이 지날수록 김수영의 우려는 현실화 되어서 마침내 그는「그 방을 생각하며」 같은 시를 쓰게 된다. 시인은 "혁명은 안되고 나는 방만 바꾸어 버렸다"고 자조하고 그래서 "나는 그 노래도 그 전의 노래도 함께 다 잊어버리고 말았다"고 허탈해 하지만 마지막 연에 가서는 그럼에도 불구하고 시인은 "이제 나는 무엇인지 모르게 기쁘고/나의 가슴은 이유없이 풍성하다"고 말한다. 아마도 시인은 이제 혁명이란 단시간에 성사되는 것이 아니고 오랜 시간이 필요하다는 인식에 도달하게 된 듯하다. 왜냐하면 시인은 "나는 인제 녹슬은 펜과 뼈와 광기(狂氣) - /실망(失望)의 가벼움을 재산(財産)으로 삼을 줄 안다/이 가벼움 혹시나 역사(歷史)일지도 모르는/이 가벼움을 나는 나의 財産으로 삼았다"고 술회하고 있기 때문이다. 자유와 평등의 변증법, 죽음을 매개로 한 고독과 사랑, 공동선이 실현되는 공동세계의 달성, 이 모든 것이 말이 쉽지, 그렇게 쉽게 얻어지는 것은 아니다. 그것들은 많은 시간을 두고 서서히, 또 쉬지 않고 추구해 갈 것이지 하루 아침에 달성될 수 있는 것이 아니기 때문이다.

나는 아직도 앉는 법을 모른다
어쩌다 셋이서 술을 마신다 둘은 한 발을 무릎 위에 얹고
도사리지 않는다 나는 어느새 남쪽식으로
도사리고 앉았다 그럴때는 이 둘은 반드시
이북친구들이기 때문에 나는 나의 앉음새를 고친다
8. 15 후에 김병욱이란 시인은 두 발을 뒤로 꼬고
언제나 일본여자처럼 앉아서 변론을 일삼았지만
그는 일본대학에 다니면서 4년동안을 제철회사에서
노동을 한 강자다

나는 이사벨 버드 비숍여사와 연애하고 있다 그녀는
1893년에 조선을 처음 방문한 영국 왕립지학협회 회원이다
그녀는 인경전의 종소리가 울리면 장안의
남자들이 모조리 사라지고 갑자기 부녀자의 세계로
화하는 극적인 서울을 보았다 이 아름다운 시간에는
남자로서 거리를 무단통행할 수 있는 것은 교군꾼,
내시, 외국인의 종놈, 관리들 뿐이었다 그리고
심야에는 여자는 사라지고 남자가 다시 오입을 하러
활보하고 나선다고 이런 기이한 관습을 가진 나라를
세계 다른 곳에서는 본 일이 없다고

천하를 호령한 민비는 한번도 장안 외출을 하지 못했다고……

전통은 아무리 더러운 전통이라도 좋다 나는 광화문
네거리에서 시구문의 진창을 연상하고 인환네
처갓집 옆의 지금은 매립한 개울에서 아낙네들이
양잿물 솥에 불을 지피며 빨래하던 시절을 생각하고
이 우울한 시대를 파라다이스처럼 생각한다
버드 비숍여사를 안 뒤부터는 썩어빠진 대한민국이
괴롭지 않다 오히려 황송하다 역사는 아무리
더러운 역사라도 좋다
진창은 아무리 더러운 진창이라도 좋다
나에게 놋주발보다도 더 쨍쨍 울리는 추억이
있는 한 인간은 영원하고 사랑도 그렇다

비숍 여사와 연애를 하고 있는 동안에는 진보주의자와
사회주의자는 네에미 씹이다 통일도 중립도 개좆이다
은밀도 심오도 학구도 체면도 인습도 치안국
으로 가라 동양척식회사, 일본영사관, 대한민국 관리,
아이스크림은 미국놈 좆대강이나 빨아라 그러나
요강, 망건, 장죽, 종묘상, 장전, 구리개 약방, 신전,
피혁점, 곰보, 애꾸, 애 못 낳는 여자, 무식쟁이,
이 모든 무수한 반동이 좋다

이 땅에 발을 붙이기 위해서는

─ 제3인도교의 물 속에 박은 철근 기둥도 내가 내 땅에

박는 거대한 뿌리에 비하면 좀벌레의 솜털

내가 내 땅에 박는 거대한 뿌리에 비하면

괴기영화의 맘모스를 연상시키는

까치도 까마귀도 응접을 못하는 시꺼먼 가지를 가진

나도 감히 상상을 못하는 거대한 거대한 뿌리에 비하면……

「거대한 뿌리」 전문

욕망이여 입을 열어라 그 속에서

사랑을 발견하겠다 도시의 끝에

사그러져가는 라디오의 재갈거리는 소리가

사랑처럼 들리고 그 소리가 지워지는

강이 흐르고 그 강 건너에 사랑하는

암흑이 있고 3월을 바라보는 마른 나무들이

사랑의 봉오리를 준비하고 그 봉오리의

속삭임이 안개처럼 이는 저쪽에 쪽빛

산이

사랑의 기차가 지나갈 때마다 우리들의

슬픔처럼 자라나고 도야지 우리의 밥찌끼

같은 서울의 등불을 무시한다
이제 가시밭, 덩쿨장미의 기나긴 가시 가지
까지도 사랑이다

왜 이렇게 벅차게 사랑의 숲은 밀려닥치느냐
사랑의 음식이 사랑이라는 것을 알 때까지

난로 위에 끓어오르는 주전자의 물이 아슬
아슬하게 넘지 않는 것처럼 사랑의 절도는
열렬하다
간단도 사랑
이 방에서 저 방으로 할머니가 계신 방에서
심부름하는 놈이 있는 방까지 죽음같은
암흑 속을 고양이의 반짝거리는 푸른 눈망울처럼
사랑이 이어져가는 밤을 안다
그리고 이 사랑을 만드는 기술을 안다
눈을 떴다 감는 기술 - 불란서혁명의 기술
최근 우리들이 4.19에서 배운 기술
그러나 이제 우리들은 소리내어 외치지 않는다

복사씨와 살구씨와 곶감씨의 아름다운 단단함이여
고요함과 사랑이 이루어놓은 폭풍의 간악한
신념이여

봄베이도 뉴욕도 서울도 마찬가지다

신념보다도 더 큰

내가 묻혀 사는 사랑의 위대한 도시에 비하면

너는 개미이냐

아들아 너에게 광신을 가르치기 위한 것이 아니다

사랑을 알 때까지 자라라

인류의 종언의 날에

너의 술을 다 마시고 난 날에

미대륙에서 석유가 고갈되는 날에

그렇게 먼 날까지 가기 전에 너의 가슴에

새겨둘 말을 너는 도시의 피로에서

배울 거다

이 단단한 고요함을 배울 거다

복사씨가 사랑으로 만들어진 것이 아닌가 하고

의심할 거다!

복사씨와 살구씨가

한번은 이렇게

사랑에 미쳐 날뛸 날이 올 거다!

그리고 그것은 아버지같은 잘못된 시간의

그릇된 瞑想이 아닐 거다

「사랑의 변주곡」 전문

참여문학의 선봉에 서서

아마도 이러한 4·19혁명을 계기로 김수영은 문인들과 적극적으로 교류해 갔던 것으로 보인다. 박두진과 조지훈이 문인들의 한일협정 반대성명서를 준비하고 서명을 받고 있을 때 김수영은 박경리, 안수길, 신동엽 등과 함께 이에 동조하였고 신구문화사의 편집주간이었던 신동문을 중심으로 하여 신동문사랑방이 형성되었을 때 여기서 김수영은 이호철, 유종호, 최인훈, 박재삼, 고은, 이병주 등과 가까이 지낼 수 있었다. 그러면서 염무웅, 김현, 김치수, 김주연, 황동규, 김영태 등 젊은 문인들과 자주 어울렸으며 〈창작과 비평사〉를 통해 백낙청, 염무웅, 박태순 등과 가까이 지냈던 것으로 보인다. 4·19혁명 이후 김수영의 참여 정신은 이들 젊은 세대들에게 지대한 영향을 미쳤으며, 60년대의 그 유명한 순수·참여논쟁의 핵심에 존재하고 있었다고 해도 과언이 아니다.

사실 60년대 문단은 50년대 이후 지속되어 왔던 순수문학의 자장 안에 있었다고 해도 틀리지는 않을 것이다. 그 순수문학은 해방기 김동리 등이 좌파의 논객들과 치열한 논쟁 끝에 획득한 것으로서 반공주의를 본질로 하는 것이다. 그렇지만 표면상 좌파의 계급문학이 목적을 위해 문학을 수단화한다고 보는 것이어서, 문학의 자율성을 과도하게 강조하고 있음이 특징이다. 그 자율성은 문학의 정치성을 극도로 배제한다는 점에서 서정성, 향토성, 운명성 등에 제한된 협소성을 면치 못한다고 하겠다. 그렇지만 더 문제적인 것은 그것이

문학의 정치성, 현실 관련성을 주장하는 젊은 작가들의 의지를 꺾어버린다는 데에 있다. 현실에 대한 참여를 극도로 꺼려하는 이들 순수문학자들은 젊은 작가들의 참여 의지를 이념을 통해 억압하려는 정치성의 대변자가 되어 갔다. 이에 반대하여 젊은 문인들의 저항이 만만치 않았는데 이 저항의 결과가 1960년대의 저 순수-참여논쟁이라 할 수 있다.

민중적 세계의 문턱에서, 문득 사라지다

이 논쟁을 통해서 한국문학은 엄청난 비약을 이루었다. 리얼리즘론이 정교하게 다듬어지고 문학의 참여성이 당연하게 수용되었으며 변화의 주체와 관련하여 시민-소시민논쟁, 민족문학논쟁, 민중문학 논쟁 등 중요한 논쟁들이 전개되었다. 이러한 논쟁과 관련하여 관심이 가는 것은 김수영이 민중에 대해 어떻게 생각하고 그들과 어떤 관련성을 갖고 있는가 하는 것이다. 일단 「거대한 뿌리」에서 김수영은 민중을 최대한 긍정한다. 이사벨 버드 비숍이 쓴 『조선과 그 이웃 나라들』을 읽고 김수영은 "썩어빠진 대한민국이/괴롭지 않다 오히려 황송하다 역사는 아무리/더러운 역사라도 좋다"고 말하면서 그 역사에 "요강, 망건, 장죽, 종묘상, 장전, 구리개 약방, 신전, 피혁점, 곰보, 애꾸, 애 못 낳는 여자, 무식쟁이"를 기입하고 있다. 그는 그것들을 '무수한 반동'으로 표현하면서 진보주의자, 사회주의자, 통일,

중립, 역사, 심오, 학구, 체면, 인습, 동양척식회사, 일본영사관, 대한민국 관리 등 이 모든 근대적인 것들을 부정하고 있다.

요컨대 김수영은 민중을 중심에 두고 역사와 시간을 재배열하고 있는 것이다. 역사와 시간 속에서 만들어진 반민중적 논리와 그 왜곡된 실체에 대한 부정을 통해 그러한 것들에 의해 오염되지 않은 순수 민중들의 세계를 중심에 두고 있기 때문이다. 그렇지만 엄밀히 말해 그 민중은 경험과 체험을 통해 이해했다기보다 관념을 통해 이해한 것이기 쉽다. 왜냐 하면 민중적 삶의 근처에 있었지 민중적 삶을 살았던 것은 아니었기 때문이다. 다시 말해 그의 민중 수용은 그의 착한 마음이 만들어낸 약자에 대한 연민에 근거해 있다고 할 수 있다. 그럼에도 불구하고 그 민중 지향성은 "제3인도교의 물 속에 박은 철근 기둥도 내가 내 땅에/박는 거대한 뿌리에 비하면 좀벌레의 솜털"이라는 확고한 믿음에 기초해 있기 때문에 단순한 연민만은 아닌 절실한 변혁욕망에 뒷받침되어 있다고 할 수 있을 것이다. 김수영의 시 「풀」은 이러한 단단한 의지, 행동에 근접한 열망으로 감싸여 있기 때문에 현저히 민중의 세계를 그린 것이었다고 할 수 있다. 이처럼 모든 것을 부정하면서 진실과 사랑의 민중적 세계에 도달하려 했던 김수영의 세계는 끊임없는 부정, 곧 반시론의 세계로 이어져 갔다고 할 수 있다.

그렇지만 이 중요한 시기에 김수영의 발언은 문뜩 정지된다. 1968년 6월 16일 11시 30분경 김수영은 서강 종점에서 버스를 내려 집으로 오던 중 버스가 인도로 뛰어들면서 들이받아 어이없이 쓰러졌다.

병원으로 옮겨졌으나 그는 끝내 숨졌다. 그의 나이 48세였다.

박두진 시인이 쓴 조시

내가 그의
이름을 불러 주기 전에는

- 김춘수 유품 전시관 -

김세준

뱃길 멀리 보이는 곳에 핀 꽃을 기억하며
- <김춘수 유품 전시관> 기행

「꽃」과 <김춘수 유품 전시관>

'꽃의 시인'과 <꽃의 시비>

내가 그의 이름을 불러 주기 전에는

그는 다만

하나의 몸짓에 지나지 않았다.

내가 그의 이름을 불러 주었을 때

그는 나에게로 와서

꽃이 되었다.

「꽃」 부분

기계적인 일상에 감각이 무뎌가다가도 문득 우리는 우리의 실존을 고민하게 되는 순간을 만난다. 그럴 때면 한동안 자신 안에 침잠하다가도 다시 문득 현실로 돌아오게 되는 건 아마도 사람 때문일 것이다. 밑도 끝도 없을 것 같은 자기로 향한 길은 누군가와의 관계에서 다시 의미를 찾아 돌아오기 위한 여정일지도 모른다.

김춘수의 시를 생각하면 가장 먼저, 그리고 어쩌면 거의 유일하게 떠오르는 시가 「꽃」이다. 필자는 이 글을 쓰기 위해 시인의 시전집을 시큰둥하게 훑다가 「꽃」을 만났을 때 순간 소름이 돋을 만큼 벅찼다. 어떻게 관계와 삶에 대한 고뇌가 이렇게 정결하게 말로 담길 수가 있을까.

통영시 남망산 입구에 세워진 <꽃의 시비>

이런 감동이 필자만의 감동은 아닌가 보다. 「꽃」은 한국인이 사랑하는 시 선정에서 빠짐없이 뽑히는 시이며, 그 애정으로 김춘수는 '꽃의 시인'이라고 불린다. 그가 타계하고 3년 뒤 2007년 11월에 통영에서는 시민들의 모금으로 <꽃의 시비>가 세워졌다. 그는 갔지만 「꽃」은 한국인들의 애정 속에서 한국 문학의 기념비적인 작품으로 남았다.

예향의 도시 통영과, <김춘수 유품 전시관>

통영은 다수의 걸출한 문학가들이 나고 자란 곳이다. 그중 김춘수는 실천의 차원에서 정치적 비난뿐만 아니라 문학적 비판을 받으면서도 한국시문단을 대표하는 작가 중 한 명으로 인정받는 시인이다.

<김춘수 유품 전시관>

그는 「꽃」으로 대표되는 관념적 서정시뿐만 아니라 무의미시라는 실험적 시론과 시 창작의 실천을 보여주었다. 이런 개성적인 서정성과 독특한 시세계는 한국문단에서도 그를 독보적인 자리에 위치시켰다. 그가 통영에서 태어나 통영에서 문인활동을 시작했으며 말년까지 통영을 가슴에 품었던 것처럼 통영도 그를 잊지 않고 그의 시비와 동상을 세우고 그의 생가를 보존하고 있으며, <김춘수 유품 전시관>을 운영하고 있다.

통영시 봉평동에 위치한 <김춘수 유품 전시관>은, 지도상 통영항으로부터 통영운하를 지나는 길목에 뱃길을 향해 서 있었다. 필자가 통영을 찾아 김춘수의 그림자를 밟으며 그를 기리는 <김춘수 유품 전시관>을 찾았던 초봄의 어느날은 하늘이 그닥 맑지 않았고 바람도 심상찮았다. 또 <김춘수 유품 전시관>을 찾아가는 길은 좁았고 평일 한낮인데도 생각보다 차들이 많았다. 하지만 미적지근한 운전길에도 한편으로 드문드문 바다가 건너다보이니 도심의 정체와 비할 것은 아니었다. 목적지에 도착하니 건물 앞으로 바닷길이 전경(前景)으로 펼쳐져 있고 바닷길을 건너온 바람은 시원했다.

통영시가 김춘수를 기리기 위해 만들고 운영 중인 〈김춘수 유품 전시관〉은 2008년에 개관했으며 유품 전시는 1층과 2층에 되어 있다. 이용 요금은 없으니 자유롭게 방문하여 시인 김춘수의 시세계를 들여다보고 삶의 한 부분을 느껴보는 것도 괜찮으리라. 자세한 안내는 통영관광포털 홈페이지(http://www.utour.go.kr)에서 확인할 수 있다. 그 여정에 적으나마 가이드를 할 수 있길 바라며 〈김춘수 유품 전시관〉 입구 앞에 섰다.

〈김춘수 유품 전시관〉을 들어서며

시인과 교수

입구로 들어서면 바로 시인의 시집과 얼굴을 프린팅한 대자보가 유리관에 정갈하게 접혀 놓여 있는 전시대가 보이고, 양옆으로 유품들을 전시해놓은 유리 전시대를 볼 수 있다. 전시관 1층에서는 김춘수가 소장했던 책들과 육필원고, 도장과 붓, 엽서와 앨범 등을 만날 수 있다.

우선 책들은 시집과 사전들부터 시인이 쓴 시론 및 개론서들, 제자들의 학위논문과 학술지까지 다양하게 전시돼 있다. 일견 무질서함은 유품들을 모아놓은 이유겠지만, 한편으로 세월과 그의 손때가 묻은 이 책들은 그의 사회적 삶의 스펙트럼을 보여주는 것이리라. 김춘수는 시인으로서 시를 창작해 발표하고 시집을 발간했으며, 교수로서 학생들을 가르치기 위한 시론과 문학개론서를 썼다. 이 같은 시인의 족적은 1층 전시관 한 벽면에 〈저서 관련 자료〉로 전시돼 있으니 연관해 천천히 살펴보는 것도 좋다. 시인이 시로서 대가가 된 작가이자 교수였다는 점을 상기하는 것이 이 저서 유품들의 전시를 감상하는 한 방법이겠다.

전시된 김춘수 소장 책들

시인의 육필 앞에서

저서 유품 외에 1층 전시관에서 볼 수 있는 것은, 도장함이나 앨범과 엽서 등과 김춘수의 육필원고들이다. 엽서와 육필원고에서는 시인의 필적을 살펴볼 수 있다. 이때 육필원고에서는 그가 직접 쓴 시들을 볼 수 있다는 점에서 눈이 간다. 그중 아래 사진의 노트에서는 그의 「처용단장」 제3부의 36에 해당하는 시구가 "사바다"라는 제목 아래로 줄지어 적혀 있는 것을 볼 수 있다. 다른 원고들이 시 원고라는 것을 바로 확인할 수 있는 것과 다르게 이 원고는 산문마냥 줄글로 노트가 빼곡하게 채워져 있다. 이 시기 그의 시론과 시풍은 무의미시로 알려져 있으며, 언어의 의미를 벗겨내고 다른 의미나 이미지, 리듬 등이 놓일 수 있게 한다는 그의 독특한 실험 정신이 시 창작에서 실천되었다. 필자에게는 항상 의문으로밖에 대할 수 없었던 그의 무의미시를 육필원고로 본다는 것이, 묘한 기분을 들게 했었다는 사감을 여기에 덧붙이고 싶다.

김춘수 육필원고와 문방구

통영과 소년 김춘수

그렇다. 김춘수는 「꽃」으로 대변되는 실존 감각의 관념적 서정성을 보여준 시인이기도 하지만, 무의미시라는 독특한 실험을 실천한 시인이기도 하다. 더불어 순수함과 윤리의식을 강조한 지성인이기도 하지만 정치, 나아가 역사를 혐오하면서도 독재정권에 순순히 무릎을 꿇었던 지식인이기도 하다. 일견 모순적인 삶을 산 그의 생을 우리는 어떻게 받아들여야 할까.

전시관 2층에 전시된 김종길 교수의 〈추도사〉는 이런 그의 행보가 "그의 특수한 현실감각 탓"이었다고 말한다. 그리고 그 이유를 "통영의 부유한 집안의 장손으로 태어나 어릴 적부터 보통의 환경과는 다분히 격리된 공간에서 생장한 것"에서 찾는다.

그렇다면 그의 생활상을 볼 수 있는 2층 전시관으로 들어서기에 앞서 그의 삶의 궤적을 잠깐 훑어도 좋겠다. 시인은 어떤 삶을 살고 어떤 생각을 했기에 우리를 감동으로 초대하는 시를 쓰기도 하고, 알 수 없는 무의미의 세계를 펼쳐보이기도 했는지 잠깐 생각해보는 것도 나쁘지 않다.

만석꾼 집안의 귀한 아들

그는 1922년 통영의 만석꾼 집안의 장남으로 태어났다. 장손을 귀하게 여겨 남다른 대접을 받는 옛 관습이 살아있던 집안에서 그는 유복한 유소년기를 보냈다고  한다. 덧붙이자면 그가 남긴 에세이를 볼 때 부모의 사랑을 듬뿍 받기도 했지만 그보다는 집안에서 귀히 여겨졌다는 느낌이다. 한 연구자는 그가 어머니의 손보다 할머니의 손을 더 타고 유모에게 자라났으며 그의 육아 전반에 조모의 통제가 있었던 것으로 본다.

이런 유복한 가정환경하에서 그는 집안으로부터 보살핌을 잘 받으며 청소년기를 보냈던 것으로 보인다. 호주인 선교사가 운영하는 유치원을 다녔고, 8살에 통영공립보통학교에 입학했다. 이 통영공립보통학교는 통영 근방에서는 유일하게 6년제 정식학교였으며, 김춘수의 아버지 김영팔 씨는 이 학교에 아들을 입학시키기 위해 결원이 생기기 전에 입학시킨 4년제 광도간이보통학교에서 김춘수를 전학시켰다. 그리고 그의 아버지는 보통학교를 졸업한 김춘수를 서울로 유학시켜 경성공립제일고등보통학교에 입학시켰고, 그가 주거할 집까지 서울에 마련해줬다.

「처용단장」 제3부 32'에는 "열다섯 살 때 나는/프롤레타리아란 말을/처음 들었다./명문 중학에 다니는 것이 왠지 미안했다./모자를 벗고 길을 걸었다."라는 구절이 있다. 자신의 유복한 가정형편과 사회 계급에 대한 자각이 청소년기에 그에게는 있었던 것 같다. 이러한 자각을 통해 자신의 시와 소설에서 '미안함'이라는 의식을 표출하기도 했다.

철부지와 시의 만남

김춘수는 5년제 경성공립제일고등보통학교를 다니다가 학교가 "아무런 뜻도 주지 못"한다고 생각하여 졸업을 서너 달 앞두고 돌연 자퇴한다. 그리고는 동경으로 건너가 일본대학 예술학원 창작과에 입학한 것이 1940년, 18살의 일이다. 그렇게 들어간 대학에서도 수업에 출석하는 것보다 극장에서 프랑스 영화를 감상하거나 하숙집에서 죽치고 책을 읽는 날이 더 많았다고 한다.

그러나 이 시기 김춘수의 삶을 바꿔놓은 일이 있었다고 하는데, 바로 우연히 찾은 고서점에서 릴케와 시집으로 만난 일이었다. 이때 시인은 "시라는 것이 정말 있긴 있구나!"하고 생각했다고 한다. 이후 대학에 들어가서 더욱 릴케에 심취해 있었다고 하니, 그가 시인이 될 마음이 없었고 대학 과제로 시를 쓰고는 했다는 말은 일정 부분 허풍이라고 봐야겠다. 그는 대학에 들어갈 무렵 시인이 되겠다는 마음을 굳혔던 것이리라.

그의 대학생활은 3년이 지난 1942년 12월에 자퇴가 아닌 퇴학으로 끝난다. 항구에서 일을 하다가 함께 일하던 한국인 고학생들과 일본 천황과 총독정치를 비방하는 말을 했다가 사상 혐의로 요코하마 헌병대에 끌려갔던 것이다. 돈 걱정이 없던 김춘수가 항구에서 일을 한 것은 순전히 호기심이었다고 하는데, 혹자는 호기심보다도 계층에 대한 미안함이 작용한 거라 추측한다. 아무튼 그는 그렇게 잡혀가서 6개월간 유치되어 고초를 겪다가 서울로 송치되었다.

문학인의 길로 들어서서

고국으로 돌아온 김춘수는 유치장 생활 동안 상한 몸을 돌보기 위해 가족들과 금강산으로 요양을 다녀온다. 그리고 일제 말 징용이 많아지자 이를 피하기 위해 부인 명숙경 씨와 결혼하여 마산의 처가로 1년 정도 피신하게 된다. 그리고 통영으로 돌아온 그는 유치환, 김상옥, 전혁림 등과 통영문화협회를 만들어 근로자들을 대상으로 한 야간 중학과 유치원을 운영한다.

통영중학교 교사로 재직하던 1946년에『해방 1주년 기념 시화집-날개』에「애가」를 발표한다. 이 시가 김춘수의 데뷔작으로 여겨진다. 따로 등단의 과정을 거치지 않
은 김춘수에게는 이 시의 발표와
1948년 제1시집 『구름과 장미』를
발간한 것이 등단의 과정이 된다.
또한 이 시기 우익 진영 문인협회
인 <조선청년문학가협회>의 마산지부장인 조향과 더불어 『낭만파』
동인을 결성하고 활동한다. 이후 1949년 마산중학교로 전근하게 되
어 51년까지 근무하면서 제2시집 『늪』과 제3시집 『기』를 발간한다.
이후 『시와 시론』 동인 등으로 활동하면서 시작을 지속하고 시집을
발간하며 문학인으로서 입지를 다졌다.

　김춘수는 교수로 대학에 몸담길 희망했으나 대학에서 퇴학을 당
한 것이 발목을 잡았었다. 그 과정에서 부산대학교와 해인대학교에
서 강사 및 무자격 교수 생활을 했는데 이때부터 생활이 어려워졌다
고 한다. 1959년에 제5시집 『꽃의 소묘』와 제6시집 『부다페스트에서
의 소녀의 죽음』이 출간되고 이 시집의 시들이 시인의 대표작들이
되었다.

자신만의 시 속으로

　1959년 이후 1969년에 「처용」을 발표하고 제7시집 『타령조·기타』
를 출간하기까지 10년의 시간 동안 세상은 그의 새로운 시를 보지

못했다. 그러나 공백기처럼 여겨졌던 그 침묵을 깨고 그가 내놓은 시집에는 무의미시로 가는 과정의 결실이 있었으며, 『현대시학』에 1년 반 동안 「처용」을 연작으로 내놓으며 본격적으로 무의미시 창작을 전개한다. 그를 대중적으로 유명하게 만든 시가 「꽃」이라면 시론가로서 그의 이름을 드높인 것은 '무의미시'였다.

한편 사회적으로 그는 해인대학교를 거쳐 경북대학교 교수로 임용되고 1978년까지 재직하다가 영남대학교 교수로 옮겨 가게 된다. 하지만 1981년에 전두환 정권에 의해 국회의원으로 '피선'되는데 영남대학교 학생들의 반발과 항의로 결국 교수 자리에서 물러나야만 했다. 여기에 자신이 비판했던 서정주처럼 전두환에 대한 찬시까지 썼으니 주변의 시선은 어땠겠는가. 1986년에서 1988년까지는 방송심의위원회 위원장과 한국 시인협회 회장을 역임하기도 했다. 이후 자신의 사회적 처신에 대해서 그는 거리낌 없다가 사과를 하기도 했다. 여기서 그에게 자신의 정치적 행보는 자신의 의사가 아니었다는 기본 입장이 있었으며, 그렇더라도 마음에 계속 걸렸던 일이었음을 알 수 있다.

그는 2004년 떠나기 전까지 제16권의 시집과 수많은 시선집 및 시화집, 그리고 시론 및 시문학개론서를 세상에 내놓았다. 그가 떠난 후 방송 매체에는 그의 이름과 시로 도배되었으며, 이는 그가 한국 문학사에 얼마나 큰 족적을 남겼는지를 대변한다.

전시관 1층의 〈대여 김춘수 선생 연보〉　전시관 2층의 〈사진으로 본 대여 김춘수 선생의 생애〉

김춘수의 생활 속으로 - 2층 : 생활 유품, 생활공간 재현

시인의 정갈한 삶을 엿보며

〈김춘수 유품 전시관〉 2층에서는 김춘수가 사용하던 문방구와 찻잔 등 생활 유품들을 볼 수 있다. 유품 전시를 위해 관리가 된 탓인지 모르겠지만 생활 유품들에서는 정갈함과 소박함이 느껴진다. 실제 김춘수는 소박한 생활을 해왔다고 한다. 눈에 크게 띄는 정도는 아니라도 교수 생활을 하면서 점점 생활 규모도 줄여왔으며, 집 거실은 필요 이상의 가구나 생활도구들을 살펴볼 수 없었다고 한다.

김춘수 생활유품

이는 시와 관련된 부분에서는 더 철저했다고 한다. 시작(詩作)과 관련된 노트나 필기구에서부터 스스로 읽는 책 한 권까지 방문객의 눈에는 띄지 않았다고 하니, 신비주의인지 결벽증인지 혹은, 둘 다인지 알 수 없지만 그의 내향적인 성격을 보여주는 부분이다. 단순히 내향적인 데에서 그치는 것이 아니라 평소에 시인은 가진 게 많아서는 안 된다는 생각을 비춰왔다고 하니, 일정 부분 생활에의 신념이 있었던 듯하다. 이를 생각하니 생활용품의 정갈함이 조금은 의미 있게 느껴졌다.

시인과 관계의 윤리

생활 유품들이 전시된 유리 전시관을 가로질러 2층 전시관 끝으로 가면 한쪽에 방을 꾸며 김춘수의 침실을 재현해 놓은 공간이 나온다. 이 방은 밀폐된 유리창을 통해 들여다보는 것만 가능하게 꾸며 놓았다. 창 안으로 들여다보면 한쪽 면에 놓인 아담한 더블 사이즈 침대가 보인다. 그리고 그 옆으로 1인 쇼파가 작은 탁자를 사이로 서

로 마주보고 있다. 그 구도가 시인의 부부관계에 대해 상상하게 한
다. 그가 영국의 철학자 버트런드 러셀을 대차게 욕한 글이 떠올랐
다. 러셀은 하버드대학교 시절 제자였던 시인 T.S. 엘리엇의 아내와
통정한 사실이 있다. 시인은 앞뒤 가릴 것 없이 이 사실에 분개했다.
그의 생활상의 정갈함과 윤리에의 단호함이 그의 이미지를 그려보
게 한다.

김춘수 생활공간 재현

방문 밖에는 거실 탁자와 탁자를 가운데로 마주보고 있는 쇼파 한
쌍이 있다. 침실과 함께 거실을 재현해놓은 듯하다. 재현된 거실을
둘러싸고 있는 책장에는 전시대에 진열하지 않은 책들이 들어 있는
데 이 부분은 김춘수의 생활상을 재현한 것은 아닌 듯하다. 공간 출
입을 막아놓은 탓에 가까이에서 책들을 볼 수는 없다.

〈김춘수 유품 전시관〉을 나오며

2층까지가 전부인 〈김춘수 유품 전시관〉이지만 김춘수에 대해 조금 아는 바가 있다면 몇 안 되는 유품들 속에서도 그의 모습을 찾아볼 수 있을 것이다. 시인이자 교수였

〈김춘수 유품 전시관〉 전경

던 김춘수. 생활의식도 윤리의식도 정갈하고자 했던 김춘수.

길지 않았던 유품 전시 관람을 마치고 건물을 나서니 그다지 넓게 뚫리지도 않은 뱃길 전경 위로 구름이 시원하게 달린다. 이 바람을 맞으며 어린 김춘수는 감수성을 키워왔을 것이다. 고통스럽게 끝난 동경 유학에서 돌아와 습작시를 쓰고 야학을 열었을 때에도 바다로 향한 길을 걸었을 것이다. 그래서 그의 시에는 '바다'와 '바람'이 많이 등장하는가보다.

김춘수의 감수성을 느껴보고 싶은 독자는 언제든 그를 만날 수 있는 통영으로 한 번쯤 여행을 다녀오는 것도 좋겠다. 그 길에 지금까지의 가이드가 조금이라도 보탬이 된다면 필자는 더 바랄 것이 없다.

실존의 슬픔에서 무의미의 실험까지
- 김춘수 시 세계

　시만을 위해 시를 쓰는 시인. 그것이 김춘수이다. 김춘수는 한용운
도 이상화도 '아마추어'라고 말하며 시인으로서 자신을 '프로페셔널'
로서 자부한다. 그래서인지 김춘수의 시는 어렵다. 이는 그가 언어
와 의미에 대한 사유를 통해 특유의 시론을 전개하고 전문적인 시를
쓴 시인이기 때문이기도 하다. 그의 시는 서정적인 시에서조차도 그
안의 관념성을 함께 읽도록 한다.

　김춘수는 60년에 가까운 시기를 한국문학의 흐름과 함께하면서
한국시문학 및 문단에 큰 영향을 준 것으로 평가받는다. 이는 그가
시 창작에 있어서 시어에 대한 실험을 위시하여 안주함이 없이 끊임
없는 변화의 노력을 보여주었던 시인이기 때문이다. 이런 김춘수의
시세계의 흐름에 대해 연구자들은 흔히 그가 "의미의 세계에서 무의
미의 세계로, 그리고 언어의 전위적인 해체와 그것을 다시 지양하는
것으로 나아갔"[62]다고 이해한다. 그래서 그의 시세계 전반을 이해하
는 데에는 창작기를 기준으로 분류하여 이해하는 것이 좋은 것처럼

* * *

62　손병희, 「김춘수의 시와 존재의 슬픔 - 초기시를 중심으로」, 『국어교육연구』 제50집, 국어
　　교육학회, 2012.2, 525쪽.

생각될 수도 있다.

그럼 전문적인 연구 수준의 시야 없이는 김춘수의 시를 읽을 수 없는가. 그렇지는 않을 것이다. 여기서는 그의 시를 관통하는 것으로 다뤄지는 몇 가지 키워드를 통해 그의 시세계를 훑고자 한다. 그의 시를 심오하게 이해하는 데에 앞서 감상의 포인트를 찾는 것을 목표로 하자.

슬픔 - 실존의 아픔과 시

저마다 사람은 임을 가졌으나
임은
구름과 장미되어 오는 것

눈 뜨면
물 위에 구름을 담아 보곤
밤엔 뜰 장미와
마주 앉아 울었노니

「구름과 장미」 부분

김춘수의 시에 흐르는 기본적인 정서로 많이 드는 것은 바로 '슬픔'이다. 그는 '울음', '눈물' 등을 통해 시 속에서 '슬픔'을 드러낸다. 이 슬픔은 어디에서 오는 걸까. 한용운이 그랬던 것처럼 절대적 존재인 '임'을 잃었기에 오는 것일까. 그렇다고 하기에는 조금 무리가 있어보인다. 이를 확인하기 위해 김춘수의 시에서 '임'을 만나보자. 그의 첫 시집에 수록되고 시집의 제목이 되기도 한 시, 「구름과 장미」에서 '임'은 언제나 '구름과 장미되어 오는 것'이라고 한다. 시가 말하듯이 이 임은 구름으로 장미로 와서 그저 밤낮으로 '울음'을 짓게 한다. 그렇다면 이 '임'은 잃어버림으로써 슬픔이 되는 존재가 아니라 슬픔 그 자체라고 해야할 것이다. 여기에는 애초에 가지게 됨으로써 잃어버린 역설적인 '임'이 있다.

부서져 흩어진 꿈을
한 가닥 한 가닥 주워 모으며
눈물에 어린 황금빛 진실을
한아름 안고
나에게 온다

「또 하나 가을 저녁의 시」부분

그렇다면 이 역설적인 '임'은 무엇이며 김춘수 시의 화자는 왜 이렇게 슬퍼하는 걸까. 김춘수 시전집에 "다른 시집에 수록되지 않은 초기 시"라는 주제로 분류되어 있는 「또 하나 가을 저녁의 시」를 보면, "부서져 흩어진 꿈"이라는 시어가 나온다. 아마도 노을로 보이는 무엇이 "나에게 온다"고 말하고 있는데 이를 바라보고 있는 눈에 '눈물'이 어린다. 그럼 꿈이 "부서져 흩어진" 게 슬픔의 이유처럼 느껴진다. 그런데 중요한 것은 이것은 꿈이 부서진 뒤에 "황금빛 진실"의 모습으로 오고 있다는 것이다. 꿈이 부서져 흩어지는 것이 '진실'이 된다는 의미라고 할 수 있다.

이 시에서 삶의 진실은 꿈으로 이야기되는 환상이 부서진 이후에 볼 수 있으며, 이를 보는 것은 눈물이 날 정도로 슬프다. 그런데 조금만 생각해보면 이는 우리가 흔히 부닥치는 무상감이 아닌가. 가치 있다고 생각했던 것의 무가치함을 확인할 때, 잘 알고 있다고 생각했던 것을 더 이상 알 수 없게 될 때, 내 믿음의 부질없음을 느낄 때, 이럴 때 실존의 감각은 우리에게 다가온다. 삶, 그 자체의 슬픔이.

물론 김춘수 시의 슬픔도 역사정치적으로 해석할 수 있다. 그 시절을 역사기록적 이해로 살필 때 지식인 김춘수의 '꿈'도 일제강점과 분단 앞에서 '부서져 흩어'졌을 거라고 할 수도 있다. 하지만 김춘수의 어린 시절을 생각해보면, 그게 무슨 꿈인가 싶다. 내키는 대로 학창시절을 보낼 수 있었던 만석꾼 집안의 장남이었던 김춘수는, 스스로 별 꿈이 없었다고 고백한다.

결국 김춘수에게 슬픔은 삶의 '진실'이며 '운명'이며 '심연'이다. 「호湖」에 그 진실의 심연이 표현돼있다. 세계의 그 어떠한 격변 앞에서도 변하지 않는 것이 있다. "먼 나의 할아버지"로 나타나는 인생의 근원적 심연에 "덮이고, 덮인 슬픔". 그 슬픔은 절대 변하지 않고 여기, 삶에 놓여 있다.

슬픔 위에 슬픔이 덮이고, 덮인 슬픔 위에 바람이 지나가도 짙은 그 속 한 장 건드리지 못하고.

　햇살이 샘물같이 솟아지고, 밤이면 달빛이 은실모양 흘러내려
도 흘러내려도…… 하늘이 울어 땅이 동하고, 드디어 천지가 뒤엎
이는 저 나종의 나종에도, 밑바닥의 밑바닥 먼 나의 할아버지가
애터지게 울고 간 그 슬픔 한 장 건드리지 못하고……

「호湖」전문

　그렇기에 김춘수의 시에서 시 자체가 아닌 어떠한 희망도 찬란하
게 빛나지 않는다. 「꽃」에서 "무엇이 되고 싶다"며 "나의 이름을 불러
다오."라고 말하는 희망조차도 찬란한 비전으로 나타나기보다는 꽃
의 소박한 아름다움으로 나타난다. 또한 이것조차도 「꽃을 위한 서
시」에서 슬픔과 소망이 서로 밀고 당기는 것으로 표현된다.

　나는 시방 위험한 짐승이다.
　나의 손이 닿으면 너는
　미지의 까마득한 어둠이 된다.

　존재의 흔들리는 가지 끝에서
　너는 이름도 없이 피었다 진다.
　눈시울이 젖어드는 이 무명의 어둠에
　추억의 한 접시 불을 밝히고
　나는 한밤내 운다.

나의 울음은 차츰 아닌 밤 돌개바람이 되어 탑을 흔들다가
돌에까지 스미면 금이 될 것이다.

…… 얼굴을 가리운 나의 신부여,

「꽃을 위한 서시」 전문

「꽃」에서는 이름을 부르는 행위로 서로에게 의미 있는 존재가 될 수 있는 것처럼 보이지만, 「꽃을 위한 서시」에서는 "손이 닿으면 너는/미지의 까마득한 어둠이 된다." 우리는 이름을 부르고 의미를 서로 주고받는 관계 속에 있고 싶지만, 어쩌면 누군가와의 만남은 상대를 까마득하게 떨어뜨리는 일이며, 그때 우리는 폭력적인 "위험한 짐승"일 수 있다. 존재로서 서로 교차할 수 없는 폭력적 현장 앞에서 슬픔은 "한밤내" 계속될 수밖에 없는 것이다. 그렇다면 김춘수 시의 근원에 놓인 슬픔은 실존적 자각의 과정이자 결과라고 볼 수 있다. 그는 역사 앞에서 슬픔을 느끼기보다 인간 존재 앞에서 슬픔을 느끼는 현대적 감각의 시인이었던 것이다. 그리고 이 존재의 슬픔은 현대인인 우리가 공유하는 감각이기도 하다. 그의 시 속에 흐르는 슬프지만 아름다운 그 무엇에 대한 우리의 공감 안에서 그의 시는 앞으로도 살아 있을 것이다.

역사 – 폭력적 시대와 순수로서의 시

역사는 누군가에게 자긍심일 수 있고, 또 누군가에게는 아픔일 수도 있다. 한민족의 유구한 역사는 한국인의 자긍심이지만, 침략과 억압의 세월에 대한 아픔이 서려있는 것이기도 하다. 한편으로 역사는 부조리한 현실을 언젠가 심판하고 바로잡을 초월적인 힘일 수도 있다. 독재의 강압에 저항했던 사람들은 역사의 힘을 믿고 제 한 몸을 민중과 역사의 이름으로 내던질 수 있었다.

하지만 김춘수에게 역사는 폭력 그 자체였던 것 같다. 해방 전에는 일제의 폭력을 경험했고, 독재 정권 앞에서는 정치인으로서의 역할을 강요받았다. 그에게 역사는 폭력의 이름이었으며, 폭력과 이데올로기는 같은 것으로 느껴졌다. 그래서 그는 역사를 혐오했으며, 그 어떤 정치적 신념도 갖지 않았다. 이런 김춘수에게 시는 '역사=폭력=이데올로기'와는 다른, 순수한 어떤 것이자 구원적인 것이었다.

여기 풋풋한 향기의 과실이 있다.
익지 않은 그대로 몸부림치며 미래에로 떨어진 과실이 있다.

한번은 가졌던 우리들의 모습이다.
(중략)
모든 찬란한 것 가슴에 안고
잠자듯 명목(瞑目)하라.

명목하라.

「순정 - 산화한 젊은 학병들의 영령께 드림」 부분

그래서 그에게 역사적 부조리는 슬픔과 함께 와서 슬픔으로만 머문다. 그는 「순정」에서 학도병의 죽음을 '떨어진 과실'에 빗대어 기린다. 그들은 살아남은 '우리들'이 살아가면서 잊게 될 '풋풋한 향기의' '익지 않은' 젊음을 온몸으로 부딪혀 "산화"했다. 그 앞에 "찬란한 것"이 있길 바라는 말 그대로 학도병들의 죽음을 안타까워하며 기리는 시이다.

1
(전략)
우러러도 우러러도 보이지 않는
치솟은 그 절정에서
누가 그들을 던졌습니까?
(중략)
5
그러나
그들의 몸짓과 그들의 음성과
그들의 모든 무구의 거짓이 떠난 다음의
나의 외로움을
나는 알고 있습니다.

수정알처럼 투명한

순수해진 나에게의 공포를

나는 알고 있습니다.

내가 죽어가는 그들을 위하여

무수한 우주 곁에

또 하나의 우주를 세우는 까닭이

여기에 있습니다.

「무구한 그들의 죽음과 나의 고독」 부분

　김춘수에게는 이 부조리 앞에서 할 수 있는 일이 단 하나밖에 없다. 그것은 "또 하나의 우주를 세우는" 일이다. 「무구한 그들의 죽음과 나의 고독」을 보면 역사의 미명 아래 죽어간 "죄 지은 기억 없는 무구한 손들"이 떠나간 후 그들을 기리고자 하는 화자가 나타난다. 무구한 그들은 누군가에게 "절정에서" 던져진 존재들이며 '나'가 더 이상 그 무엇도 해줄 게 남아 있지 않은 존재들이다. 그리고 그 자리에 남은 '나'는 "외로움"의 "공포"를 느끼고 있다. 그들이 아픔을 겪고 치욕을 겪은 채로 내던져져 떠난 것은 각자의 "우주" 때문이되 '나'에게 남을 이 고독은 그와 상관없는 "수정알처럼 투명"하고 "순수"한 공포이다. 역사의 희생양에게서 역사를 삭제하고 그 죽음에만 순수하게 슬퍼하고 있는 것이다.

　이 순수한 슬픔, 고독으로 그가 세우는 "또 하나의 우주"는 무엇일까. 김춘수에게 찾을 답은 하나뿐이다. 그것은 바로 '시' 자체이다. 그에게 '시'가 역사와 정치를 떠나 순수한 것이며 구원인 까닭이 이 시에 녹아 있다.

김춘수의 문학에 '순수'라는 이름을 붙여 시대에 참여하지 않았다는 비판을 가할 때, 적어도 하나는 확실히 옳다. 김춘수에게 '시'는 '순수'한 것이다. 그 스스로도 역사와 정치, 이데올로기에서 벗어난 '순수'한 곳에서 '시'를 추구해야 한다고 말한다. 그리고 여기서 순수는 그에게 있어 순수이다. 그는 시를 정치와 역사로부터 떨어져 독립적으로 순수한 것으로 여겼다.

하지만 한편으로 그가 시대와 완벽한 거리두기를 한 비겁자였다는 것은 명백한 사실이라기보다는 기준과 정도에 따라 다르게 말할 수 있는 문제일 수도 있다. 김춘수의 바람과 다르겠지만, 그의 시도 시대로부터 완전히 비껴가지는 못하고 있기 때문이다. 그의 시에서도 그의 슬픔을 자아내는 대상들 속에서 시대에 속한 존재들을 볼 수 있다.

다뉴강에 살얼음이 지는 동구의 첫겨울
가로수 잎이 하나 둘 덜어져 딩구는 황혼 무렵
느닷없이 날아온 수발數發의 쏘련제 탄환은
땅바닥에
쥐새끼보다도 초라한 모양으로 너를 쓰러뜨렸다.
순간,

바쉬진 네 두부頭部는 소스라쳐 삼십보 상공으로 튀었다.

두부를 잃은 목통에서는 피가 네 낯익은 거리의 포도鋪道를 적
시며 흘렀다.

-너는 열세 살이라고 그랬다.

(중략)

한강의 모래사장의 말없는 모래알을 움켜 쥐고

왜 열세 살 난 한국의 소녀는 영문도 모르고 죽어 갔을까,

죽어 갔을까, 악마는 등 뒤에서 웃고 있었는데

(중략)

싹은 비정의 수목들에서보다

치욕의 푸른 멍으로부터

자유를 찾는 네 뜨거운 핏속에서 움튼다.

싹은 또한 인간의 비굴 속에 생생한 이마아쥬로 움트며 위협하고

한밤에 불면의 염염炎炎한 꽃을 피운다.

부다페스트의 소녀여,

「부다페스트에서의 소녀의 죽음」 부분

그의 대표작 중 하나로 꼽히는 「부다페스트에서의 소녀의 죽음」
은 폭력의 시대에 희생된 존재가 '소녀'로 등장한다. 그 소녀는 부다
페스트에서뿐만 아니라 "한강의 모래사장"에서도 죽었다. "열세 살
난" 어린 목숨이 희생되는 그 처참한 현장 앞에서 화자는 '왜 죽어 갔
을까'하며 안타까운 물음을 한다. 그리고 이 이해할 수 없는 폭력 앞

에 희생당한 소녀의 '피'를 '싹'이 움트는 희망적인 것으로 대립시킨다. 폭력에 '치욕'을 겪더라도 '자유를 찾는' 그 '뜨거운 핏속에서'야말로 어두운 '한밤'을 '염염'히 밝히는 '불꽃'의 싹은 움트는 것이다. 이것이 부조리한 폭력 앞에서 밝히는 사회적 문제의식이 아니라면 무엇이겠는가.

그렇다면 그의 시에 대해 사람들이 오해하고 있는 것일까. 그건 아닐 것이다. 오히려 오판은 그의 몫이다. '문학'이, '시'가, '순수'할 수 있다는 믿음, 그 자체가 순수하지 않은 제3의 정치적 영역임을 인식하지 못했거나 인정하기 싫었던 작가의 오기에서 그 이유를 찾아야 할 것이다. '시'를 그 자체로 독립적인 영역으로 여기고 싶었던 문학인의 낭만적 의식에 그 까닭을 물어야할 것이다.

초극 - 고통 앞에서 양심을 수호하기를 바라는 시

말하자면 김춘수는 단순히 현실에 안주하고 부조리에 무턱대고 눈 돌렸던 시인은 아니었다고 할 수 있다. 그 나름의 문제의식으로 문제를 극복하고자 하는 노력을 가했다. 물론 이는 그 영향이 직접 눈에 보이는 현실정치적 행위를 통해서가 아니라 시인으로서 시작(詩作)을 통해서 그렇게 했다.

연구자들은 70년대 이후 그의 시에 도드라지는 것으로 초극(超克) 지향을 든다. 무엇으로부터의 초극인지 시인이 직접 밝힌 바 있다.

그것은 폭력의 고통 앞에서 무너졌던 자신의 나약함이다. 그는 고통, 특히 육체적 고통의 무게를 스스로 감당하기 어렵다고 했다.

> (전략)
> 나는 스물두 살이었다.
> 대학생이었다.
> 일본 동경 세다가야서(署) 감방에 불령선인(不逞鮮人)으로 수감되어 있었다.
> 어느날, 내 목구멍에서
> 창자를 비비 꼬는 소리가 새어 나왔다.
> 〈어머니, 난 살고 싶어요!〉
> 난생 처음 들어보는 그 소리는 까마득한 어디서,
> 내 것이 아니면서, 내 것이면서……
> (후략)
>
> 「부다페스트에서의 소녀의 죽음」 부분

「부다페스트에서의 소녀의 죽음」을 제5시집 『꽃의 소묘』에 실었을 때, 그는 시 속 소녀들의 죽음 사이에 자신이 겪은 부당한 폭력의 장면을 삽입해놓았었다. 이 시구들을 통해 그가 부당한 폭력 앞에서 스스로 견뎌내지 못하는 고통을 느꼈다는 것을 알 수 있다. 그리고 이것이 얼마나 '치욕'스러웠는지가 그의 시와 에세이 모두에서 나타난다. 그 이유일까. 그는 제5시집 이후 다른 시집에 이 시를 재수록

하면서 이 시구들을 삭제한다. 부끄러움을 감추듯이.

이 경험 속 고통은 이중적인 물음을 자아낸다. '나는 왜 이런 고통을 당해야 하는가' 그리고 '나는 왜 이 고통을 이겨낼 수 없는가'. 하나가 역사의 부당함을 인식하고 혐오하는 데에로 나아간다면, 다른 하나는 개인으로서 고통을 초월할 수 있기를 바라는 데에로 나아간다. 그의 에세이 「나를 스쳐간 그·3」에는 당시의 상황과 심정이 자세하게 적혀 있다. 그는 고문의 고통 앞에서만 좌절한 것이 아니라 스스로의 양심을 저버렸다는 데에 좌절했다고 고백한다.

> 나는 고문을 견딜 수가 없었다. 그러자 나에게는 좌절이 왔다. 나는 그때의 모욕감을 지금도 씻어내지 못하고 있다. 왜 나는 그때, 내가 하지도 않은 일을, 아니 하기는커녕 생각지도 않은 일을 한 것처럼(애매하기는 했으나) 시인하고 말았는가?
>
> 「나를 스쳐간 그·3」

작가의 초극의 지향점은 바로 여기 개인의 차원이다. 스스로 진실한 차원을 외부의 폭력적 억압 앞에서도 지켜내는 것. 그는 이런 신념을 '양심'이라고 부른다. 말하자면 그에게 진실로 초극하고 싶은 것은 순수하고 진실된 정신을 훼손하려는 고통인 것이다. 이를 위해 그가 멘토로 삼은 대상들이 시에 등장한다. 대표적인 것이 '예수'이다.

김춘수는 세다가야 경찰서에서 고문을 당할 때 '예수'를 떠올렸다고 한다. 자신은 조금도 견딜 수 없는 육체적 훼손의 고통을 예수는 어떻게 견딜 수 있었던 걸까 생각했다고 한다. 그의 제8시집 「남천」에는 '예수를 위한 여섯 편의 소묘'라는 제목으로 예수를 소재화하고 그의 삶 그대로를 주제화한 6편의 시가 실려 있다. 여기서 예수는 자신의 의지로 핍박의 고통을 이겨내려는 한 인간으로 그려지고 있다. 그에게는 고통이 있고, 고통 앞에 선 의지가 있다. 「마약」이 이를 잘 보여주는 시이다. 인류의 구원을 위해 죽음을 겸허하게 받아들이는 예수의 모습을 극대화하는 것은, '마약'을 물리는 의지이다. 고통 앞에서 굴하지 않는 의지에 대한 시인의 갈구가 그대로 예수의 기도로 드러난다.

　- 예수가 십자가에 못 박힐 때, 그의 아픔을 덜어 주기 위하여 백부장인 로마 군인은 술에 마약을 풀어 그의 입에다 대어 주었다.

　예수는 눈으로 조용히 물리쳤다.
　- 하나님 나의 하나님,
　유월절 속죄양의 죽음을 나에게 주소서.
　낙타 발에 밟힌
　땅벌레의 죽음을 나에게 주소서.
　살을 찢고
　뼈를 부수게 하소서.
　애꾸눈이와 절름발이의 눈물을

눈과 코가 문드러진 여자의 눈물을

나에게 주소서.

하나님 나의 하나님,

내 피를 눈감기지 마시고, 잠재우지 마소서.

내 피를 그들 곁에 있게 하소서.

언제까지나 그렇게 하소서.

「마약」 전문

    여기에 덧붙이면 김춘수가 '예수'를 통해 그리고 닮고자 하는 것에 신앙심은 없었다고 한다. 김춘수는 예수의 행적에 대해 현실적인 차원의 이야기로 이해하려는 발언들을 보여주었고, 성경을 허황되다고 말했다고도 한다. 그렇다면 김춘수가 심취해 있던 예수는 말 그대로 초극의 위인이라고 할 수 있다.

    고통을 넘어선 의지와 양심에 대한 시인의 소망이 또한 드러난다고 평가받는 것이 제14시집인 『들림, 도스토예프스키』이다. 여기서 '들림'은 '신들림'의 '들리다'에 해당하는 의미이다. 오랜 기간 시인은 도스토예프스키의 작품을 반복해서 읽어왔다고 하는데, 도스토예프스키의 육체적, 정치적 고난과 작품을 연결해 그를 위대한 정신으로 이해해왔던 것으로 여겨진다. 시집 전체의 시들이 모두 도스토예프스키의 작품 속 인물들을 화자로 등장시킨 작품들이며, 김춘수의 언어 실험 의식이 함께 나타나 난해하기 그지없는 시집이다. 하지만 도스토예프스키 작품에 조예가 있고, 김춘수의 초극 지향에 대한 궁금증이 동하는 독자는 한번 접근해보는 것도 나쁘지 않을 듯하다.

무의미 - 의미를 벗는 것의 의미

이제 김춘수의 시세계를 얘기하는 데에 빠질 수 없지만 가장 어려운 영역이 남았다. 1969년까지 10년간의 시 창작의 침묵을 깨고 돌아왔을 때, 김춘수는 새로운 영역에 대한 탐사 준비를 하고 있었다. 그 영역은 그가 스스로 '무의미시'라고 이름 붙이고 그 시론을 제창한 영역이다.

말했듯이 김춘수는 '시'를 '순수'한 것이라고 생각했으며, 이 순수함은 정신을 옭아매는 '의미'로부터도 벗어날 때 "가장 순수"해질 수 있을 거라는 전망을 내놓는다. 이 전망은 그를 의미로부터 벗어나는 시어의 사용으로 이끌었고, 그는 무의미시의 시론과 창작에 대한 실험을 감행했다.

시는 진보하는 것이 아니라 진화하는 것이라는 가설이 성립된다고 한다면, 어떤 시는 언어의 속성을 전연 바꾸어 놓을 수도 있지 않을까? 언어에서 의미를 배제하고 언어와 언어의 배합, 또는 충돌에서 빚어지는 음색이나 의미의 그림자나 그것들이 암시하는 제이의 자연 같은 것으로 말이다. 이런 일들은 대상과 의미를 잃음으로써 가능하다고 한다면, <무의미시>는 가장 순수한 예술이 되려는 본능에서였다고도 할 수 있을는지 모른다.

「의미와 무의미」(『김춘수 전집2』, 문장, 1986)

그럼 무의미시의 시어는 의미를 버리고 무엇을 보여주는 것일까. 위 글에 따르면 그는 언어의 배치에서 나타나는 "음색"과 "의미의 그림자나 그것들이 암시하는 제2의 자연" 같은 것을 기대했던 듯하다.

사랑하는 나의 하나님, 당신은

늙은 비애다

푸줏간에 걸린 커다란 살점이다.

시인 릴케가 만난

슬라브 여자의 마음 속에 갈앉은

놋쇠 항아리다.

손바닥에 못을 박아 죽일 수도 없고 죽지도 않는

사랑하는 나의 하나님, 당신은 또

대낮에도 옷을 벗는 어리디어린

순결이다.

삼월에

젊은 느릅나무 잎새에서 이는

연둣빛 바람이다.

「나의 하나님」 전문

그의 시 중 또한 유명한 시 「나의 하나님」도 무의미시에 대한 실험을 준비하던 시기의 시이다. 이 시는 우리가 잘 알고 있는 'A=B'의 형식인 은유를 연쇄적으로 전환하고 있다. 대상은 "나의 하나님"이며, 이를 "늙은 비애", "커다란 살점", "놋쇠 항아리", "어리디어린 순결", "연두빛 바람"에 순차적으로 빗대고 있다. 여기서 빗대어진 대상(보조관념)들은 모두 의미를 획득할 수 있다. 이를 통해 성서적 해석도 가능하다. 그러나 이 시기 김춘수의 의도에 따른다면 이 5가지 빗대어진 대상들은 서로 괴리를 일으키며 의미를 비켜나가는 데에 시어로서의 가치가 있다. 말하자면 비애와 살점, 놋쇠항아리와 바람 등 시어들 사이의 부딪힘이 만들어내는 이미지의 교차와 흐려짐 따위가 중요한 것이다. 그 안에서 "나의 하나님"은 뚜렷한 의미적 대상이 되기보다 어떤 색채적 대상이 된다. 또한 이 색채는 여러 색이 뒤섞여 있는 모습에 해당할 것이다.

그의 무의미시가 그 모습을 명확하게 보인 것은 연작시 「처용단장」에 이르러서이다. 4부로 총 86편에 달하는 이 연작시는 의미를 읽으려는 사람에게 혼돈 그 자체로 다가온다. 제목의 소재는 신라시대의 설화인 처용설화를 차용한 듯한데 본문에 처용이 한 번도 등장하지 않는다.

불러다오.
멕시코는 어디 있는가,
사바다는 사바다, 멕시코는 어디 있는가,

사바다의 누이는 어디 있는가,

말더듬이 일자무식 사바다는 사바다,

멕시코는 어디 있는가,

사바다의 누이는 어디 있는가,

불러다오.

멕시코 옥수수는 어디 있는가,

「처용단장」제2부 5

그런데 일견 그의 뜻대로 어떤 의미로도 안 읽힐 것 같은 이 작품은, 조금 신경써서 읽게 되면 의미화된다. 위의 '사바다'를 반복하는 구절들을 보자. 우선 '멕시코'와 연결해서 '사바다'를 보면 그를 20세기 초 멕시코 혁명의 중심인물이었던 '에밀리아노 사바타'로 특정할 수 있다. 그리고 '어디 있는가'라고 묻는 것을 지리나 지정학적 측면이 아닌 혁명에서 염원하는 이상향을 찾는 것으로 이해하면 "불러다오."와 "어디 있는가"는 갈망과 염원의 말이 된다. 여기에 '일자무식', '누이', '옥수수'를 연결하면 이 염원이 농민 민중의 벼랑끝 소망이라는 것으로 연결된다. 그렇다면 "사바다는 사바다"로 의미가 회귀하는 것은 혁명과 혁명가의 고립을 보여주는 것일 수도 있다.

이렇게 언어를 사용하든 이미지를 사용하든 예술은 의미화될 수밖에 없다. 그 이유를 간단히 하자면 예술은 일개인의 소산이 아니기 때문이다. 예술을 향유한다는 것은 소통을 전제로 할 수밖에 없다. 따라서 김춘수가 진정으로 절대적 무의미를 추구했다면 그의 시도는 애초에 실패할 운명이었던 것이다.

　김춘수는 이를 몰랐을까. 그래서 말년에 다시 자연과 슬픔에 관한 서정성 짙은 시들을 썼던 것일까. 결국 이 회귀는 그의 패배를 의미하는 것일까. 그렇진 않을 것이다. 그의 에세이와 그에 대한 글들을 접하면 그의 성격에 대해 결벽증적이며 "신경질적이고 편집적이고 자기중심적"[63]이라고 하는 것을 볼 수 있다. 시인으로서 예민하고 섬세했던 것만큼 일상적 성격에서 내향적이고 배타적인 부분이 있었던 듯하다. 이러한 성격을 통해 추측할 때 그는 그에게 있어 구원이자 순수인 시에 대해서는 타협을 할 수 없는 사람이었던 듯하다. 따라서 그의 무의미시 실험은 시의 순수함을 극단까지 밀어붙여 본 의미 있는 실험으로 그에게 남았을 것이다.

　하지만 한편으로 역사와 이데올로기를 동일하게 본 그의 관점은 그가 싫어하던 정치적 신념의 또 다른 영역일 뿐이다. 정치적 신념에 대한 거부라는 신념. 이런 신념을 지키는 데에 무엇을 외면해야 하며 무엇을 고집해야 하는지 그를 통해 조금 생각해볼 수 있겠다. 70년대 후반에서 80년대 전체에 이르는 과정 속에서 민중문학이 한국문학의 관점을 뒤흔들 때에도 문학의 순수를 옹호하는 그의 태도는 변함이 없었다. 오히려 민중문학론을 민중이라는 허위적 관념에 대해 편향적이며 역사주의적이라고 비난했으며, "당신네들의 글에

- - -

63 이기철 『김춘수의 풍경』, 문학사상, 2020.

는 인간으로 태어난 고민이 너무 없"다고 말했다.

김춘수는 사회적 인간이 아니라 개별적 단독자인 인간으로서만 본질에 다다를 수 있다고 믿었던 것이다. 이러한 외골수 시인이었기 때문에 김춘수는 언어와 의미에 대한 실험을 장기간 지속할 수 있었을 것이다. 그 덕분에 어쩌면 그 행위 자체가 무의미한 것처럼 보이는 그의 실험은 한국의 문학론에 외연을 보태어주며 '의미' 있는 시도로 남게 되었다. 김춘수. 그의 이름은 한국문학의 장 안에서 언어 실험의 대표적 문학가로 기억될 것이다.

관련 관광지

- 관광지 정보는 통영시청 〈통영관광포털〉(https://www.utour.
  go.kr/utour.web) 중에서

남망산 조각공원

경상남도 통영시 남망공원길 29 (동호동)

관리기관 : 통영시민문화회관

문의전화 : 055-650-2620

충무공원이라고도 불리며, 벚나무와 소나무가 우거진 높이 80m의
남망산을 중심으로 전개된 공원이다. 남동쪽으로 거북등대와 한산

도, 해갑도, 죽도 등의 한려수도의 절경을 바라볼 수 있다. 또한 산꼭
대기에는 1953년 6월에 세워진 이충무공의 동상이 서 있다. 공원 기
슭에는 조선시대에 1년에 2번 한산무과의 과거를 보았다는 열무정
의 활터와 무형문화재 전수관, 시민문화관이 있고 남망산 꼭대기에
올라 공원 안을 한차례 둘러 보면 무엇보다도 먼저 바다를 바라보고
우뚝 서 있는 이순신 장군의 동상이 눈에 띈다.

통영케이블카

경상남도 통영시 발개로 205(도남동 349-1)

관리기관 : 통영관광개발공사

문의전화 : 1544-3303

이용시간 : 09:30 ~ 18:00

홈페이지 : http://corp.ttdc.kr

우리나라 100대 명산으로 지정된 해발 461m 미륵산 8부능선에 위치한 통영케이블카는 1,975m로서 관광용으로는 국내 최장의 길이를 자랑한다. 우리나라 최초 바이 곤돌라 자동순환식 8인승 48기를 설치하였고, 2008년 4월 개통되어 통영의 관광은 통영케이블카로부터 시작되고 있다.

친환경적인 데크를 이용해 일출과 일몰을 한 곳에서 즐길 수 있으며 보석 같은 섬들도 수놓아진 형언할 수 없는 쪽빛 바다의 장관도 느껴볼 수 있다. 도남동 하부정류장에서 케이블카를 타고 올라가면 왼쪽부터 거제대교를 시작으로 통영항이 눈앞에 나타나며, 미륵산 정상에 오르게 되면 한산도를 거쳐 통영앞바다의 대부분의 섬을 파노라마로 둘러볼 수 있다.

특히 미륵산 정상에서 볼 수 있는 10대 경관이 유명한데, 일출과 일몰, 화산 분화구에 논과 밭이 얽혀있는 모양의 야숫골, 한산대첩을 이룩한 충무공 이순신의 충절을 기리는 한산대첩승전지, 기념물 제210호인 봉수대, 전 세계에서 통영시 미륵산에서만 자라고 있는 통영병꽃나무, 한국의 나폴리라고 불리는 항구도시인 통영시의 전경과 야경, 한려수도와 대마도까지도 볼 수 있어 많은 관광객의 발걸음이 끊이질 않고 있다.

전혁림 미술관

경상남도 통영시 봉수1길 10 (봉평동)

문의전화 : 055-645-7349

이용시간 : 10:00 ~ 17:00

　"색채의 마술사" 또는 "바다의 화가"로 불리는 전혁림화백은 한국
적 색면추상의 선구자로 구상과 추상을 넘나드는 조형의식을 토대
로 독자적인 영역을 구축해온 작가이다. 전혁림 미술관은, 화백이
1975년부터 30년 가까이 생활하던 집을 헐고 새로운 창조의 공간으
로 신축한 건물로서 2003년 5월 11일 개관하였으며, 전혁림화백의
작품 80점과 관련자료 50여점을 상설 전시하고 3개월 단위로 교체
전시하고 있다. 또한 이곳은 그의 작업실과 그의 생활공간도 함께
볼 수 있어 그의 작품세계를 이해하는 데 더욱 도움이 된다. 매년 봄
과 가을에 2회의 기획전을 통한 역량있는 청년작가의 작품전을 개최

함으로써 지역화단 활성화에 기여하고 있는 곳이기도 하다.

해저터널

경상남도 통영시 도천1길 1(당동)

문의전화 : 055-650-4683

이용시간 : 00:00 ~ 24:00

경상남도 통영시 당동에서 미수동을 연결하는 해저터널이 있다.
이곳은 2005년 9월 14일 등록문화재 제201호로 지정되었다. 통영
시 도천동사무소 앞 해안도로에서 약 100m 지점의 우측에 위치한
해저터널 관광지는, 1931년부터 1932년까지 1년 4개월에 걸쳐 만든
동양 최초의 바다 밑 터널로 길이 483m, 너비 5m, 높이 3.5m, 수심
13.5m(만조 시)이다. 바다 양쪽을 막는 방파제를 설치하여 생긴 공

간에 거푸집을 설치하고 콘크리트를 타설(打設)하여 터널을 만든 뒤 다시 방파제를 철거하여 완공했다. 예전에는 통영과 미륵도를 연결하는 주요 연결로였지만 충무교와 통영대교가 개통되면서 지금은 거의 사용하지 않고 있지만, 이곳은 24시간 개방하고 있으며 휴무일과 입장료 없이 언제나 부담 없이 찾을 수 있다.

미수해양공원

경상남도 통영시 미수동
관리기관 : 관광안내소
문의전화 : 055-650-0580, 2570

통영대교 아래에 조성된 해양공원은 지역 주민뿐 아니라 여행객들까지 바닷바람을 맞으며 쉬어가기 좋은 곳이다. 놀이터와 클라이

밍을 즐길 수 있는 인공암벽이 마련되어 있으며, 자전거교실, 교통
안전교육장도 있다.

사량대교

경남 통영시 사량면 금평리

관리기관 : 관광안내소

문의전화 : 055-650-0580, 2570

권역 : 사량권

　2010년도부터 도서종합개발사업에 반영하여 추진한 사량대교는
5년 5개월의 공사기간을 거쳐 총연장 530m, 폭 13.1m의 2주탑 대칭
형 사장교와 접속도로 L=935m, B=11.5m로 시공되었으며 도내에서
는 섬과 섬을 잇는 연도교 중 최대규모를 자랑한다.

　2015년 9월 사량대교 준공으로 상도와 하도로 분리된 사량면 14개

마을 주민들의 생활권이 통합되었으며, 상도의 국내 100대 명산에 포함된 지리산 옥녀봉과 하도의 7개 봉우리로 유명한 칠현산이 하나의 관광벨트로 이어져 관광객의 교통편익을 제공한다.

연화도 용머리

경상남도 통영시 욕지면 연화리

관리기관 : 관광안내소

문의전화 : 055-650-0580, 2570

권역 : 욕지권

'연화도'란 바다에 핀 연꽃이란 뜻인데, 실제로 북쪽 바다에서 바라보는 섬의 모습은 꽃잎이 하나하나 겹겹이 봉오리진 연꽃을 떠올리게 한다. 지금으로부터 약 4백여년 전 이순신 장군과 거승 연화도사, 사명대사, 자운선사에 얽힌 전설이 역사적인 사실로 밝혀져 불교계

의 중요한 유적지로 각광을 받고 있다. 사방이 기암절벽에 둘러싸여 경관이 빼어난데다 연화도사가 비구니 3명과 함께 수도했다는 서낭당(실리암)과 도승들이 부처처럼 모셨다는 전래석(둥근 돌) 등 유물들이 산재해 있다.

누가 하늘을
보았다 하는가

- 신동엽 문학관 -

임세진

내 일생을 시로 장식해봤으면,

내 일생을 사랑으로 장식해봤으면,

내 일생을 혁명으로 불질러봤으면,

신동엽, 「서둘고싶지 않다」 부분

신동엽이 문학 수업을 시작하던 1950년대 우
리 시단은 이른바 모더니즘/전통 지향적 보수주
의가 대립양상을 보이던 때였다. 1950년에 일어
난 전쟁의 비극은 우리 민족에게도, 개개인에게
깊은 생채기를 남겼다. 무엇보다도 깊은 감수성
과 예민한 역사의식을 지닌 시인들에게 그러한

상처는 아마도 '생존'과 '실존'에 관한 무수한 물음표들로 시를 채워
넣게 했을 것이다. 총을 들고 직접 전쟁에 참여하며 생사를 오갔던
시인들은 이 전쟁체험의 비극을 시로써 표현하였다. 유치환의 「보병
과 더불어」, 조지훈의 「다부원에서」, 구상의 「적군 묘지 앞에서」 같은
시들이 있는데, 이들의 노래는 전쟁의 비극을 알리고 이를 극복하기
위한 인간성의 회복을 역설한다. 한편, 전쟁은 인간이 만들어낸 재
앙이기도 하다. 때문에 인간이 만들어낸 문명에 대하여 자조하거나
전쟁의 부조리와 사회의 혼란함에 대한 비판적 목소리를 내기도 했
다. 박인환, 전봉건, 김수영 등을 비롯한 〈후반기〉동인[64]들의 모더

---

64 1951년 부산에서 박인환, 김경린, 김규동, 이봉래 등 주로 모더니즘 지향의 시문학을 추구
하는 시인들이 모여 만든 동인이다. '후반기(後半期)'라는 말은 1950년대 이후, 즉 20세

니즘적 성향의 시들이 그러했다. 반면, 서정주를 비롯한 서정시인들은 오히려 더 과거의 전통으로 회귀하기도 한다.

삶과 죽음 앞에서 시인들은 이렇게 여러 가지 방법으로 사랑을 노래하며 아픔을 달래고 우리의 나아갈 방향들을 찾기 시작했다. 이러한 시단의 한 복판에서 동학혁명의 정신을 전면에 내세우고 우리에게 이야기를 걸어온 시인이 있었다. 바로 신동엽이다.

그는 일제 강점기의 수탈이 한창이던 1930년에 태어나 식민지 시대의 백성으로서의 차별과 부조리함을 어린 시절부터 몸으로 느끼며 자랐다. 또한 해방과 함께 찾아온 좌우익 이데올로기 대립과 이로 인한 전쟁이라는 더욱 극심한 상황을 본인 스스로가 몸소 견뎌내었다. 전쟁 이후에도 여전히 독재 권력의 횡포와 부조리한 사회적 상황에 맞서며 지속적으로 혁명의 열매를 키우고자 했던 시인이었다.

첫 시집 『아사녀』와 그의 장편 서사시집 『금강』 모두 백제 정신과 동학의 혁명정신이 주를 이루고 있는데, 아마도 그가 태어나고 자란 부여의 장소적 의미가 대단히 큰 영향을 미쳤기 때문일 것이다. 그렇기에 그의 고향 생가에 함께 자리하고 있는 문학관 기행과 부여 여행은 시인의 발자취를 따라가는 조금 더 특별한 여행이 될 것이다.

기의 후반기라는 말에서 따온 것이다. 때문에 한국전쟁 이후 황폐해진 상황, 인간성 상실, 전쟁에 대한 공포 등에 대한 비판적 시각을 새로운 시적 방법을 통해 표현하고자 하였다.

건물 자체가 하나의 커다란 예술작품이 되다
: 신동엽 문학관

자료 수장고가 문학관 안에 : 아버지와 아내의 사랑으로 만들어진 '문학 박물관'

신동엽문학관은 시인의 아버지 고 신연순 옹과 부인 인병선 여사의 시인에 대한 애정으로 완성된 곳이다. 아내를 떠나보내고, 두 번째로 맞이한 아내 사이에서 독자로 태어났으니, 아버지의 아들에 대한 사랑은 정말 남달랐을 수밖에 없었을 것이다. 신동엽이 학교를 다니던 시절 성적표와 상장은 말

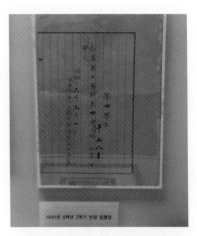

<1941년 4학년 2학기 반장 임명장>
신동엽문학관 전시품

할 것도 없고 고지서 한 장도 버리지 않고 모아두었던 것을 보면, 아들에 대한 사랑은 헤아릴 수 없이 컸으리라 짐작할 수 있다.

신동엽이 성장하는 동안 모아두었던 아버지의 수집품들은 후에 부인 인병선 여사에게로 건네졌다. 특히 인병선 여사가 서울 〈짚풀

생활사박물관〉의 관장이라는 점은 인여사가 자료를 모으고 보관하는데 있어 꼼꼼함과 세심함을 얼마나 기울일 수 있었는지 가히 짐작할 수 있는 부분이다. 기사 스크랩, 당시 쓰던 원고를 비롯한 시인과 관련된 모든 것을 하나도 빠짐없이 모아두었다고 하니, 어떠한 박물관보다도 개별 시인으로서는 최다 자료를 자랑하는 문학관이 될 수밖에 없었을 것이다.

문학관 내부로 들어가면 등반을 마친 시인이 포즈를 취하며 관람객들을 맞이한다. 마치 백두대간을 배경으로 한 듯한 '진달래 산천'에서 시인과 함께 기념사진을 찍어보면 좋을 듯하다.

문학관의 내부 전시실에는 시인의 생애를 정리한 연보가 가장 먼저 눈에 띈다. 그리고 시인이 생전에 즐겨 읽었던 정지용의 『백록담』, 오장환의 『병든 서울』 등의 자료들도 볼 수 있다. 시인의 모든 것을 보관하고 있는 만큼 그의 성적표, 반장 임명장 등 어린 시절과 관계된 귀한 사적 자료들을 비롯하여 시인의 사진으로도 우리가 익숙히 보았던 그의 카키색 '야상'도 전시되어 있다. 말 그대로 신동엽 시인의 삶의 모든 것이 고스란히 담겨 있는 곳이라 하겠다. 신동엽 시인의 육필 원고, 초고와 직접 그린 그림들도 전시되어 있으니, 시인과 관련된 귀한 자료들을 이곳에서 꼭 직접 만나 보면 좋을듯하다.

이 문학관의 핵심은 '자료수장고'다. 물론 일반 관람객들이 직접 그곳에 들어가거나 자료를 열람할 수는 없지만, 내부 전시관에 모두 꺼내놓을 수 없을 만큼 많다는 그 수장고의 자료는 다음의 전시도, 또 있을 기획 전시도 계속해서 궁금해지게 한다.

인병선 여사는 그의 수정하지 않은 초고들을 모두 소장하고 있다고 한다. 신동엽 시인의 경우 검열과정에서의 삭제, 편집으로 인한 의도되지 않은 수정 등의 이유로 실제 출판본과 시인의 원래 의도대로 완성된 시 사이에 차이들이 많을 수밖에 없었다. 때문에 원본과 편집본의 차이를 비교해 볼 수 있는 원본 초고들은 우리 시문학사 차원에서도 매우 귀한 자료가 된다.

신동엽 문학관 내부 전시장 모습이다. 시집 『금강』 초판본과 육필 원고를 함께 전시해 놓았다. 육필원고를 보면 그가 시를 쓰고 고치면서 얼마나 많은 고민을 거듭했을지를 짐작해 볼 수 있다.(왼쪽 사진), 한쪽 벽면으로는 그가 즐겨 읽던 시집과 평소 자주 입었던 그의 겉옷이 전시되어 있다. 학창시절 받았던 상장과 임명장 등 그의 어린절부터의 성장을 그려볼 수 있다.(오른쪽 사진)

신동엽 시인의 시세계를 표현한 "또 하나의 작품"

신동엽 문학관은 문학관 그 자체로도 아름다운 예술품으로 정평이 나 있다. '또 하나의 작품'이라는 별칭에 걸맞게 문학관은 신동엽 시인의 시세계를 시각적으로 표현해 낸 거대한 예술작품과도 같았다.

노출콘크리트로 지어져 모던한 느낌을 주는 문학관은 건축가 승효상의 작품이다. 문학관 외관의 모든 컨셉은 신동엽 시인의 시와 연결되는데, 화려한 장식 없이 콘크리트 벽 그대로를 노출시키고 있는 문학관 외관은 가장 대표적인 시 「껍데기는 가라」라는 시구절을 떠오르게 한다. 건물 2층 옥상으로 오르는 곳은 계단이 없이 언덕을 오르는 듯 잔디로 되어 있는 경사길이다. 마치 신동엽 시인의 「산에 언덕에」라는 제목을 연상할 수 있다. 봄이면 산과 언덕에 꽃이 되어 피어날 "그리운 얼굴들"이 문학관 안에 나지막한 언덕처럼 자리한 이곳에 지천으로 피어날 것만 같다. 또한 위아래의 수직적 모습이 아닌 완만히 오르는 언덕의 형상은 동학의 평등, 평화, 중립사상을 표현한 것이라고 한다.[65]

문학관에 들어서면 곳곳에 설치되어 있는 조형물들로 문학관 보다는 미술관에 가까운 분위기를 느낄 수 있다. 문학관의 입구에서 마주하는 자리에는 부여출신의 미술가 임옥상 작가의 설치미술이 전시되어 있고, 「쉿, 저기 신동엽이 있다」라고 이름 붙여진 구본주의

• • • •

65 김형수(시인) 신동엽문학관 관장 설명

작품이 외관의 한쪽 끝을 장식하고 있다.

　임옥상 작가의 작품은 「시의 깃발」(스테인레스 스틸, 2012)이다. 철제로 된 깃대들의 끝에는 신동엽의 「금강」, 「누가 하늘을 보았다 하는가」 등의 시가 깃발처럼 휘날린다. 철제로 된 글씨 하나하나가 휘날리듯 걸려있는, 말 그대로 '시의 깃발'이다. 바람에 깃발이 흩날리듯 하면서도 철이 주는 강인한 느낌의 형상은 시각 자체로도 시에 압도당하는 기분이었다. 신동엽 시인의 시를 만나는 또 하나의 방법인 것 같다.

　 우리 말이 그 자체의 형상으로
　시공에 우뚝서는 모습을 꿈꿔왔다.
　창공에 글자가 나부끼는 그림!
　말씀의 기둥, 말씀의 육신-몸
　바람과 햇살과
　온전히 하나가 되는
　순정한 공간

　거기 신동엽
　신동엽의 시가 있다.

임옥상, 「시의 깃발」

작품 「시의 깃발」, 스테인레스 스틸, 4.3×10 × 3.5(h)m, 2012-
사진 출처 : 신동엽 문학관 인터넷 홈페이지

　최근 설치되었다는 구본주의 작품은 원제(原題)가 「위기의식」으로, 1987년 6월 항쟁에 '넥타이 부대'가 처음으로 정치적 사건에 함께 행동하게 되었던 역사의 한 지점을 표현한 것이라고 한다. 원제와는 다르게 문학관의 외벽에 붙어 사실상 생가를 흘깃 바라보는 것과 같은 이 작품은 「쉿, 저기 신동엽이 있다」라는 제목으로 이곳에 자리하게 되었다. 김형수 관장의 설명에 따르면 과거 신동엽이 간첩이라는 오명을 입고 있을 때, 실제로 집 뒤 언덕에 사복 경찰들이 숨어 그를 감시한 적이 많다고 한다. 이 작품은 신동엽 시인의 당시 이야기와 오버랩 되면서 그때의 한 장면을 연상하게 한다.

　마지막으로, 문학관 밖에 있지만 멀리서 찾아오는 사람들에게 이곳이 신동엽 문학관이라고 크게 알려주고 있는 작품이 하나 더 있다. 문학관 바로 앞에 자리하고 있는 개인 주택의 전면부를 차지하며 걸려 있는 걸개그림이다. 이 작품은 1980년대 운동권 걸개그림의 대표작가 박영균의 작품으로 제목은 「궁궁을을(弓弓乙乙) - 남부여에서북부여까지」(도자벽화, 2020).

집 한쪽을 모두 차지할 만큼 규모가 상당한 이 작품은 한반도의 위에서 아래까지 길고 큰 강줄기가 모든 산과 대지를 가로지르며 흐르고 있는 그림이다. 신동엽 시인의 「금강」을 형상화해 놓은 듯하다. 문학관이 아닌 개인 주택임에도 불구하고 이러한 그림이 걸려있다는 것이 다소 의아했는데, 이 집은 현재 박물관 운영위원장이 박물관을 가까이 살피기 위해 사비로 매매하여 실제 살고 있다고 한다.

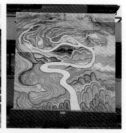

구본주「저기, 신동엽이 있다」(원제:「위기의식」)
박영균,「궁궁을을(弓弓乙乙) - 남부여에서북부여까지」(도자벽화, 2020).

문학관을 지을 당시 인병선 여사가 생가와 자료를 부여군에 기증하면서 당부했던 것이 있었다. 하나는 반드시 승효상 작가의 건축으로 지을 것, 그리고 두 번째는 후배문인들이 관리하도록 할 것 이었다. 그 뜻을 이어받아 만들어진 승효상 작가의 훌륭한 건축물이 구본주, 임옥상, 문영균 작가들의 작품과 만나 신동엽 시인의 시를 시각적으로 형상화해 놓은 또 하나의 예술이 되었다. 그리고 후배 문인들로 구성된 '신동엽 기념사업회'에서 운영하며 이곳을 정성스럽게 지켜나가고 있다. 그 덕분에 신동엽 시인을 기리고, 그의 시를 사랑하는 많은 사람들에게 소중한 유산으로 남아있을 수 있는 것 같다.

금강을 바라보며 시인의 꿈을 키우던 생가

신동엽문학관은 세 가지 점에서 문학관으로서의 중요한 의미를 지닌다. 첫 번째는 방대한 자료로 이루어진 박물관적 성격을 지니고 있다는 것이고, 두 번째는 문학관 자체가 거대한 예술작품과 같다는 것이다. 마지막으로 문학관과 생가가 함께 있는 곳이라는 점이다. 문학관이 시인의 생가터나 생가에서 시인을 기념하기 위해 지어지는 것이 보통이지만, 시인의 생활이 이곳에서 실제로 이루어졌던 삶의 현장이었다는 점은 더욱 특별한 의미를 지닐 수 있겠다. 시인의 아버지께서 작고하기 전까지 생가를 찾아온 방문객들을 직접 대면하며 시인에 관한 이야기를 들려 주었다는 것으로도 유명하다. 이제는 더 이상 그러한 소중한 시간을 만나긴 어렵겠지만 여전히 시인을 사랑하는 '신동엽기념사업회'에서 그 명맥을 이어나가고 있는 중이다.

생가를 둘러싼 담장을 보면 한 곳이 투명하게 유리로 채워져 있다. 담벼락을 일부러 비워 새롭게 꾸민 곳이다. 지금은 마을이 커져서 다른 집들이 집 앞을 가리고 있지만 이곳에 집이 몇 채 없던 시절, 생가 마루에 걸터앉아 담 쪽을 바라보면 멀리 금강이 보이는 '금강뷰'

를 자랑하였던 곳이었다고 하니 흐르는 강을 보며 시인이 이곳에서 시인의 꿈을 키울 수 있었겠다는 생각이 든다. 지금은 비록 잘 보이지 않지만 그곳에 서서 시인의 마음을 생각하며 흐르는 금강 물줄기를 상상해 보면 좋을 것 같다.

신동엽 시인 생가의 현재 모습. 1985년에 이곳 생가가 복원되었다. 원래는 초가지붕으로 되었던 것을 관리의 어려움으로 기와를 얹어 지금의 모습으로 변화되었다.

문학관에서 진행하는 행사들

신동엽 문학관에서는 시인을 기리고 그의 시 정신을 알리기 위해 봄에는 전국 고교백일장을, 가을에는 문학축제를 개최하고 있다.

봄철 전국 고교백일장

- 매년 봄, 전국의 고등학생들 및 같은 연령(만 18세)의 청소년을 대상으로 열리는 백일장이다. 대회 부문은 운문(시), 산문(소설, 시나리오) 두 가지가 있으며, 대상은 문화체육관광부 장관상으로

다. 그 ...

그러나 발이 없기에 그는 대지에 구름 그 자체로 내려올 수 없지만, ... 하늘을 자기 영토로 삼아 자신의 세계를 그려볼 수 있었다. ...관에서 열리는 문학축제는 비단 문학관만의 행사로 그치지 않고 지역에 활기를 주는 지역 축제로서의 의미도 크다고 할 수 있다. ... 시인을 기리는 문학관에서 색다른 문학체험과 축제를 즐길 수 있도록 한 ... 추구하던 그에게 어머니는 각별한 존재였다. 그의 어머니는 자유를 추구하는 그에게 삶의 지혜를 주는 원천이었다.

특별히 어머니의 임종을 통해 조병화 시인은 새로운 세계를 경험하게 된다. 어머니의 임종은 그에게 보이지 않는 세계, 영혼의 세계가 존재한다는 사실을 체감할 수 있게 해주었다.

> 나는 처음으로 목숨이 육체에서 떠나는 그 순간을 목격했었다.
> 그 순간의 순간, 그러나 영원한 순간이 되는 그 순간의 자리에서

74 조병화, 『조병화 시 전집 4』, 국학자료원, 2013, 563쪽.
75 조병화, 『고독과 사색의 창가에서』, 자유문학사, 1987, 160쪽.

사랑과 혁명을 노래한 시인 신동엽

"지나간 추억이 아닌 살아 격돌하는 현재"[66] : 시인의 삶과 문학

신동엽 시인은 1930년 6월 10일, 충남 부여읍 동남리에서 아버지 신연순과 어머니 김영희 사이에서 태어났다. 아버지 신연순은 '대서사代書士(사법서사)'였다. 말 그대로 대서사는 다른 사람들의 글을 대신해 주는 일을 하는 사람으로, 주로 관공서의 공문서작성을 대서했던 사람들이다. 문맹률이 높았던 당시에 글을 모르는 농민들이 군청에서 일을 보려면 꼭 대서사가 필요했다고 한다. 그의 생가가 시내 한복판에 있는 이유이기도 하다. 대서사는 누군가가 필요하다고 하면 언제든지 군청으로 갈 수 있어야 했기 때문에 군청에서 1분 거리에 있는 이곳에 집을 마련했던 것이다.

신동엽은 1937년 8세에 부여 공립 진죠소학교(지금 학제로는 부여초등학교)에 입학한다. 당시 성적표(당시 명칭으로는 '통신부')를 통해 그는 상당히 우수한 성적의 학생이었음을 확인할 수 있다. 그러나 반면 그가 병으로 결석했다는 기록이 많은 것으로 보아 그의 병

* * *

66 『신동엽문학관』 홈페이지 첫 화면에 "그는 추모하는 되는 기억이 아닌 살아 격돌하는 현재이다"라는 문구가 적혀 있다. 위의 제목은 그곳에서 인용하였다.

약함은 어린시절부터 시작되었던 것 같다. 동엽의 어린 시절은 너무나 가난했다. 시인만이 아니라 식민지 말기 조선의 풍경이 그러했다. 워낙 가난하던 시절이라 그를 임신했을 당시의 모친 역시 제대로 먹지 못하였고 그가 태어난 후에도 가난한 생활로 늘 끼니 걱정이 끊이지 않았다. 시인은 이렇게 굶주리던 어린 시절의 가난을 시 속에서 다음과 같이 그리고 있다.

> 봄이 가고 여름이 오면 부황 든 보리죽
> 툇마루 아래 빈 토끼집엔, 어린 동생
> 머리 쥐어 뜯으며
> 쓰러져 있었다.
> (중략)
> 벌거벗은 내 고향 마을엔
> 봄, 갈, 여름, 가난과 학대만이 나부끼고 있었다.
>
> 「주린 땅의 지도원리」 전문

위 시에서 표현된 고향은 우리가 흔히 상상할 수 있는 따뜻한 온기가 흐르고 사랑과 정이 넘치는 낭만적인 곳이 아니었다. 고향은 벌거벗은 채, "가난과 학대만 가득한 곳"이라는 가난의 한계에 다다른 곳이었다. 시인의 삶이 정말 그러했고, 당시 대부분의 식민지 조선인들이 학대와 굶주림 속에서 살아야 했던 것이다.

1942년 그가 6학년 때는 '내지성지참배'에 참여하게 된다. '내지성

키스트로 유명한 크

조화와 균형을 이룬 그의 생애

취향을 엿볼 수 있다.

1949년 9월 그는 다시 단국대 사학과 입학한다. 어떠한 상황도 학업에 대한 의지는 꺾을 수 없었던 것이다. 그러나 곧 6·25 전쟁이 발발 하게 되어 학업을 유지하기 어려워졌다. 이 당시 부여가 인민군 수중에 들어가면서 원치 않게 민주청년동맹에 가입하고 민청선전부장을 맡게 된다. 그의 이러한 전적은 지속적인 고통으로 남게 된다. 9월 30일 부여가 다시 수복되었지만, 민청 선전부장이었던 까닭으로 신변에 위협을 느끼게 되어 그는 부산 전시 연합대학으로 피신하여 입학한다. 그러던 중 1950년 국민방위군으로 징집되었는데, 건강 악화로 다음해 2월 집으로 돌아온다. 국민방위군에 징집된 그는 전쟁터에 동원되어 온갖 고생을 하였으며, 이때 배고픔에 잡아먹은 게로 인해 간디스토마를 잃게 되고, 이는 훗날 그의 건강 악화의 원인이 된다.

1951년 대전 전시연합대학에 적을 옮기면서 친구 구상회를 만난다. 신동엽은 그와 함께 충남 일대의 사적을 찾아다니며 우리 민족의 정신을 찾는 일에 몰두하였다. 신동엽 시인의 시세계의 핵심이라 할 백제의 얼과 동학정신은 아마도 이때부터 시작되었을 것이다.

그는 1953년 전시연합대학 졸업 후 시울로 올라와 시청에 다니던 친구가 차린 돈암동의 책방에서 숙식하며 책방 일을 시작하였는데, 그곳에서 그해 초겨울 인병선을 만나게 된다. 농촌경제학자 인정식 선생의 외동딸인 인병선과의 만남은 그가 사랑을 노래하는 혁명의 시인으로 발돋움하게 되는 운명적인 만남이었다. 1955년 친구 구상회와 함께 입대하였다가, 인병선의 노력으로 그해 가을 의가사제대를 하였으며, 2년 뒤인 1957년 부여에서 혼례를 올린다. 결혼 후 충남 보령군 주산농업고등학교에서 학생들을 가르쳤으나, 건강악화로 오래 일을 하기 힘들었다. 일을 그만 두고 그는 투병으로 인해 가족과 별거하며 시 쓰기에 몰두하였다. 이때 석림(石林)이라는 필명으로 조선일보에 「이야기하는 쟁기꾼의 대지」를 투고하였고, 1959년 조선일보 신춘문예에 입선한다. 그러나 이 시는 불행하게도 40여 행이 삭제되어 발표되었으며, 시어들이 상당부분 수정되어 지면에 게재되었다.

> "1월 2일자엔 심사평이 있소. 1월 일자엔 장시 「이야기하는 쟁기꾼의 대지」가 전재돼 있으오. 경에겐 낯익은 구절들이 많이 발견될 것이오. 그런데 퍽 섭섭한 게 하나 있소. 내가 보낸 시의 그 모습이 아니구료. 내가 가장 생명을 기울여 엮은 절정을 이루는 싯구들이 근 40여행이나 삭제돼 있구료. 그리고 내가 정성을 들여 개성을 표현한 낱말 하나 하나가 평범한 말로 교환이 돼 있고……"[67]

아내에게 보낸 엽서에서 그는 시구의 삭제와 시어의 수정에 대해 '퍽 섭섭'했다고 표현하고 있다. "가장 생명을 기울여 엮은 절정을 이루는 싯구들"이라는 표현에서 그의 시작이 얼마나 큰 고뇌 속에서 전심을 다해 이루어졌는지, 또한 그에 대한 애정이 얼마나 컸을지 짐작해 볼 수 있다. 여기서 삭제되고 수정된 싯구와 시어들은 1963

●●●

67 김응교 글, 안병선 유물 공개·고증, 『좋은 언어로』, 소명, 2019. 137쪽.

년 그가 직접 수정 보완, 선별하여 엮어진 첫 시집 『아사녀』에서 다
시 게재되었다.

시인의 문단 데뷔작 「이야기하는 쟁기꾼의 대지」에 대해 김형수
관장은 "K팝 경연대회에 판소리를 들고 나간 격"[68]이라 표현했다. 이
런 표현은 신동엽 시인의 시가 당시 문단에 안긴 충격을 가늠해 볼
수 있을 것이며, 이 시를 심사했던 양주동의 심사평을 보면 조금 더
구체적으로 살펴볼 수 있다.

> "나는 놀랐소. 대단한 솜씨, 줄기찬 말의 행렬, 용어도 꽤 새롭고
> 신기한 말이 연방 튀어나오고, 무엇보다도 연줄을 감았다 풀었다
> 하는 그 솜씨가 좋았소."[69]

"연줄을 감았다 풀었다"하는 시적 표현력과 함께 거친 호흡으로 써
내려간 신동엽의 시는 역사를 끌어와 현재로 풀어놓는 '이야기꾼'으
로서의 면모를 보여주었다 할 수 있다. 즉 내용과 형식 모든 면에서
당시의 시단에 새로운 충격이었으며 빼어난 수작임에 틀림이 없었
던 것이다.

문단에 데뷔 한지 1년 후인 1960년에 일어난 4·19혁명은 시인의 의
식 세계에 큰 충격을 준 사건이다. 부정부패한 정치권력에 대한 단

• • •

68 김형수 신동엽문학관 관장 (유성호 교수가 찾은 문학의 순간, 서울신문, 2020-07-19)
    https://www.seoul.co.kr/news/newsView.php?id=20200720022002&wlog_
    tag3=naver
69 김응교 글, 앞의 책, 130쪽.

호한 자유와 민주주의에 대한 민중들의 열망은 6·25 전쟁 후 좌절감
과 허무감 같은 패배주의로 덧칠해진 사람들의 의식 속에 혁명의 씨
앗을 틔우게 했던 것이다. 이와 더불어 시문학이 어떻게 우리의 삶
에 참여할 수 있는지 더욱 적극적인 사회적 역할에 많은 고민을 던
져주기도 한 계기가 되기도 했다. 그리고 이러한 시단 풍경 안에서
신동엽의 장시 「금강」은 그 혁명의 원류를 찾아가게 했었다. 그것이
바로 「금강」의 소재가 되는 동학혁명이다. 아로써 말한, 우리 문단에
서 동학혁명과 3·1운동, 그리고 4·19혁명이 같은 뿌리에서 나온 것임
을 인식하게 했던 것이다. 그는 1967년 펜클럽 작가 기금으로 장편
서사시 「금강」을 완성하고 발표하며 확고한 문학사적 위치를 차지
하게 된다. 그리고 이처럼 가장 대표적인 시로 꼽히는 시집 내기는 시대
(「52인 시집」 얽어 있는 해에 발표되었다)의 문제를 시에서 다뤘다. 하
지만 그것은 철학적이거나 사변적이지 않았다. 조병화는 일상 속에
서 그는 길 시인 있으로서 명성을 얻게 되면서 후한 적작가로 입지를 다져
갔하게 했다. 1966년 6월, 시극 「그 입술에 파인 그날」이 최일수 연출
로 극립극장에서 상연되었고, 오페레타 〈석가탑〉이 백병동 작곡
으로 1968년 5월 드라마센터에서 상연되었다. 사후 1994년 8월에는
그의 서사시 「금강」이 가극으로 각색되어 동학농민전쟁 100주년 기
념으로 세종문화회관에서 초연(문호근 연출) 되기도 했다.

시인으로, 극작가로 문학계에서 이제 든든하게 명망을 얻으며 작
품을 발표하던 신동엽은 오랜 시작 활동을 이어가지 못하고 1969년
78 앞의 책, 291쪽.
3월 간암 진단으로 세브란스 병원에 입원한다. 그리고 그해 4월 7일

서울 동선동 집에서 세상을 떠난다.

그의 생애 40년, 그리고 시인으로서의 삶 10년. 길지 않은 삶을 살았지만 우리 문단에 큰 충격이자 희망의 불꽃이었다. 우리는 그를 1960년대 대표적인 저항 시인이자 민족 시인으로서 손꼽는 데 주저하지 않는다. 그리고 매년 4월이면 그가 노래했던 혁명의 시를 기억하고, 그 시를 통해 혁명의 불꽃 속에서 산화한 많은 이들의 숭고함도 함께 기억한다.

사랑과 혁명을 노래한 시인의 언어들

신동엽 시인이 나고 자란 곳 부여는 백제의 수도였다. 그리고 그곳을 유유히 흐르는 금강은 시인에게 백제얼과 민족정신을 시적 상상력으로 품을 수 있게 해주는 원천이 되었다. 그래서 신동엽 시인의 정신적 조국은 '백제'라고도 한다.

그의 문단 데뷔작의 제목이 「이야기하는 쟁기꾼의 대지」였듯이, 시인 역시 우리의 과거와 현재와 미래를 이야기하는 이야기꾼이었다. 그의 시가 주로 서사시 장르를 취하고 있으며, 역사를 이야기하면서도 현재와 미래를 이어 그 과거를 살아있는 현재로 복원시켜놓고 있기 때문이다. 그래서 그의 백제는 과거가 아닌 "오늘과 내일을 여는 옛날"[70]로서의 역사이며 '생명공동체'의 원형이다. 그의 시가 가

---

70 김응교, 「신동엽: 사랑과 혁명의 시인」, 글누림, 2011. 이 글에 나오는 '사랑과 혁명을 노

난과 죽음 그리고 고통, 아픔 등으로 채워져 있는 듯 하면서도 어둡고 비극적으로만 읽히지 않는 이유는 이를 극복하기 위한 원초적 생명성과 공동체의 모습이 함께 병렬되어 있기 때문일 것이다.

동학 혁명의 이념이 우리 시문학에서 최초로 전면에 등장했고, 이 동학은 1919년의 3·1만세 운동의 정신과 1960년의 4·19 혁명 정신이 한 줄기를 이루는 것임을 우리는 신동엽 시인의 시 속에서 확인하게 된다.

> 그리운 그의 얼굴 다시 찾을 수 없어도
> 화사한 그의 꽃
> 산에 언덕에 피어날지어이
>
> 그리운 그의 노래 다시 들을 수 없어도
> 맑은 그 숨결
> 들에 숲속에 살아갈지어이
>
> 쓸쓸한 마음으로 들길 더듬는 행인아
>
> 눈길 비었거든 바람 담을 지네
> 바람 비었거든 인정 담을 지네

래한 시인'이라는 신동엽의 수식어는 김응교 시인의 표현을 인용하여 적었음을 밝힌다,

그리운 그의 모습 다시 찾을 수 없어도

울고 간 그의 영혼

들에 언덕에 피어날 지어이

「산에 언덕에」 전문

이 시는 4·19혁명 당시 희생된 이들을 추모하는 시이다. 4·19 혁명 정신을 노래하는 대표 시인답게 그의 시편에 흐르는 추모의 마음은 단순히 영혼을 기리기는 것에서 끝나지 않는다. '울고 간 그의 영혼'이 다시 이 땅의 들과 언덕에 지천으로 피어날 것을 기대하면서 그 혁명의 정신은 굳건하게 살아있을 것이라 믿는다. 그래서 그것은 과거의 죽음으로 끝난 역사가 아니라 매년 봄이면 피어나는 '현재 진행형'으로서의 역사인 것이다.

그리운 그의 얼굴은 산과 언덕에 화사하게 피어날 것이고, 그리운 그의 노래는 맑은 숨결이 되어 들과 숲속에서 여전히 살아있을 것이다. 4월의 정신은 죽음이 아니라 새로운 생명으로 피어날 것이라는 화자의 바람은 꽃이 지천으로 피어나는 눈부시게 아름다운 봄마다 그것을 기억하도록 한다. 이 시를 통해 우리는 그리운 이들을 아름다운 꽃으로, 맑은 숨결로 매년 봄마다 살아있는 모습으로 만날 것이리라.

봄은

남해에서도 북녘에서도

오지 않는다.

화자는 ~~~~당신과 나, 그리고 부스러진 감정 속에 남는 것은 '엉기는 인생'이라고 말한다.

외로움과 ~~~~절망 등의 감정은 부스러진 채로 혼란스럽게 느껴지는 ~~~~결정체로 남게 되는 것이 인생이다. 누구에게나 있는 ~~~~살아가게 되는 그 인생이야말로 우리의 결정체다.

시의 ~~~~폐허가 되어버린 현실 속에서 "나는 살아야만 하는 것인가/ 살아야만 하는 것인가"라며 실존적 고뇌 속에 있다. ~~~~'당신'이나 '나'나 모두 '매몰해 가는 생명'으로서 치열하게 ~~~~이기에 '외로워지는 인생들'이지만, 그 이면에는 서로~~~~보라~~~~있음을 화자는 말해주고 있다. 그래서 ~~~~은 '당신'을 자신의 빈 가슴으로 초대한다.

이 ~~~~을 원작으로 한 영화 〈사랑이 가기 전에~~~~1955~~~~개봉하기도 했다. 전쟁 이후 참혹한 시대 속에서 ~~~~외로움을 느꼈던 당대인들은 조병화의 시에서 위안을 얻을 수 있었다. 많은 독자들에게 조병화는 미움과 분노, 고독과 외로움~~~~의 복합적 감정을 한 편의 시에 담아냄으로써 인생 그 자체~~~~해 주었다.

눈 녹이듯 흐물흐물

녹여버리겠지.

「봄은」전문

길지 않았던 시인의 생애는 일제 강점기, 해방 후 좌우익의 대립으

리안한 후와, 전쟁...리고 정재정권이라는 온통 현...제의... 함께
했다. 이 역사를 온몸으로 밀고 나가야 했던 시인은 이 시를 통해 민족
의 비극을 반드시 우리 안에 있는 힘으로 녹여 흘러내리도록 할 수 있
다는 의지를 표현하고 있다. 겨울은 '바다와 대륙 밖에서' '매서운 눈보
라를 몰고 왔'지만 봄은 ...

우리는 이 시 속에서 겨울이 몰고 온 매서운 눈보라, 미움의 쇠붙
이 보다 우리 안에 있는 따뜻하고, 너그럽고 빛나는 그 봄에 더욱 집
중하게 된다. 이솝 우화에 나
오는 '햇님과 바람'의 우화를 통해 나그네의 외투를 벗기는 힘은 매
서운 바람이 아니라 따뜻한 볕이었다는 것을 우리는 잘 알고 있다.
그래서 무엇이라도 얼려버리는 차가움보다 그것을 녹여내는 뜨거운
에너지가 우리에게는 더욱 필요할 것이다.

... 자체를 시로 재현하고, 이로써 인생

껍데기는 가라

사월도 알맹이만 남고

껍데기는 가라

껍데기는 가라

동학년(東學年) 곰나루의, 그 아우성만 살고

껍데기는 가라

그리하여, 다시

껍데기는 가라

이곳에선, 두 가슴과 그곳까지 내논

아사달 아사녀가

중립(中立)의 초례청 앞에 서서

부끄럼 빛내며

맞절할지니

껍데기는 가라

한라에서 백두까지

향그러운 흙가슴만 남고

그 모오든 쇠붙이는 가라

「껍데기는 가라」 전문

1960년대 저항시에 있어 가장 앞에 놓이기도 하는 이 시는 단연코 신동엽 시인의 대표 시로 꼽힌다. 그리고 4·19정신을 문학 안에 가장 잘 녹여 표현한 시이기도 하다. '껍데기'와 '알맹이'는 우리가 무엇을 버리고 무엇을 취해야 할지, 그리고 그것은 어떤 모습이어야 할지를 생각하게 한다. 4·19혁명은 독재권력에 항거하여 맞서 싸운 민중들의 승리의 기억이다. 누군가는 피를 흘리고, 누군가는 목숨을 바쳐 이룩해놓은 그 승리의 열매는 오래 지속되지 못하고 5·16 군사 쿠데타로 결실을 맺지 못했다. 이는 또 하나의 큰 충격이었다. 아마도 다시 일어날 수 없을 것 같은 무력감이 모두를 휘감았을 것이다. 그래서 시인은 이를 떨쳐버리고 진짜 '알맹이'만 남겨놓자고 외친다. 이 알맹이는 곧 '사월'과 '동학년의 아우성'으로 상징되는 혁명정신이다. 진짜가 없는 흉내 내는 다른 모든 것은 '껍데기'에 불과하다. '중립의 초례청'에서 이어지는 아사달과 아사녀의 혼인식은 이데올로기 갈등으로 인해 나뉘어진 '가짜' 민족, '껍데기'가 아닌 민족의 원형의 모습을 이루고자 하는 화자의 기획이 아니었을까.

군부독재가 시작되고 반공이념이 사회를 지배하고 있을 무렵, '중립'이라는 애매모호한 단어마저도 '사상불온'으로 치부될 수밖에 없었던 당시, 부정한 권력을 '껍데기'와 '쇠붙이'로 버려야 할 것으로 단언하며, 우리 민중의 진정한 혁명 정신만을 '알맹이'로 확연히 묘사하고 있는 이 시는 그래서 굉장히 대담하고 진취적인 시이다. 그리고 이 시는 여전히 부정부패가 만연하고, 가짜가 진짜인 척하는 지금도 유효한 구호로 우리에게 말한다. 껍데기 말고 알맹이를 찾아내라고!

백제의 얼 ... 되었던 원동력은 어머니였다. 조병화 시인은 어머니의 임종을 통해 보이지 않는 세계와 보이는 세계가 하나의 세계라고 생각하게 되었다. 시집『어머니』는 어머니가 돌아가신 지 10주년이 되는 해를 기념해, 생전 어머니의 말씀을 ... 백제의 얼과 정신을 몸으로 체득하며 시심을 키우던 곳이었다. 백제의 마지막 수도로 '사비'라 부르던 이곳은 수많은 '아사달'과 '아사녀'들이 찬란한 문화를 새롭게 지어내며 살아갔던 곳이고, 그들의 정신과 문화가 여전히 푸른 백마강을 따라 부여 한복판을 가로지르며 유유히 흐르고 있는 곳이다. 이곳 부여는 말 그대로 살아 있는 역사의 현장 그 자체이다.

신동엽 시인은 1951년 대전 전시연합대학에 적을 옮기고 친구 구상회를 만났던 그해 가을부터 충남 일대의 사적을 찾아다녔다고 한다. 이러한 역사 탐방은 그의 시속에 흐르는 백제정신을 더욱 촘촘하게 가다듬는 발걸음이었을 것이다. 주로 백제의 사적과 공주의 봉황산, 동현산, 우금치, 곰나루 등 동학농민전쟁의 전적지를 찾아다녔으며, 이후 동학사상, 동학농민전쟁에 관심을 두는 시세계의 기틀을 다졌던 행보였다.

4·19 혁명을 계기로 많은 사람들이 신동엽의 시를 읽으며 동학정신에 깊은 관심을 보이게 되었고, 그들이 이른바 '동학기행'을 시작하면서 이곳 부여 신동엽 생가터를 기점으로 부여를 탐방했다고 하니, 부여와 동학정신, 그리고 시인과 혁명의 정신은 의미 있는 쌍을

애, 너 뭐 그리 혼자 서 있니
사는 거다
그냥 사는 거다
슬픈 거, 기쁜 거
다
너대로 그냥 사는 거다
그게 세상
잠깐이다.
「눈에 보이옵는 이 세상에서」부분
애, 순리대로 사는 거다
매사 탁 풀고 사는 거다
마음 상할 거 없다
아파할 거 없다
당하는 대로 사는 거다

이루고 있다 고 할 수 있다.

신동엽 시인의 생가와 문학관을 기점으로 그의 백제정신을 기억하고, 우리의 민족 얼을 다시 한 번 가다듬어보는 의미 있는 역사문화 여행을 부여에서 해보면 좋을 듯하다.

부소산성과 낙화암, 고란사

부여에는 백마강이 흐르고 이 강을 따라 부소산이 솟아있다. 부소산을 둘러싼 부소산성은 아마도 백제의 마지막 수도였던 이곳 부여를 묵묵히 지켜내며 국가의 운명을 모두 지켜보았으리라. 산이라고는 하나 발걸음하기 좋게 잘 다져진 산책로를 따라 오르면 아직도 유물을 발굴하고 있는 현장을 볼 수 있다. 이 발굴현장은 오랜 세월 부여가 백제의 수도였음을, 그리고 이 장소가 가진 역사성에 대해 다시금 생각해 보게 한다.

길을 따라 산성의 끝자락에 다다르면 백제의 비극적 전설로 남아있는 낙화암을 만나게 된다. 백제가 패망할 때, 충절을 지키고자 한 백제의 궁녀들이 줄을 이어 백마강으로 뛰어들었는데, 그 모습이 멀리 반대편에서 보니 마치 '꽃이 떨어지는 듯'하다 하여 이름 붙여진 것으로 유명하다. 이 사연이 실사(實史)였는지에 대한 논란도 있고 여성을 '꽃'에 비유하여 비극적 생을 마감하는 그들을 지나치게 아름답게 표현한 것에 대한 논란도 있지만, 아름답고 화려한 이름과는 너무나 대조적인 이야기는 그 비극을 더 슬프게 느껴지게 하는 것만은 확실하다. 한편, 이런 여러가지 논란과는 별도로 답사를 하던 때가 마치 봄비가 솔솔 내리던 봄이었고, 흐드러지게 피었던 벚꽃들은 말 그대로 '꽃비'가 되어 백마강을 덮고 있었다. 과거의 비극이 현재 눈앞에서 같은 이미지로 겹쳐지는 것은 어쩔 수가 없었다. 그리고 이곳에서 바라보는 백마강과 부여의 풍경들은 다시금 신동엽 시인의 시편에 원형으로 흐르는 '백제정신'을 음미해 보게 한다. 강물을 젖줄기 삼아 너른 들판에 땅을 일구고 사는 착한 농민들과 함께하는 생명 공동체로서의 회귀, 그리고 현대의 아픔을 이겨내고 극복할 수 있는 정신적 지향점으로 말이다.

<낙화암과 낙화암에서 바라보는 백마강. (사진 출처 : 부여군 문화관광 홈페이지)>

부소산성의 끝자락의 갈래길에서 한쪽으로는 낙화암으로 가는길이고, 다른 한쪽으로 가면 고란사로 향하는 길이다. 고란사는 백마강을 둘러 흐르는 산을 너머 깎아지른 절벽과도 같은 곳 강가에 자리하고 있다. 정확한 창건 시기는 알 수 없지만 백제시대에 지어진 곳이라고도 하고, 낙화암에서 죽은 궁녀들을 기리기 위해 고려시대

에 지어졌다고 하기도 한다. 역사적으로도 의미가 있으며, 아름다운 자연 그대로의 광경을 담아오기에 충분한 이곳은 부여를 여행할 때 반드시 들러야 하는 명소 중 하나이다.

백마강 기슭에 자리한 고란사. 사진 출처 : 부여군 문화관광 홈페이지

옛 사비성을 그대로 : 백제문화단지

부여를 관광할 때, 필수 코스로 거론되는 곳이다. 엄청난 규모를 자랑하는 말 그대로 옛 백제의 모습을 통째로 재현해 놓은 곳으로 일종의 '역사테마파크'라 할 수 있다.

삼국시대 왕궁을 최초로 재현해 놓은 사비궁과 성왕의 명복을 빌기 위한 백제 왕실의 사찰인 능사, 사비 시대 귀족들의 무덤인 고분

공원, 백제 한성 시기의 도읍을 재현해 놓은 위례성, 백제 사비시대의 계층별 주거 형태를 재현해 놓은 생활문화마을 이렇게 다섯 개의 테마로 구성되어 있으며, 모든 테마는 발굴된 유물을 참조하여 거의 똑같은 모습을 재현해 놓아 이곳에 들어오면 실제로 1,000년 전 백제 시대로 돌아간 듯한 기분이 들게 한다. 실제 발굴된 유적, 유물과 역사적 사실에 근거하여 재현해 놓은 곳으로 백제 문화와 역사에 대하여 이해하는데 많은 도움이 될 것이다.

백제역사문화관은 백제의 역사와 문화 전반에 대한 자료를 수집하고 정리하여 전시해 놓은 곳이다. 다섯 개로 조성된 문화단지가 백제의 역사 체험으로서의 공간이었다면 이곳 백제역사문화관은 더욱 사실적인 역사 자료를 바탕으로 한 교육의 공간이라 하겠다. 백제에 대한 전반적인 소개와 백제 시대를 한성시대, 웅진시대, 사비시대 그리고 백제 부흥운동기까지 5개의 테마로 나누어 건국에서부터 패망까지 자세히 살펴볼 수 있다.

<백제 문화단지 사진. (출처 : 부여군 문화관광 홈페이지)>

백제 문화단지 인근에 대형 리조트와 아울렛 매장이 있으니 역사

문화 체험, 숙박과 쇼핑까지 한곳에서 즐길 수 있다. 부여를 방문하면 하루쯤은 이곳에 들러 보면 좋을 듯하다.

　☆ 부여 여행과 관련하여 부여군 문화체육관광 홈페이지를 참조하면 더욱 알찬 역사 문화여행을 떠나볼 수 있다. https://www.buyeo.go.kr/html/tour/index.html

부스러진 감정 속에 인생이 엉긴다.
오 벗이여

- 조병화문학관 -

정영진

난실리 마을과 함께 하는 조병화 문학관

막 비가 그쳐서 다행스러운 마음으로 차에서 내렸다. 물기 가득 머금은 맑은 공기를 느낄 수 있었다. 주차장 바로 앞에는 곧 모내기를 앞두고 있는 물 댄 논이 펼쳐져 있었다. 5월 신록에 둘러싸여 있는 소박하고 조용한 농촌마을 난실리, 이곳에서 조병화가 나고 자랐다.

주차장에서 조병화 문학관까지 걸어 들어오는 길은 멀지 않지만, 천천히 걷고 싶게 만든다. 정성껏 가꿔진 꽃밭과 나무들, 조각상들에 눈길을 주다보면, 시간 가는 줄 모르게 된다. 요즘은 문학관이나 기념관들이 워낙 잘 관리되고 있지만, 유독 조병화 문학관은 기능적으로 관리된 느낌보다 애정 어린 손길로 가꿔진 느낌을 준다. 조병화 시인이 사는 동안 부단히 아끼고 보살펴온 까닭이고, 이후 시인의 아들 조진형 관장이 그것을 이어받아 공들여 조병화문학관을 운영하고 있기 때문이다.

'편운동산'에는 조병화문학관뿐 아니라 청와헌과 편운재, 묘소와 시비들 등 볼거리가 유독 많기도 하지만 시골마을 난실리와 잘 어우러져 있어, 여유로움과 행복감을 안겨준다. 편운동산 가장 오른편에는 조병화 시인의 묘소가 있다. 세 무덤과 비석이 정갈하게 자리 잡고 있는데, 조병화는 어머니와 아내 곁에 잠들어 있었다. 정원 구경에 정신이 팔려 걷다 보면 어느새 넓은 잔디밭을 만나게 된다. 잔디밭 건너편에 보이는 2층 건물로 된 조병화문학관은 작지 않은 규모이지만, 소박하고 단정한 느낌을 주며 주변 경관과 조화를 이루고 있다.

문학관 전경

문학관에 다다르면 정문이 여기였구나 하게 된다. 정문에서 바라본 조병화 문학관의 모습이어떨지 궁금한 마음에 정문을 나가보았다. 동문과 주차장 쪽에서는 전형적인 논과 밭이 있는 농촌의 자연을 만나게 된다면, 정문에서는 난실리 마을 사람들이 사는 동네를 볼 수 있게 된다.

정문 입구의 한쪽 담벼락에는 "우리 난실리 고향 사람들은 잘 살자는 꿈을 먹고 삽니다"로 시작되는 「우리 난실리」라는 시가 벽화에 담겨 있다. 또 다른 벽에는 조병화의 트레이드마크라 할 수 있는 검정 베레모를 쓰고 파이프를 든 조병화의 사진이 담겨 있다.

조병화문학관 1층에는 기획전시물과 함께 조병화 시인의 53권의 창작시집과 시선집, 수필집, 화집 등 160여 권의 서적이 전시되어 있다. 학창시절의 성적표와 사진들, 조병화 시인의 청춘을 상징하는 럭비공과 베레모와 파이프, 펜 같은 그의 소지품들도 볼 수 있다. 또한 그가 받은 훈장과 상패 등이 전시되어 있어 조병화 시인의 풍성한 삶의 이력을 살펴볼 수 있다.

조병화의 럭비 용품

조병화의 상패와 훈장

위안으로서의 시쓰기

조병화는 1921년 5월 2일 경기도 안성시 양성면 난실리 322번지에서 태어났다. 5남 2녀 중 막내로 태어난 조병화는 8살 되던 해 아버지를 잃었다. 이후 홀어머니 손에서 자라게 되었으니, 어머니에 대한 그의 각별한 사랑을 짐작할 수 있다.

용인군 송전 공립보통학교에 입학해서 하루 이십 리 길을 걸어야 했던 조병화는 2학년이 되면서 어머니와 함께 서울로 이사하게 된다. 서울 미동 공립보통학교로 전학한 그는 16세에 경성사범학교 보통과에 입학한 이후 미술부, 육상 경기부, 럭비부 생활을 했다. 1943년, 23세의 조병화는 경성사범학교를 졸업하고 일본 동경고등사범학교 이과(물리, 화학)에 입학했다. 사실, 조병화는 체육과와 미술과를 지원하려고 했다. 하지만 가족들이 반대해서 지리역사과로 마음을 정했는데, 이마저도 집에서 반대가 심했다. 결국 조병화는 떨어질 것을 각오하고 이과에 지망했는데 합격하게 되었다.

1945년 동경사범고등학교 3학년 재학 중 귀국하여 조병화는 경성사범학교에서 물리, 수학을 가르치며 청년 교육자의 길을 걷게 된다. 조병화는 같은 해 김준과 결혼했다. 방과 후 조병화는 유니폼을 갈아입고 럭비부 학생들을 가르치며 활기찬 생활을 이어갔지만, 해방을 맞은 조선의 현실에서 더는 자신의 꿈을 이어갈 수 없었다.

갑작스럽게 해방을 맞이했지만 기쁨을 만끽할 수 있는 시간은 길지 않았다. 좌파와 우파의 이념 대립으로 혼란스러운 정국이 펼쳐졌기 때문이다. 조병화는 혼탁한 사회현실 속에서 어느 파에도 속할 수 없는 자기 자신을 대면하게 된다.

나는 어느 편도 아니었다. 나는 어느 편에도 끼지 못했다. 실은 어느 편에도 낄 수가 없었다. 이것도 이것이 아니고, 저것도 저것이 아니고 그것도 그것이 아니었기 때문이었다. 다만 있는 것은 '나'. 어떻게 처리는 해야 할 텐데도 처리할 수 없던 나! 그것만이 외로운 자리에서 동동 보여 왔기 때문이었다. 아무 데도 낄 수 없는 이 혼자. 아무에게도 줄 수 없는 이 혼자. [71]

어느 편도 아니어서, 아무 데도 낄 수 없는 자기 자신을 생각할 때 그는 외롭기도 했고, 괴롭기도 했다. 그의 시 「소라」에는 그런 심정이 잘 나타난다. 거센 역사의 소용돌이 속에서 휩쓸리지 않고 그저 자기 자신으로 살고자 했지만, 그 길은 쓸쓸한 길이요, 그리움의 길이었다.

바다엔
소라

• • •

71 조병화, 『고독과 사색의 창가에서』, 자유문학사, 1987, 215-216쪽.

저만이 외롭답니다.

허무한 희망에
몹시도 쓸쓸해지면
소라는 슬머시
물속이 그립답니다

「소라」 부분

1949년 그의 제 1시집 『버리고 싶은 유산』은 그것의 산물이었다. 당시 같은 직장에서 영문학과 교수로 있던 김기림에게 그간 써 둔 시 원고를 보여준 것이 계기가 되었다. 김기림은 바로 시집을 내자고 제안하면서, 당시 〈산호장〉 출판사를 운영했던 장만영을 소개해 주었다.

사실 조병화는 스스로 시인이 되겠다, 시집을 내겠다는 생각 없이 시를 써왔다. 극단적이고 혼란스러운 시대를 살면서 시쓰기를 하며 그는 정신적 방황 속에서 가슴을 달랬다. 그는 자신의 고독 속으로 그대로 침잠해 들어가 시쓰기를 하면서 위안을 얻었다.

나는 중학교 1학년 때부터 25세까지는 시를 읽는 시인이었고, 25세 이후 오늘날까지는(76세) 시를 쓰는 시인이다. 시는 보다 많은 상상의 세계를 여행하고자 하는 생각에서 읽기 시작했고, 25세부터는 '꿈의 좌절'로부터 그 인생 위안으로 쓰기를 시작한 것이

다.[72]

다시 말하면, 그에게 시쓰기란 '위안으로서의 시쓰기'였다. 그랬기에 당대 유행하는 시의 경향에는 관심이 없었고, 당연히 시 이론 따위에도 아무런 흥미를 느끼지 않았다. 그에게 시쓰기는 다만 영혼의 안식을 누리는 작업이었다.

"시를 쓸 때처럼 나는 나를 실감할 때가 없다"고 조병화는 고백하기도 했다. 자기 존재를 확인하면서 존재의 자유를 느끼는 시쓰기, 이를 통해 스스로 위로받았던 시쓰기는 조병화 평생 지속된다.

• • •

72 조병화문학관 홈페이지http://www.poetcho.com/bbs/view.php?id=words&page=1&sn1=&divpage=1&sn=off&ss=on&sc=on&select_arrange=headnum&desc=asc&no=22

하늘의 조각구름

편운재는 1962년 시인의 어머니가 돌아가시자 조병화가 그 이듬해 어머니 묘소 옆에 세운 묘막이다. 시인은 지금의 조병화문학관 일대를 '편운동산'이라 이름 지었다. 조병화의 호이기도 한 편운(片雲)의 뜻, 즉 조각구름은 조병화에게 어떤 의미였을까.

구름
너는 발이 없구나

「구름」전문

이 시에 대해 한 문학 평론가는 '인간의 무한한 정신적 자유'를 암시한다고 했다. 구원의지로서의 자유와 인간의 보헤미안적인 방랑성을 표현한 것이라는 설명에 고개를 끄덕이게 된다.[73] 하지만 '너는 발이 없구나'라는 시행에서 안타까움도 느껴진다. 발이 없다는 것은 땅에 터 잡을 수 없음을 뜻하기 때문이다. 그는 같은 제목의 다른 시에서 이렇게 쓴다. "구름은 발이 없다./있다 해도 내릴 수 없는 발이

• • •

73　정영자, 「같이 존재함의 영원」, 『조병화의 문학세계』, 일지사, 1986, 74-75쪽.

다."[74] '내릴 수 없는 발'은 해방기 어느 파에도 속할 수 없어 외롭고 쓸쓸했던 조병화 시인의 내면을 떠오르게 한다.

그러나 발이 없기에 그는 대지에 구름 그 자체로 내려올 수 없지만, 대신 드넓은 하늘을 자기 영토로 삼아 자신의 세계를 그려볼 수 있었다.

인간은 서로서로 얽매여 이 사회를 서로 살아가는 거지만 자기만의 자유로운 하늘, 무구 무한한 자기의 하늘 홀로 마냥 떠 있을 수 있는 넓은 그 자기의 하늘을 만들어 살아야 하는 것이다.[75]

조병화에게 자유인으로 산다는 것은 그의 시의 출발이자 시적 여정 그 자체였다. 자기 자신의 내면의 자유를 추구하던 그에게 어머니는 각별한 존재였다. 그의 어머니는 자유를 추구하는 그에게 삶의 지혜를 주는 원천이었다.

특별히 어머니의 임종을 통해 조병화 시인은 새로운 세계를 경험하게 된다. 어머니의 임종은 그에게 보이지 않는 세계, 영혼의 세계가 존재한다는 사실을 체감할 수 있게 해주었다.

나는 처음으로 목숨이 육체에서 떠나는 그 순간을 목격했었다.
그 순간의 순간, 그러나 영원한 순간이 되는 그 순간의 자리에서

• • • •

74 조병화, 『조병화 시 전집 4』, 국학자료원, 2013, 563쪽.
75 조병화, 『고독과 사색의 창가에서』, 자유문학사, 1987, 160쪽.

생자의 세계와 사자의 세계에 걸쳐 있는 그 생명의 다리를 생각했었으며 인간과 인간, 애정과 애정, 사랑하는 사람 사이에 걸쳐 있는 눈에 보이지 않는 그 '영혼의 자리'를 생각했던 거다.[76]

조병화는 '보이는 세계'와 '보이지 않는 세계'가 서로 연결되어 있다는 것, 그리고 이 두 세계는 '공(空)'의 차원에서 하나의 세계라고 생각하게 되었다. 현실 세계뿐만 아니라 보이지 않는 영혼의 세계까지를 하나의 세계로 아우르게 되면서, 조병화는 자기 시 세계의 지평을 확대할 수 있었다. 이제 그의 자유의식도 유한한 생에 묶이지 않는 것이 되었다. 이러한 자유의식은 대중들에게 그가 오랜 시간 사랑받을 수 있었던 이유 중 하나였다. 독자들은 그의 시를 읽으며, 생에 대한 관조와 여유의 자세를 경험할 수 있었다.

• • •

76 앞의 책, 256쪽.

다재다능한 멋쟁이의 품격

알려진 대로 조병화는 시인일 뿐만 아니라 대학교수로, 화가로서의 삶에도 충실했다. 경희대학교와 인하대학교에서 그는 문학을 가르치는 존경받는 교수 생활을 했으며, 1973년 서울신문회관에서 유화 개인전을 시작으로 지속적인 전시를 통해 그의 그림들을 세상에 보여줬다. 그는 누가봐도 부러울 만큼의 화려한 이력을 가졌다. 아시아문학상, 세계시인대회상, 서울시문화상, 대한민국예술원상, 국민훈장 등 그가 받은 상들을 꼽아보아도 알 수 있다.

조병화를 기억하는 사람들은 그를 신사나 멋쟁이라고 말한다. 그는 늘 단정하면서 멋스럽게 자신을 가꿀 줄 알았다. 손수건과 파이프, 베레모는 그의 품격을 더해주었던 것들이다.

조병화는 시쓰기뿐만 아니라 물질이나 정신, 체력적인 면에서도 낭비가 없는 사람이었다고 한다. 그는 늘 흐트러짐 없는 모습을 유지하며, 정확하게 시간을 지키고 필요 이상의 시간을 지체하지 않았다. 10분 이상 이유 없이 기다리지 않는 조병화였다고 하니 그 정도가 어떠한지 상상할 수 있겠다. 한 가지만도 감당하기 쉽지 않은 교수로서, 시인으로서, 화가로서의 삶을 그가 성실하게 살아갈 수 있었던 배경에는 그의 철저한 자기관리가 있었다.

자유로운 정신을 구가하면서 절제하는 삶의 태도를 견지했던 조병화. 조병화문학관은 이 두 가지가 조화와 균형을 이룬 그의 생애의 향기로 충만하다. 어머니의 묘막이었던 편운재에는 조병화 시인이 생전에 작업실로 썼던 혜화동 서재가 그대로 복원되어 있다. 그곳에 들어가면 그가 쓰던 책상과 의자, 또 책상 위에 두었던 파이프와 만년필 등을 가까이서 볼 수 있다. 조병화가 생전에 쓰던 가방과 옷가지들이 걸린 옷걸이와 작은 성냥 상자들이 담긴 그릇을 보면 단정하고도 기품 있었던 그의 생을 고스란히 느낄 수 있다. 들판에 자리잡아 '개구리 소리를 듣는다'는 뜻을 가진 청와헌은 편운재 오른편에 자리잡고 있다. 시인이 인하대학교에서 정년 퇴임한 후에 입주한 집이다. 소중하게 간직했던 멋스러운 생활 소품들이 가득한 이곳에서 조병화의 개인 취향을 엿볼 수 있다.

편운재 전경

청와헌 전경

청와헌 내부 집필실

인생이 곧 시!

　시를 씀으로써 모든 것을 평온한 한 순간으로 승화시켜 올리는 것이다. 확실히 시를 쓴다는 것은 살아있는 증거이며, 영혼의 즐거움이다. 그 안식이다. 이러한 정신의 안식으로 인하여 나는 나의 육체적인 긴장을 유지해 나가고 있는 것인지도 모른다.[77]

　조병화는 시를 쓰면서 자기 자신이 살아있다는 느낌을 받았고, 영혼의 즐거움을 누렸다. 그의 시는 난해하지 않다. 의미와 정서가 단번에 독자에게 전해진다. 조병화는 시를 이론적으로 분석하고, 이론을 의식하면서 시 쓰는 것에 대해 아주 부정적이었다. 그는 인생이 곧 시가 될 수 있다고 생각했다. "우리나라 현대 시인들은, 그들이 소위 현대시라고 하는 시를 쓰고 있는 시인들은 일종의 그릇된 지성의 노예들이다" 조병화는 머리보다 가슴으로 시를 읽고 써야 한다는 신념을 지녔다. 뿐만 아니라 그는 시에서의 감정도 적극적으로 옹호했다.

　오늘날 현대시에서는 눈물을 배격한다고 한다. 그러나 배격을 당할 아무런 이유도 없는 것이다. 오히려 축축히 눈물이 배인 언

77　앞의 책, 136쪽.

어들이 우리들 인간을 서로 엉기게 하고 있는 게 아닌가. 우리 인간의 존재의 밑바닥은 눈물이니까.[78]

시인이 따로 있는 것은 아니다. 살아있는 사람들은 누구나 다 시인들이다. 뜨거운 생명을 가진 자! 그 인간, 뜨거운 눈물, 뜨거운 피, 뜨거운 땀, 뜨거운 갈망을 가진 자! 그 인간, 그 인간이 모두 시인들이다. 사랑하는 자! 그 인간, 기도하는 자! 그 인간, 느끼고 생각하는 자! 그 인간, 그 인간이 모두 시인들이다. 시는 '말'로 때로 얼굴을 보이지만 실은 '사는 그거!' 그거가 시이다.[79]

인생과 시를 분리해서 사고하지 않았던 조병화 시인은 인간이라면 누구나 겪을 수 있는 외로움과 고독의 문제를 시에서 다뤘다. 하지만 그것은 철학적이거나 사변적이지 않았다. 조병화는 일상 속에서 느낄 수 있는, 평범한 사람들의 감정을 시적 서정이라는 그릇에 담아내 독자들로부터 큰 공감을 얻을 수 있었다.

일체의 욕설과 굴욕을 참아 가며
그래도
나는 살아가야만 하는 것인가
살아야만 하는 것인가

• • •

78 앞의 책, 291쪽.
79 앞의 책, 239쪽.

본의가 아닌 내 생존의 감정이

이렇게 충돌과 인내를 일삼아까지

타오르는 울분을 그대로 내 가슴 속 깊이

묻어야 한단 말인가

견뎌야 한단 말인가

이 눈보라치는 겨울

온 생명이 소리없이 얼어붙는

밤거리에

인사도 없이

당신은 내 곁을 그대로 사라져야만 한단 말입니까

나는 그대로 온 생명의 길목에 서서

말뚝처럼 이렇게 살아 남아야만 좋단 말입니까

따지고 보면 당신이나 나나

보잘것없는 여기 매몰해 가는 생명

싸우다 보니 서로 그리워지는 것이 아니겠습니까

서로 비켜서 보니 외로워지는 인생들이 아니겠습니까

길은 막히고 저물어 가는 인생의 벌판

나 호올로 별과 별 아래 머물면

신이요 사랑이요 벗이요

모조리 내 곁을 지나치는 먼 여정
당신마저 내 곁을 비켜서야만 한단 말입니까
나 호올로 내 곁을 지나 가야만 한단 말입니까

나는 살아 있는 이 내가 아니올시다

외로움이 그대로 부푼 어느 인생의 껍질
어떻게 이렇게 빈 가슴과 가슴들이
얽히고 서리고
엉성히 매달린 하나의 열매

여보십시오
내 인생의 길벗이여
이 추운 겨울 한밤중
어디서
당신은 찬 여장을 깃들이고 계시는 것입니까

내 텅빈 인생의 동굴로 돌아오십시오
내 빈 가슴으로 돌아오십시오

욕설이 가고
시기가 가고

미움이 가시고

오오 인생의 허영이 무너지는 내 가슴으로
당신은 시든 장미 송이처럼 엉기십시오

희망을 주는 자여 사라져라

일체의 고요함이 인생과 더불어
당신과 내 곁에 영 있어라
나와 더불어 당신의 인생이 있어라

일체의 욕설이 굴욕이 사라지면
당신이 남고
내가 남고
부스러진 감정 속에 인생이 엉긴다

오 벗이여

「사랑이 가기 전에」 전문

"희망을 주는 자여 사라져라" 희망을 이토록 단호하게 거부하는 화자가 긍정하는 것은 인생 그 자체였다. 한국전쟁 이후 최초의 베스트셀러 시집인 『사랑이 가기 전에』(1955)의 표제작이기도 한 이 시의 화자는 결국 당신과 나, 그리고 부스러진 감정 속에 남는 것은 '엉기는 인생'이라고 말한다.

외로움과 고독, 절망 등의 감정은 부스러진 채로 혼란스럽게 느껴지는 것이지만 그 속에 결정체로 남게 되는 것이 인생이다. 누구에게나 있는, 모두가 살아가게 되는 그 인생이야말로 우리의 결정체다.

시의 화자는 한국전쟁 이후 폐허가 되어버린 현실 속에서 "나는 살아야만 하는 것인가/ 살아야만 하는 것인가"라며 실존적 고뇌 속에 있다. 하지만 '당신'이나 '나'나 모두 '매몰해 가는 생명'으로서 치열하게 싸워나가는 존재들이기에 '외로워지는 인생들'이지만, 그 이면에는 서로에 대한 그리움이 자리 잡고 있음을 화자는 말해주고 있다. 그래서 시인은 '당신'을 자신의 빈 가슴으로 초대한다.

이 시집의 인기는 대단해서, 시집을 원작으로 한 영화 〈사랑이 가기 전에〉가 1959년 개봉하기도 했다. 전쟁 이후 참혹한 시대 속에서 좌절감과 외로움을 느꼈던 당대인들은 조병화의 시에서 위안을 얻을 수 있었다. 많은 독자들에게 조병화는 미움과 분노, 고독과 외로움, 그리움의 복합적 감정을 한 편의 시에 담아냄으로써 인생 그 자체를 받아들이는 힘을 경험하게 해 주었다.

어머니의 지지와 정직하고 대담한 시쓰기

첫 번째 시집만큼 큰 인기를 끌어서 조병화 시인 자신도 무척 놀랐다는 시집이 있다. 시집 『남남』(1975)의 이야기다. 이 시집은 1973년 2월부터 1975년 1월까지 2년 동안 시 잡지 『현대시학』에 연재되었던 시들을 수정하고 역순으로 묶어낸 것이다. 제목에서처럼 '너'와 '나'의 존재가 '남남'으로 살아가면서 겪게 되는 일상적 감정을 시에 담았다.

> 버릴 거 버리며 왔습니다
> 버려선 안 될 거까지 버리며 왔습니다
> 그리고 보시는 바와 같습니다.
> (어느 자화상)
>
> 「남남26」 전문

조병화의 자화상이다. 버릴 거 버리고, 버려선 안 될 거까지 버리며 온 자신의 모습을 거침없이 드러내 보인다. 이 짧은 시는 조병화의 물러섬 없는 대범한 시정신을 느끼게 해 준다. 조병화는 일상의 보편적 정서를 노래한 시인으로 알려져 있다. 그의 시는 있는 그대로의 삶을 우리에게 제시해 보인다. 결코 미사여구로 포장하는 법이 없다. 조병화는 대담하게 우리들의 인생 그 자체를 시로 재현하고, 이로써 인생

자체를 우리 자신의 것으로 끌어안을 수 있는 능력을 보여준다.

안개로 가는 사람

안개에서 오는 사람

인간의 목소리 잠적한

이 새벽

이 적막

휙휙

곧은 속도로 달리는 생명

창밖은

마냥 안개다

한 마디로 말해서

긴 내 이 인생은 무엇이었던가

지금 말할 수 없는 이 해답

아직 안개로 가는 길이 아닌가

이렇게 생각하면 이렇게

저렇게 생각하면 저렇게

생각할 수도 있던 세상에서

무엇 때문에 나는

이 길로 왔을까

피하며, 피하며
비켜서 온 자리
사방이 내 것이 아닌 자리
빈 소유에 떠서

안개로 가는 길
안개에서 오는 길
휙휙
곧은 속도로 엇갈리는 생명
창밖은
마냥 안개다

「안개로 가는 길」 전문

인생에 대한 물음 앞에 대답할 수 없기에 '아직 안개로 가는 길'이라고 시인은 말한다. 그는 '휙휙' 인생의 속도감을 느끼며, 자신이 피하고 비켜서 도착한 이 자리가 자신의 자리가 아닌 것 같다고 말한다. 정직하게 자신의 삶을 관조할 수 있는 힘은 어디서 왔을까. 그것은 인생 자체를 그대로 포용하는 시인의 자세로부터 나온 것이다.

힘들고 쓸쓸하고 또 조금은 허무한 인생을 자신의 삶으로 수용하는 조병화 시인의 자세는 어머니의 존재와 깊은 관련이 있다. 그에게 어머니는 정신의 고향이자 하나의 종교였다. 조병화가 평생을 죽음의 그림자를 곁에 두고 살면서 허무의식을 지녔음에도 한편으로 그가 인생을 그 자체로 긍정하며 살 수 있었던 원동력은 어머니였다. 조병화 시인은 어머니의 임종을 통해 보이지 않는 세계와 보이는 세계가 하나의 세계라고 생각하게 되었다. 시집『어머니』는 어머니가 돌아가신 지 10주년이 되는 해를 기념해, 생전 어머니의 말씀을 시로 묶어낸 것이었다(조병화 개인 사정으로 1년이 지나서 출판되었다).

애, 너 뭐 그리 혼자 서 있니
사는 거다
그냥 사는 거다
슬픈 거, 기쁜 거
다
너대로 그냥 사는 거다
그게 세상
잠깐이다.

「눈에 보이옵는 이 세상에서」 부분

애, 순리대로 사는 거다
매사 탁 풀고 사는 거다
마음 상할 거 없다
아파할 거 없다
당하는 대로 사는 거다

늦추며 늦추며 자연대로 사는 거다

아리게 혼자 사는 게 아니다

순리대로 사는 거다

잠깐이다, 하시며

어머님, 당신은 지금

사람으론

갔다 다시 돌아올 수 없는 세상에 계시옵니다

때론 가까이

때론 멀리

제 곁에 항상 계시오며

하얀 제 눈물 속에 계시옵니다

「어머님, 당신은 지금」 부분

항상 조병화의 가슴에 살았던 어머니는, 조병화에게 순리대로 사는 거라고, 마음 상할 필요 없다고, 이 세상 잠깐이라고 그렇게 말씀하셨다. 너대로 그냥 사는 것, 너답게 사는 것, 조병화는 이러한 어머니의 응원을 받으며 살았다. 그리고 그것을 시로 실천하고자 했다. 조병화 시인은 다음과 같이 말한다.

"나의 모든 어두운 시, 이 어두운 시편들은 모두 내 내부생활에서의 그 갈등과 극복, 보다 나에게로 향한 그 돌파구를 뚫던 작업들이었다. (중략) 우리는 순리를 배워야 한다. 그리고 그 건강한

순리를 살아야 한다. 개인에 있어서나 사회에 있어서나, 이것이
어지러운 인생을 가장 행복하게 사는 철학이 아닌가" [80]

　　그에게 시쓰기는 시인 자신을 향한 모험이었다. 그것의 바탕에는
순리에 따르는 건강한 삶에 대한 어머니의 교훈이 자리 잡고 있었
다. 그가 생에 대해 좌절감과 고독감을 느낄지라도, 생을 건강하게
살고자 하는 의지를 동시에 지녔던 까닭에, 조병화는 균형 잡히고
대담한 한국의 현대 시인의 모습을 보여줄 수 있었다.

● ● ●

80　조병화, 『고독과 사색의 창가에서』, 자유문학사, 1987, 45쪽.

안성 여행 제안

고요하고 신비로운 호수-고삼호수

안성시 고삼면 월향리에 있는 고삼호수는 고요하며 신비로운 분위기를 자아낸다. 고삼저수지라 불리기도 하는데, 1956년 착공되어 1963년 준공 완료 되었다. 규모가 큰 평지형 저수지로 수도권에서는 신갈저수지, 이동저수지 더불어 3대 저수지 중의 하나이다. 이 호수는 영화 〈섬〉의 촬영지로 유명세를 탔다. 원래 낚시터로 유명했던 이곳은 깨끗한 수질을 자랑하며 수심이 얕고, 붕어와 잉어가 많은 것으로 알려져 있다. 주위에 호수의 고즈넉한 분위기를 즐길 수 있는 카페와 식당들이 많다.

안성시청 홈페이지 사진

안성맞춤박물관

조선시대 안성은 경상도와 전라도로 통하는 동래로와 해남로가 지나는 길목에 있었으며, 충청도와 이어져 있어, 삼남지방의 물산이 모였다가 서울로 가는 요지였다. 더불어 서해에서 죽산을 지나 강원도 지역까지 연결된, 조선후기 안성시장길로 불리던 동서로 역시 16세기 초에 존재했다. 17세기 경에는 전국적인 상권을 형성하면서 안성장이 발달했다. 특히 안성은 유기를 비롯하여 수공업이 발달했는데, 조선 중기 이후 유기의 명산지로 주목받았으며, 이때 '안성맞춤'이라는 말이 생겨났다.[81] 안성맞춤박물관은 안성의 유기 문화와 안성 농업 및 향토문화를 보존하고 소개하는 시립박물관이다. 2019년 〈사라져가는 안성의 공예〉, 2017년 〈안성사람의 집과 신〉, 2015년 〈칠현산, 칠장사 그리고 인간의 바람〉, 2014년 〈안성의 장인정신 문양에 스며들다〉등 안성맞춤박물관의 기획 전시를 살펴보면, 안성의 자연환경과 전통문화를 시민들에게 적극적으로 알리는 데 심혈을 기울이고 있음을 알 수 있다.

---

81 안성맞춤도시 안성 문화관광 홈페이지, https://www.anseong.go.kr/tourPortal/museum/contents.do?mId=0101000000

안성맞춤 남사당 '바우덕이축제'

안성은 조선시대 남사당의 발상지이자 총본산이라고 할 수 있다. 2001년부터 시작된 이 축제는 보통 10월 초에 열린다. '바우덕이 축제'는 2017년과 2018년 대한민국 우수축제로 선정되었으며, 2019년에는 대한민국 최우수축제로 선정되었다. 남사당 전통문화의 계승, 발전에 기여하고 있는 이 축제에서는 안성남사당의 공연과 국내외 우수 공연단의 초청공연을 만날 수 있다. 특히 줄타기 곡예사의 공연은 보는 이로 하여금 우리 문화에 대한 각별한 애정을 갖게 해 준다. 다양한 볼거리와 즐길 거리를 제공하는 이 축제에서는 안성 옛 장터를 체험할 수 있는데 지역 특산물을 맛보고 구매할 수 있어서 축제의 흥을 더한다.

안성시청 홈페이지 사진

안성팜랜드

안성시 공도읍에 위치한 안성팜랜드는 그 면적만으로도 압도감을 준다. 약 39만 평의 거대한 테마파크의 기원을 살피려면 1960년대로 거슬러 올라가야 된다. 1964년 박정희 대통령이 서독을 방문한 이후 1967년에 서독 뤼브케 대통령이 답방하게 된다. 경제협력 회담에 따라 낙농시범목장 건설과 젖소 200마리를 구매할 수 있는 차관 자금을 유치할 수 있었는데, 이 차관으로 1969년에 '한독낙농시범목장'(안성목장)을 준공하게 된다. 준공 후 독일 기술자들이 운영했으며, 1971년 농협에 운영권이 이관되었다. 한국의 축산업 기반조성과 농가 기술교육의 선도적 역할을 담당해 온 안성목장은 2012년 농업과 축산업을 기반으로 한 다양한 체험을 할 수 있는 테마파크인 안성팜랜드를 개장했다. 가축과 즐거운 체험을 할 수 있도록 목장체험을 할 수 있는 교육·관광·휴양단지로 재탄생한 것이다.

안성팜랜드는 남녀노소가 즐길 수 있는 놀이시설과 편의시설이 잘 갖춰져 있어 안성의 명소로 자리 잡았다. 특히 체험목장 코스를 통해서 다양한 가축들을 만날 수 있고, 승마체험도 해볼 수 있다. 초원 코스에서는 해바라기 꽃밭이 특히 인기가 좋지만 여름 해바라기 꽃밭의 장관을 놓쳤다고 해서 아쉬워하지 않아도 된다. 4월 말에는 유채꽃밭이, 5월에는 호밀밭과 양귀비 꽃밭이 펼쳐진다. 그리고 가을이 되면 코스모스와 핑크뮬리의 환상적인 경관을 감상할 수 있다.

안성시청 홈페이지 사진